I0573521

UN PROTECTEUR POUR DAKOTA

UN PROTECTEUR POUR DAKOTA (FORCES TRÈS SPÉCIALES #13)

SUSAN STOKER

Un Sanctuaire pour Zoey

Un Sanctuaire pour Avery

Un Sanctuaire pour Kalee

Hawaï : Soldats d'élite

Un paradis pour Élodie

Un paradis pour Lexie (10 Aug 2021)

Un paradis pour Kenna (Oct 2021)

Un paradis pour Monica

Un paradis pour Carly

Un paradis pour Ashlyn

Un paradis pour Jodelle

Delta Force Heroes Series

Un héros pour Rayne

Un héros pour Emily

Un héros pour Harley

Un mari pour Emily

Un héros pour Kassie

Un héros pour Bryn

Un héros pour Casey

Un héros pour Wendy

Un héros pour Mary

Un héros pour Macie

Un héros pour Sadie

Un héros pour Annie (Feb 2022)

Mercenaires Rebelles

Un Défenseur pour Allye

Un Défenseur pour Chloé

Un Défenseur pour Morgan

Un Défenseur pour Harlow

Un Défenseur pour Everly

Un Défenseur pour Zara

Un Défenseur pour Raven

Ace Sécurité

Au Secours de Grace

Au Secours d'Alexis

Au Secours de Bailey

Au Secours de Felicity

Au Secours de Sarah

PROLOGUE

Greg Lambert, commandant de la Marine à la retraite, se pencha en avant pour ramasser la pile de jetons que son full venait de lui faire remporter. Cette fois, il quitterait cette soirée hebdomadaire la bourse pleine, mais également avec sa fierté pour lui.

Les regards noirs que lui décochaient ses partenaires de poker face à ce coup de chance inhabituelle représentaient la cerise sur le gâteau.

Ils s'étaient trop habitués à le voir perdre au Stud à cinq cartes. Il était temps qu'il leur enseigne à ne jamais le sous-estimer.

Le vice-président Warren Angelo avala le reste de son bourbon et éteignit son cigare cubain.

— La chance vous sourit, ce soir, commandant.

Après avoir soigneusement aligné ses jetons devant lui, Greg parcourut le groupe du regard. Il ne put s'empêcher de penser que cette soirée hebdomadaire ne différait guère des sessions de groupes qu'il avait connues au Pentagone durant ses cinq dernières années de service.

Même s'ils se trouvaient présentement au sous-sol du secrétariat d'État, ces rassemblements incluaient toujours des hauts gradés de l'Armée, des hommes politiques et le directeur de la CIA, qui l'avait dévisagé d'un air bizarre pendant toute la soirée.

— Il était temps qu'elle me sourie, vous ne trouvez pas ? Elle se contente généralement de me vider les poches pour vous filer mon pognon, répondit Greg avec un rire appuyé alors que ses yeux parcouraient avec envie ce repaire masculin spacieux avant de se poser sur une pendule accrochée au mur.

Minuit – d'ordinaire, l'heure à laquelle ils se séparaient – était passé depuis longtemps. Il fallait bien qu'il rentre chez lui, mais pour retrouver quoi ? Quatre murs et le chihuahua teigneux de Karen qui le détestait.

Il se redressa, recula sa chaise et fit rouler les épaules. Ses autres partenaires de poker se retirèrent rapidement, hormis le vice-président Angelo, Benedict Hughes de la CIA et leur hôte de ce soir, Percy Long, le secrétaire d'État.

Greg termina la dernière gorgée de son bourbon avant de reposer le verre sur la table. Mais il voulut s'en aller, tous se déplacèrent pour lui bloquer le passage.

— Vous souhaitez me dire quelque chose ? s'enquit-il.

Leurs regards froids et sobres lui donnèrent la chair de poule.

Ce n'était pas une sensation agréable, mais il l'avait bien connue pendant son temps dans les forces spéciales. Cela ne présageait généralement rien de bon, mais les visages qui l'entouraient ne le faisaient pas non plus.

Warren s'éclaircit la gorge et se cala contre le bar en acajou aux ornements en cuir.

— Les rumeurs vont bon train dernièrement, dit-il en coulant un regard à Ben. Ça nous inquiète.

Greg recula de quelques pas, mettant de la distance entre lui et les hommes.

— Pourquoi me dites-vous ça ? Ça fait un moment que je ne suis plus dans le coup.

Greg était à la retraite et il s'emmerdait sec, mais pas assez pour fourrer son nez dans tout ce qui ne tournait pas rond aux États-Unis ou bien contester les décisions prises par les politiciens pour tenter de trouver des solutions.

Ben souffla fort avant d'avaler son verre d'eau d'une traite. Il posa le verre vide sur le bar avec un soupir puis soutint le regard de Greg.

— On a besoin de votre aide et on ne va pas y aller par quatre chemins, dit-il, ce qui hérissa Greg encore davantage.

Celui-ci fourra ses mains dans ses poches, faisant cliqueter la monnaie dans la droite et ses clés de voiture dans la gauche en attendant le coup de boutoir. Rien à Washington, D.C. n'était simple et évident. Rien ne l'avait jamais été.

— Crachez le morceau, Ben, dit-il en dévisageant son cadet. Je suis tout ouïe.

— Les choses ont changé dans notre pays. Il y a des terroristes partout, commença-t-il.

Greg ravala un éclat de rire devant ce qui était l'euphémisme du siècle.

Il avait pris sa retraite avant que les récentes attaques

sur le sol américain ne débutent, mais il était toujours en service le 11 septembre, lors de l'attentat ultime. Cette journée remplacerait à jamais Pearl Harbour dans les livres d'Histoire.

— Vous ne m'apprenez rien, Ben, dit Greg avec une frustration croissante. En quoi cela me concerne-t-il plus que tous les autres citoyens ?

— De plus en plus de cellules sont identifiées tous les jours, répondit Ben, sa barbe de cinq heures ne faisant que rehausser la pâleur qui s'était emparée de son visage. Les rumeurs que des menaces imminentes, des actes dévastateurs menés par des jihadistes, se préparent se propagent de plus en plus.

— Vous savez que je ne suis plus en service, n'est-ce pas ? dit Greg en haussant les épaules. Je ne vois pas en quoi je pourrais vous aider.

— Nous voulons que vous preniez la tête d'une nouvelle division de la CIA, s'interposa Warren. Les opérations Fantôme, une cellule autonome des forces spéciales qui nous aidera à combattre les cellules de terroristes autonomes sur le territoire américain... et toute menace qui risquerait de surgir dans le futur.

Greg éclata de rire.

— Et où pensez-vous trouver des soldats d'élite prêts à s'engager ? La plupart sont en déploiement en...

— On veut des soldats d'élite *à la retraite* comme vous. On a dépensé des millions pour entraîner ces hommes, et les laisser ici à se tourner les pouces pendant qu'on mène tout seuls une bataille qui semble perdue d'avance est un gâchis extraordinaire, dit Ben en soufflant. Je sais qu'ils *vous* respecteront si c'est vous qui leur demandez de rejoindre l'équipe d'experts que vous dirigerez. Vous seriez plus apte que nous à les convaincre.

— Quand ils raccrochent enfin leur fusil, la plupart de ces mecs sont comme moi, épuisés ou blessés. Sans quoi, ils seraient toujours en activité. Les soldats d'élite n'abandonnent jamais la partie.

Sauf si leurs femmes ont été emportées par le cancer et que leurs enfants sont partis à l'université, les laissant seuls dans une maison pleine de souvenirs alors qu'ils étaient censés voyager ensemble et profiter de la vie.

— De quels genres de menaces parlez-vous ? s'enquit Greg, qui se demanda pourquoi il était en train de considérer une idée aussi stupide.

— Elles sont nombreuses et se multiplient de jour en jour. Nous ne pouvons pas les combattre seuls, commença Ben, s'interrompant quand Warren leva la main.

— Le président a endossé beaucoup de critiques. Il lui reste trois ans et demi de mandat, et éradiquer ces menaces était une promesse électorale. Il veut que les cellules soient identifiées et que les menaces terroristes soient neutralisées rapidement.

Ces deux hommes – ainsi que le président – passaient leurs journées assis derrière un bureau. Ils n'avaient jamais participé à une opération sur le terrain, aussi igno-raient-ils tout du travail de planification et d'entraîne-ment nécessaire avant qu'une équipe soit en mesure d'être déployée. Qui plus est, entraîner une équipe de soldats d'élite expérimentés à travailler ensemble pren-drait deux fois plus de temps, parce qu'ils croiraient tous que leur façon de faire serait la meilleure, alors cela ne risquerait pas d'être « rapide ».

— C'est un défi de taille. Je ne peux absolument pas monter une équipe soudée de douze hommes en moins d'une année. Même si j'arrive à les trouver.

Alors pourquoi sentait-il l'excitation pointer le bout de son nez ?

— La plupart d'entre eux sont probablement en train de profiter de la vie sur une plage, quelque part dans le monde.

Et c'était exactement là où il serait si Karen n'était pas morte et l'avait laissé seul dès qu'il avait pris sa retraite quatre ans auparavant.

— On ne veut pas d'*équipe*, Greg, le corrigea Percy Long en décroisant les bras tout en faisant un pas vers lui. Cela doit se passer dans le secret absolu parce qu'on ne veut pas créer la panique. Si les gens avaient vent de la sévérité de ces menaces, ils ne sortiraient plus de chez eux. La presse en ferait des choux gras jusqu'à créer l'hystérie générale. Vous savez comment ça se passe.

— Alors, que je comprenne bien. Vous voulez que des soldats d'élite individuels, des agents autonomes qui acceptent d'être appelés pour mes opérations spéciales, accomplissent des missions en solo ? demanda Greg en haussant les sourcils. Ils ne fonctionnent généralement pas de la sorte.

— À circonstances exceptionnelles, méthodes exceptionnelles, Greg. Ils possèdent les compétences pour y parvenir rapidement et discrètement, répondit Warren, ce à quoi Greg ne put rien répliquer.

C'était exactement ainsi qu'opéraient les forces

spéciales : ils ne reculaient devant rien pour effectuer leur travail.

Ben s'approcha de lui et lui plaça sa main sur son épaule comme s'il s'agissait d'un partenariat, ce que Greg pensait être la vérité.

— Toutes les organisations à tendances terroristes ont à présent des ramifications sur notre sol. Al-Qaïda, les Frères musulmans, Isis ou encore les talibans. La totale. Ils ne sont pas là pour demander l'asile. Ils recrutent activement des partisans et prévoient de lancer des attentats afin de créer un califat sur notre territoire. On ne peut pas laisser cela arriver, Greg, sans quoi les États-Unis changeront à jamais.

— Vous serez sous l'égide de la CIA et libre de choisir le montant de votre rémunération, inséra Warren, que Greg regarda alors dans les yeux. Vous serez seul responsable de vos décisions. Il faut que nous conservions le droit de nier plausiblement toute implication si quelque chose tourne mal.

— Bien entendu, répondit Greg en secouant la tête.

Si quelque chose foirait, il leur faudrait un bouc émissaire, et dans ce scénario, ce serait lui. Ce n'était guère différent des opérations secrètes que ses équipes avaient effectuées sous ses ordres quand il était encore en service.

Bon sang, pourquoi cette idée stupide lui semblait-elle soudain si intrigante ? Pourquoi se croyait-il capable de parvenir à faire fonctionner les choses ? Et pourquoi pensait-il que c'était précisément ce dont il avait besoin pour sortir de l'impasse dans laquelle il avait vécu pendant quatre ans ?

— Je peux vous fournir une liste de candidats potentiels ; des soldats d'élite fraîchement à la retraite. Et le président a promis de mettre à votre disposition *tout* ce dont vous pourriez avoir besoin, poursuivit rapidement Warren. Tout ce dont nous avons besoin est votre engagement.

Le silence s'abattit sur la pièce tandis que Greg regardait dans les yeux chacun des hommes présents tout en ruminant sa décision. Qu'avait-il à perdre, après tout ? Refuser signifierait mourir à petit feu chez lui, dans son fauteuil. N'ayant que 47 ans et ayant conservé toute sa forme, cela présageait encore beaucoup d'années passées dans ce fauteuil.

— Donnez-moi les infos, la liste et le contrat, lâcha Greg, légèrement désarçonné par une poussée d'adrénaline.

Il était de retour !

CHAPITRE UN

— Hé, Wolf, comment ça s'est passé ? demanda Slade Cutsinger, alias « Cutter », alors que le soldat pénétrait dans le bureau de la base navale.

— Je te le dirais volontiers, Cutter, mais il faudrait que je te tue après, plaisanta Wolf en lui souriant.

C'était une blague que les deux hommes s'échangeaient souvent. Slade était un ancien soldat d'élite à la retraite qui travaillait présentement comme contractuel pour la Marine. Il bossait directement sous la direction de Patrick Hurt, le supérieur de Wolf. Slade en savait d'ailleurs probablement davantage sur la mission que lui et son équipe venaient d'effectuer que Wolf lui-même.

— Le commandant t'attend dans son bureau pour un débriefing, lui dit Slade en désignant du menton la porte située à sa droite. Tout se passe bien chez toi ? Caroline va bien ?

— Oui, lui assura Wolf. Merci de prendre des nouvelles. Et j'aurais dû te le dire plus tôt, mais j'apprécie le fait que tu aies gardé le contact avec elle pendant cette dernière mission. Elle a l'habitude, du moins si on peut prendre l'habitude que son mari parte Dieu sait où pour Dieu sait combien de temps. Elle m'a dit que tu les avais rassurées, elle et les autres femmes, à propos de cette mission. Tu sais que si tu as besoin de quoi que ce soit, tu n'as qu'à demander.

— Je le sais, et j'apprécie, lui répondit Slade.

Il n'avait jamais travaillé sur le terrain avec Wolf ou les autres membres de son équipe, mais il les respectait tous énormément. Ils avaient un succès extraordinaire en déploiement, ne prenaient pas de risques irréfléchis et – le plus important aux yeux de Slade – prenaient tous soin de leurs familles. Et par « prendre soin », Slade voulait dire qu'ils réalisaient à quel point leurs femmes et leurs enfants étaient précieux, et qu'ils faisaient tous les efforts possibles pour s'assurer qu'ils le sachent. Ils ne trompaient pas leurs femmes. S'ils s'attardaient lors d'une mission, Wolf s'assurait toujours que Slade contacte leurs familles. Et ils avaient équipé leurs épouses de puces électroniques, juste au cas où.

Slade n'était pas censé être au courant pour les traqueurs, mais son ami Tex avait laissé échapper cette petite pépite un soir alors qu'ils plaisantaient au téléphone. Slade avait bossé avec Tex au sein d'une équipe avant que celui-ci ne soit placé à la retraite pour raisons médicales, et c'était la personne pour laquelle il avait le plus de respect. Quand il avait appris que Tex s'était marié puis avait adopté une enfant irakienne, il avait été quasiment aussi fier de lui que Tex l'était probablement de lui-même.

Alors qu'ils discutaient au téléphone un soir, Tex lui

avait appris que son épouse, Mélody, avait donné naissance à une petite fille appelée Hope, puis il avait dit à Slade qu'il ne laisserait jamais un de leurs ennemis mettre la main sur son bébé. Avec l'approbation et les encouragements de sa femme, il avait conçu pour sa fille un bracelet qui contenait un minuscule traqueur. C'était là qu'il avait laissé échapper que toutes les femmes des membres de l'équipe de Wolf avaient également choisi de porter un bijou similaire.

Slade avait ressenti une certaine mélancolie à l'idée de ne pas encore avoir trouvé de femme qu'il aimait assez pour la protéger de la sorte... et qui l'aurait laissé faire. Son ex Cynthia – qui refusait catégoriquement qu'on l'appelle Cindy – ne s'était pas vraiment intéressée à ce qu'il faisait, et au terme de leurs quatre années de mariage, c'était devenu mutuel.

Toute sa vie, il avait désiré une connexion toute particulière avec une femme. Sans savoir comment, il avait l'intuition que lorsqu'il la rencontrerait, il y aurait un déclic. Quand il avait 20 ans, il n'avait pas pris le temps de la chercher, parce qu'il était jeune et impatient de faire ses preuves dans la Marine. Dix ans plus tard, il s'était senti prêt à se poser, même s'il était terriblement pris par son travail au sein des équipes des forces spéciales. Et à présent qu'il frisait la cinquantaine, il se sentait bien trop vieux pour essayer d'entamer une relation sérieuse. Il se disait qu'il avait laissé filer sa chance.

À présent, il était un célibataire endurci qui veillait plutôt sur les familles des soldats du commandant Hurt.

Résigné, Slade essaya de se concentrer sur la paperasse qui s'étalait devant lui. L'action et l'inclusion au sein d'une équipe des forces spéciales lui manquaient, mais il était vraiment trop vieux pour effectuer le travail d'hommes plus jeunes. Il le leur laissait volontiers.

Le téléphone placé à côté de lui sonna et Slade répondit :

— Cutsinger. Comment puis-je vous aider ?

— Je cherche à joindre Slade Cutsinger. Est-ce vous ?

Cette voix lui était inconnue, mais elle débordait d'autorité.

— Oui, monsieur. Je suis Cutsinger.

— Je m'appelle Greg Lambert, commandant de la Marine à la retraite. Cette ligne est-elle sécurisée ?

Slade fut pris au dépourvu. Il ne se rappelait pas avoir travaillé avec un Greg Lambert, et il avait bonne mémoire.

— Non, monsieur. Si vous avez besoin de parler au commandant Hurt, je vous suggère de...

— C'est de vous que j'ai besoin, l'interrompit Greg. Je vais vous donner un numéro de téléphone. Je veux que vous m'appeliez ce soir sur une ligne sécurisée. J'ai une proposition à vous faire.

— Sans vouloir vous manquer de respect, monsieur, je ne vous connais pas, dit Slade, qui n'eut aucun problème à conserver un ton professionnel.

Cela ne lui faisait rien qu'on lui donne des ordres, mais généralement, ils provenaient d'une personne qu'il connaissait.

— Non, mais nous avons un ami en commun qui a vanté vos louanges.

— Un ami en commun ? demanda Slade après un instant de silence.

— John Keegan.

Tex ! Dans quelle affaire son ami l'avait-il fourré ?

— C'est l'un des hommes les plus remarquables que j'aie jamais rencontrés, confia Slade à son interlocuteur.

    • On est bien d'accord. Vous avez un stylo ?

— Oui.

Slade nota soigneusement le numéro que Greg lui communiqua.

— Nul besoin de préciser qu'il s'agit d'un sujet particulièrement délicat. John m'a assuré de votre discrétion et m'a dit que vous seriez extrêmement intéressé.

— Il a raison sur au moins un de ces points, marmonna Slade en ignorant le petit rire à l'autre bout du fil. Je vous appellerai vers 19 heures, si ça vous convient.

— Je me tiendrai prêt.

Sur quoi l'ancien commandant mit un terme à la conversation sans rien ajouter de plus.

De son côté, Slade, perdu dans ses pensées, raccrocha lentement le téléphone. Il essaya de réprimer le soupçon d'intérêt qu'il sentait naître au plus profond de son ventre, mais n'y parvint pas vraiment. Travailler en tant que contractuel pour la Marine américaine lui permettait de garder un orteil dans les eaux dangereuses dans lesquelles il nageait autrefois, mais ce n'était pas pareil. Intuitivement, il présumait que ce que Lambert allait lui dire ce soir-là pouvait faire basculer son existence. Mais il ne savait pas encore si cela allait être le cas.

* * *

— Dans quoi tu m'as embarqué, Tex ? demanda Slade dès que son ami décrocha.

— Bonjour à toi aussi, Cutter. Comment est le temps en Californie ? Laisse-moi deviner. Tu es assis sur le balcon de ton appartement, à contempler l'océan et te dire que tu aimerais bien ne pas t'emmerder aussi ferme.

— Saligaud, répondit Slade avec un sourire.

Tex le connaissait trop bien. C'était ce qui arrivait quand on travaillait ensemble, à se faire tirer dessus et se sauver mutuellement la vie quotidiennement.

— Aujourd'hui, j'ai reçu un appel d'un certain commandant à la retraite Lambert. Il m'a dit que tu lui avais parlé de moi.

— Je vois que tu n'y vas pas par quatre chemins, dit Tex.

— Je suis censé le rappeler dans une demi-heure sur une ligne sécurisée, dit Slade à son ancien coéquipier.

— Exactement. Lambert est vraiment un type bien. J'ai travaillé avec lui plusieurs fois. On lui a confié un nouveau boulot – top secret – et il voulait les noms de quelques-uns des meilleurs anciens soldats d'élite que je connaissais. Tu étais au sommet de cette liste.

— Top secret ? demanda Slade. Je ne suis pas certain que ça me plaise.

— Mais ce n'est pas nouveau pour nous, le rassura Tex. Écoute ce qu'il a à dire.

— Il t'a briefé sur ce boulot ?

— Non. Je sais que Lambert voulait me demander de l'aider, mais Hope est tellement petite et Akilah ne s'est pas encore intégrée, alors je ne veux pas m'engager dans quelque chose qui m'obligerait à passer du temps loin de chez moi, expliqua Tex.

Slade comprenait. S'il avait eu une épouse et un nouveau-né, sans parler d'une adolescente qu'il venait d'adopter, il aurait également rechigné à quitter la maison. Sentant ses jambes le démanger, il se redressa et rentra dans son appartement.

— Tu es aussi très pris avec toutes les équipes avec lesquelles tu bosses, dit Slade à son vieil ami.

— C'est vrai. Mais j'adore ça. J'aime être impliqué dans tous les aspects de nos forces armées. Mais c'est plus que ça. Je le fais pour protéger les hommes afin qu'ils puissent rentrer chez eux et retrouver leurs familles.

— Et ils l'apprécient plus qu'ils ne sauraient le dire, dit Slade à Tex.

Quelque peu embarrassé par le tournant qu'avait pris la conversation, Tex répondit :

— Cela dit, même si je ne suis pas l'homme qu'il recherche, si tu as besoin de quoi que ce soit, tu n'as qu'à m'appeler. Tu sais que personne ne peut retrouver des aiguilles dans des bottes de foin mieux que moi.

— Je ne sais pas, mon pote. J'ai entendu dire qu'il y a une fille au Texas qui te fait passer pour un amateur, le taquina Slade.

— Si ça s'ébruite, je nierai tout en bloc, mais ce n'est pas un mensonge, répondit Tex du tac au tac. Beth est géniale, et elle a été capable de pirater des trucs dans lesquels je ne me serais même pas essayé.

Jetant un coup d'œil à sa montre et voyant que son temps était écoulé, Slade dit à contrecœur :

— Il faut que j'y aille. Merci pour tes infos et la confirmation que tout ça est légitime.

— De rien. Je ne plaisantais pas, Cutter, dit Tex d'une voix ferme. Si tu as besoin de *quoi que ce soit*, n'hésite pas à m'appeler. Je ne sais pas ce que mijote Lambert, mais je devine que puisqu'il ne m'a pas briefé quand il m'a contacté, il souhaite rester discret sur ses activités... ce qui signifie que tu bosseras seul puisque tu es à la retraite. Mais vu qu'on forme une équipe, bosser en solo n'existe pas !

— Je vais attendre de voir ce qu'il a à me dire avant de décider si je peux ou non en faire part à quelqu'un d'autre, rétorqua Cutter. Mais j'ai bien compris. Je t'appellerai si j'ai besoin de toi.

— Super. À plus.

— À plus, répondit Slade en raccrochant.

Il reposa son téléphone personnel sur l'accoudoir du fauteuil sur lequel il était assis et inspira profondément. Inhalant l'odeur iodée de l'océan qui entrait par la porte ouverte du balcon, il prit un moment pour essayer de calmer son esprit et son corps. L'impression lancinante que son existence s'apprêtait à basculer ne le lâchait pas.

Il songea alors à la vie qu'il menait. Il était satisfait... dans l'ensemble. Son appartement avec vue sur l'océan était parfait pour lui. Pas immense, mais pas minuscule non plus. Il avait fait des économies pendant qu'il était en service, et sa pension de retraite était plutôt conséquente. Il avait une superbe télévision ultra HD accrochée derrière lui dans le salon, des amis fidèles avec lesquels il bossait et allait prendre un verre de temps en temps, et quand il avait envie de piquer une tête dans l'océan, c'était à trois minutes à peine.

Il s'entendait bien avec sa famille. Sa sœur Sabrina était mariée et mère de trois enfants, et son frère avait lui aussi une compagne et deux gamins. Ils étaient tous les deux plus jeunes que lui et vivaient à l'autre bout du pays. Il ne voyait pas souvent ses nièces et ses neveux, mais leurs retrouvailles compensaient largement. Ses parents lui manquaient, mais leur relation n'avait jamais reposé sur une communication constante.

Cela dit, Slade devait être honnête. Il se sentait seul. Il avait un bel appartement et un boulot agréable, mais personne avec qui partager sa vie. Il avait essayé les rencontres en ligne, mais ça avait été un désastre. Et puis il était bien trop vieux pour aller draguer des nanas au Aces Bar and Grill, le repaire préféré des soldats d'élite en service ou à la retraite. C'était moins un bar à rencontres depuis qu'il avait été repris par Jessyka Sawyer, l'épouse d'un des coéquipiers de Wolf, mais un bar restait un bar et il y aurait toujours des femmes qui cherchaient un coup d'un soir ou bien l'opportunité de mettre le grappin sur un militaire, ainsi que des hommes qui espéraient simplement se taper une gonzesse.

Sans se donner le temps de sombrer davantage dans la morosité, Slade s'empara du cellulaire sécurisé que lui avait fourni la Marine pour parler au commandant Hurt et aux soldats d'élite sous son commandement, et il le prit avec lui sur le balcon. Il composa le numéro de l'ex-commandant Lambert.

— Pile à l'heure, le salua ce dernier. Cela présage bien pour notre future relation professionnelle.

— Je ne suis pas certain de *vouloir* travailler avec vous, répliqua franchement Slade.

— Cette ligne est sécurisée, n'est-ce pas ? demanda Greg.

Irrité que cet homme envisage qu'elle puisse ne pas l'être alors qu'il lui avait posé cette condition, Slade répondit sèchement que oui.

Cela fit rire Greg.

— Je me devais de vérifier. Je n'avais nullement l'intention de vous vexer. Vous avez parlé à John ?

— À l'instant, confirma Slade.

— C'est ce que je m'étais dit. Je ne vais pas y aller par quatre chemins, si vous n'y voyez pas d'inconvénient.

— Au contraire, pour être honnête, dit Slade, impatient, attendant de savoir ce que l'homme allait lui dire.

— Je suis chargé d'une nouvelle initiative, top secrète, pour éradiquer les cellules autonomes de terroristes implantées sur notre territoire. Ces salauds sont en train de prendre l'avantage sur nous et il faut qu'on y mette un terme. J'ai reçu l'autorisation de mobiliser mon propre groupe de cellules autonomes... des soldats d'élite à la retraite.

Slade n'était pas certain de comprendre.

— Et ?

— Je veux que vous me rejoigniez, Cutter. J'ai lu votre dossier. Je connais vos forces et vos faiblesses. J'ai parlé avec John et certains de vos anciens coéquipiers. Vous savez garder la tête froide et vous rassemblez le plus d'informations possible avant de passer à l'acte. Vous êtes déterminé et vous aimez votre pays comme peu de gens le font. Mais plus important encore, vous avez connu des réussites en solitaire.

— Je n'ai *jamais* bossé en solitaire, protesta Slade. Pas une seule fois. Même lorsque je partais récupérer un otage, mon équipe était derrière moi.

— Je le sais, dit Greg en prenant un peu de distance. Ce que je voulais dire est que vous ne paniquiez pas en temps de crise. Vous passiez simplement au plan B, C, D... ou même E. J'ai besoin de vous.

Slade inspira profondément et expira lentement. Il était vraiment curieux.

— Dites-m'en plus, demanda-t-il d'un ton bougon.

— Il y a six mois, il y a eu une attaque à la bombe à l'aéroport international de Los Angeles.

Comme l'autre homme n'élaborait pas, Slade intervint :

— Oui. Je m'en souviens. Il n'y avait qu'un terroriste qui a retenu quelques otages. On s'apprêtait à évacuer le bâtiment, quand ce connard s'est fait exploser avec tous les otages, avant que les gens ne puissent être évacués. Ansar al-Shari'a avait revendiqué l'attentat.

— C'est correct. C'est ce que les médias avaient communiqué, dit Greg.

Cela fit se hérisser les poils de la nuque de Slade.

— C'est ce que les médias avaient communiqué ? répéta-t-il.

— Oui. Et les spéculations sur Internet sont allées bon train. Le terroriste était un étudiant à l'université. Il avait été recruté en ligne. Le nom du leader est Aziz Fourati. Le gouvernement pense qu'il est tunisien, et après le succès de l'attentat à la bombe de l'aéroport, il recrute activement de nouveaux soldats. Il veut réitérer ce succès... au niveau national.

— Seigneur Dieu ! jura Slade. Déjà que le 11 septembre était terrible, s'il réussit, il pourrait paralyser nos transports pendant des mois.

— Exactement, mais ce n'est pas tout.

— Merde ! Quoi d'autre ?

— Il était présent, dit Greg d'un ton plat.

— Où ?

— Durant l'attentat à la bombe. Il était l'un des soi-disant otages. Il a fait un discours juste avant que le garçon ne tire sur le goupillon et fasse péter tout le monde.

— Comment le savez-vous ? s'enquit Slade.

— Toutes les caméras de sécurité de l'aéroport ont cessé de fonctionner avant l'incident. Alors il n'y a pas d'enregistrement public de ce qu'il s'est passé à l'inté-rieur. Mais quelqu'un a posté l'audio et la vidéo de son discours sur le dark web, pour s'en servir comme outil de recrutement.

Slade savait que l'autre homme ne lui disait pas tout.

— Et ? Bon sang, dites-le-moi !

— À part Fourati, qui s'est échappé juste avant que le terroriste ne se fasse exploser, il y a eu une autre survivante.

Ces paroles semblèrent résonner à travers la ligne téléphonique.

— Quoi ? *Qui* ?

— Elle s'appelle Dakota James. Elle était censée

prendre l'avion ce jour-là pour assister à une conférence à Orlando.

— On n'en a pas parlé dans les journaux, protesta Slade. Comment en êtes-vous certain ?

— J'ai des copies des vidéos de propagande que Fourati a envoyées à ses sbires. Elle s'y trouve, mais on n'a pas retrouvé de fragments de son corps dans cette section de l'aéroport. Elle s'est même présentée à son travail la semaine suivante avec un bras cassé. Elle a dit à ses collègues qu'elle était tombée dans les escaliers.

— Alors c'est quoi le problème ? Qu'a-t-elle dit sur l'attentat ?

— Rien, répondit Greg. Elle s'est volatilisée.

— Elle a disparu ? Et son travail ?

— Elle a démissionné.

— Comme ça ? demanda Slade.

— Comme ça, confirma Greg.

— Vous pensez qu'elle est impliquée ? C'est pour ça que vous avez besoin de moi ?

— Non. On ne pense pas qu'elle soit impliquée, mais on n'a rien sur Fourati. Pas de photos ou de vidéos qui montrent son visage. Rien du tout.

— Mais Dakota James l'a vu, en conclut Slade.

— Exactement. On a besoin d'elle. Fourati doit être mis hors d'état de nuire avant qu'il n'ait le temps de mettre son plan à exécution. À ce qu'on en sait, pour le moment, il n'a réussi à recruter qu'une poignée d'hommes, mais plus il en trouvera, plus son plan risque de gagner en importance.

— Vous voulez que je la retrouve.

— Oui. Trouvez-la. Obtenez une description de

Fourati, puis retrouvez-moi ce fumier et éliminez cette menace.

On y était.

Slade avait attendu que l'ex-commandant confirme qu'il voulait qu'il tue à nouveau pour son pays. Cette pensée aurait dû le répugner. Il avait laissé derrière lui cette partie de sa vie. Puis il se remémora les photographies de la partie détruite de l'aéroport. Il se souvenait des photos et des vidéos des victimes. Une mère qui voyageait avec son bébé de trois mois. Le couple qui allait fêter leur cinquantième anniversaire de mariage en partant deux semaines à Hawaii. Les hommes et les femmes d'affaires qui étaient devenus la cible d'un terroriste.

La résolution de descendre le mec qui était responsable de ce carnage se solidifia dans son ventre.

Il ouvrait la bouche pour accepter la mission quand Greg reprit la parole :

— Autre chose...

Ah, merde !

— Fourati a décidé que Dakota James lui appartenait.

La voix de Lambert était calme et posée.

— Quoi ? Mais il la connaît ?

— Apparemment, il l'a aperçue dans la foule à l'aéroport, et ce qui s'est passé entre eux lui a fait prendre la décision qu'il la voulait pour lui. C'est pour ça qu'elle s'est enfuie.

— Putain de merde, jura Slade. Bien sûr, elle ne souhaite pas devenir le jouet d'un terroriste.

— Manifestement pas. Mais d'après ce qu'on a réussi à interpréter et décoder, il est sur sa piste.

— Où est-elle ? demanda Slade.

La pensée que cette pauvre femme qui venait de survivre à un attentat à la bombe était à présent en cavale parce que ce terroriste la désirait pour lui était trop difficile à supporter. Son équipe lui avait répété qu'il se prenait pour un preux chevalier, sauveur de la veuve et l'orphelin, mais peu lui importait. Quand le pire arrivait en mission, si cela impliquait une femme, Slade se donnait à fond. Il aurait fait n'importe quoi afin de protéger les femmes et les enfants.

— Notre problème est qu'on n'en sait rien.

— Que savez-vous alors ? lâcha-t-il d'un ton impatient. De ce que j'en comprends, bien peu. Vous savez qu'il y a eu une femme, vous connaissez son nom, vous savez qu'elle a démissionné, et c'est à peu près tout.

Greg ne montrait pas la moindre contrariété.

— C'est pour ça qu'on a besoin de vous. Trouvez Dakota. Faites-lui répéter ce que Fourati a dit avant que son soldat ne se fasse exploser. Découvrez à quoi ressemble ce fumier afin qu'on puisse le retrouver, mettez un terme à ses opérations en ligne et débarrassez-nous d'un autre de ces terroristes. C'est compris ?

— Quel soutien aurai-je ? demanda Slade, sachant déjà qu'il allait accepter, mais voulant obtenir le plus de détails possible avant de s'engager.

— Aucun, répondit Greg. Du moins, pas officiellement. Vous pourrez m'appeler et je pourrai vous transmettre des informations. Mais durant cette opération, vous serez seul. C'est une opération secrète. Si vous vous faites prendre, vous serez aussi tout seul. Le gouvernement américain ne payera pas votre caution et refusera d'endosser la moindre responsabilité.

Cela ne surprit absolument pas Slade. Il s'y était attendu.

— Et ma rémunération ?

Greg avança une somme qui surprit profondément Slade. Apparemment, le gouvernement ne plaisantait pas.

— J'en suis, lui dit-il.

Il n'avait pas peur d'échouer. Il allait localiser cette Dakota James, obtenir une description de Fourati, le buter, et reprendre sa petite vie pépère. Il était d'ailleurs impatient de commencer... pas de tuer quelqu'un – ce n'était pas une chose qu'il appréciait –, mais de se retrouver une fois de plus sur le terrain, d'utiliser ses talents afin d'éliminer une menace.

Apparemment, on ne cessait jamais d'être un soldat d'élite.

— C'est bien. Je me suis déjà arrangé avec le commandant Hurt pour vous obtenir un congé. Dès demain. Un employé débutant mais parfaitement compétent sera immédiatement transféré à votre poste. Même s'il n'a pas votre niveau de confidentialité, il pourra quand même aider Hurt à garder la tête hors de l'eau jusqu'à votre retour. On l'a briefé et il occupera votre poste en attendant.

— Waouh, s'exclama Slade. Ça ne devrait pas me surprendre autant, mais comment avez-vous su que je dirais oui ?

— John me l'avait assuré. Je lui fais confiance.

Slade acquiesça. Oui, il faisait confiance à Tex, lui aussi.

— Demain matin à 8 heures, un dossier vous sera livré à votre appartement avec toutes les infos que je possède sur le groupe terroriste, Fourati et – bien entendu – Dakota James. Trouvez-la, rassemblez les informations, puis stoppez Aziz Fourati une bonne fois pour toutes.

— Avez-vous un délai ? demanda Slade.

— Pas exactement. Mais le temps nous est compté. Pour l'instant, Fourati ne paraît pas avoir assez de partisans pour représenter une véritable menace. Cela étant, plus il recrute de monde, plus il existe de chances que quelqu'un soit en mesure de prendre sa place et de poursuivre la menace si jamais il se faisait tuer.

Slade le comprenait. Alors même si Greg ne lui imposait pas de délai, il fallait agir vite.

— Oh, je dois aussi ajouter que Fourati a dit qu'il voulait avoir sa nouvelle épouse à son côté avant le Nouvel An.

— Merde, jura Slade à voix basse.

C'était presque fin novembre. Ce qui signifiait que Fourati s'impatientait et avait peut-être une piste sur l'endroit où se cachait Dakota. L'urgence de la situation venait de décupler.

— J'attends ce dossier avec impatience, répondit-il.

— Merci, Cutter, lui dit Greg en se servant à nouveau du surnom qu'avait Slade au sein des forces spéciales, prouvant qu'il en savait vraiment beaucoup sur lui. Votre pays ne le saura jamais, mais nous n'en avons pas moins une dette envers vous.

Il connaissait la procédure. Il savait que personne n'apprendrait jamais le nombre de personnes qu'il avait tuées afin de protéger la sécurité nationale. Il l'avait accepté depuis longtemps.

— Est-ce le numéro où je pourrai vous contacter si j'ai des questions ? demanda Slade.

— Oui. Tenez-moi informé.

Et sur ce, Greg raccrocha.

Slade raccrocha aussi et fit basculer sa tête contre le dossier du fauteuil. Un million d'idées lui coursaient dans le cerveau. Le détail des armes dont il aurait besoin, la meilleure façon de buter Fourati sans causer la panique... et comment allait-il parvenir à faire tout cela tout seul ?

Mais une chose ne voulait pas le lâcher et continuait de le tarabuster : Dakota James. Où se trouvait-elle ?

CHAPITRE DEUX

— Bonjour, Monsieur James. Mon nom est Slade Cutsinger. Pourrais-je vous parler un moment ?

Slade attendit à distance respectable de la porte devant laquelle il se tenait. Il avait reçu le dossier d'information dans la matinée après son coup de téléphone avec l'ex-commandant et l'avait parcouru... deux fois.

Les informations sur lesquelles se baser étaient bien minces – pas étonnant que Greg ait fait appel à lui –, mais la photo de Dakota James lui avait fait crisper la mâchoire et serrer les poings.

Il n'avait jamais eu de réaction aussi viscérale que lorsqu'il avait croisé ces yeux verts. On aurait dit qu'ils l'avaient pris à la gorge. Elle n'était pas d'une beauté classique – sa symétrie faciale était un peu trop imparfaite pour cela –, mais c'était la joie et le bonheur qu'il lisait dans son regard qui lui avait donné envie de tout connaître d'elle.

La photo était celle du dernier album des étudiants de l'école élémentaire de Sunset Heights dont elle était la directrice... ou plutôt *avait été*. Elle portait une veste bleu marine sur un chemisier blanc. Elle avait aux oreilles des boucles d'oreilles en forme de pommes et ses cheveux blond foncé étaient rassemblés en chignon sur sa nuque. Son maquillage était minimal, mais ses yeux restaient son atout phare et n'avaient nul besoin d'artifice.

Slade avait contemplé sa photo pendant au moins dix minutes, immobilisé par le choc tandis qu'il mémorisait les traits de son visage. Il voulait en voir davantage d'elle. Il voulait voir son corps, quelle taille elle faisait quand elle se tenait près de lui, lui parler – sa voix était-elle grave ou aiguë ? –, la toucher. Il avait eu une réaction soudaine et notable devant sa photo, alors que lui provoquerait sa présence ?

Songer à ce que Dakota avait traversé lui fit pousser un grondement bas, ce qui le choqua et le força à reprendre conscience de qui il était et de ce qu'il faisait.

Il la désirait. Ce n'était pas rationnel. Ce n'était absolument pas normal, mais voilà... Slade voulait la voir lui sourire, voulait voir ses yeux pétiller de joie en le regardant, voulait la voir manger à table avec lui, et voulait absolument voir ses yeux verts ensommeillés s'ouvrir et le regarder de l'autre côté du lit.

Slade avait parcouru des centaines de dossiers, vu des centaines de cibles, et pas une fois il ne s'était senti affecté comme par cette Dakota James. Il allait s'efforcer de la protéger.

Le dossier que Lambert lui avait fait parvenir contenait des infos sur le père de Dakota. Il frisait les 80 ans et vivait dans une maison au nord de San Diego. Pas certain que celui-ci lui fournisse des informations sur sa fille – en réalité, il espérait qu'il ne le fasse pas, qu'il se montre extrêmement prudent concernant l'emplacement de Dakota –, Slade avait bien rempli les sacoches de sa Harley juste au cas où, et il s'était mis en route.

Ayant l'impression que le temps était réellement compté pour Dakota et qu'elle courait un danger imminent, son seul objectif était de la retrouver le plus vite possible. Il ne pouvait pas expliquer cette sensation et savait que cela n'aurait servi à rien, mais l'intuition de Slade lui avait été utile durant ses missions sur le terrain et il n'allait certainement pas commencer à l'ignorer.

— Qu'est-ce que vous vendez ? avait aboyé le père de Dakota derrière son écran. Je n'ai pas besoin de cookies, je suis déjà assez gros comme ça. Et puis l'élection est passée et je n'ai pas besoin qu'on me taille la pelouse.

— Je suis un ami de Dakota, dit Slade.

— Ne me racontez pas de conneries, répondit immédiatement son père. Dakota n'a certainement pas d'ami comme vous. Impossible.

Insulté, mais quelque peu amusé, Slade demanda :

— Et pourquoi pas ?

— Vous êtes trop beau, répondit son père. Ses amis portent des pulls et des pantalons kaki. Et ils n'auraient absolument pas de Harley comme celle que vous avez garée dans mon allée.

— C'est mon blouson en cuir qui vous a mis la puce à l'oreille, hein ? demanda Slade en essayant de ne pas rire.

Il respectait cet homme qui lui parlait crûment.

— Exactement. Alors réessayez et dites-moi pourquoi vous êtes venu me poser des questions sur ma Dakota.

— Votre fille est en danger et je suis probablement la seule personne qui puisse la sortir de là.

Le vieil homme resta silencieux un long moment, mais Slade ne bougea pas et se laissa observer. Enfin, après ce qui lui parut être des heures, mais qui n'était en réalité que quelques secondes, M. James ôta le petit crochet qui retenait la porte et dit :

— Il fait froid dehors. Je ne sais pas ce qui vous a pris de venir à moto. Entrez.

Poussant un soupir de soulagement, Slade suivit l'homme aux cheveux gris à l'intérieur de sa maison et recula d'un pas quand celui-ci referma puis verrouilla la porte d'entrée. Le vieil homme marcha en traînant des pieds jusqu'à un petit salon, se dirigeant vers un vieux fauteuil brun foncé qui avait connu des jours meilleurs. La télévision était allumée et diffusait un programme qui parlait de tueuses en série. Le père de Dakota baissa le volume sans l'éteindre et désigna le sofa.

— Allez-y, asseyez-vous. Je n'ai rien à vous offrir. Je ne suis pas très porté sur les snacks et la dame qui vient m'apporter mes repas n'est pas encore passée. J'ai d'ailleurs cru que c'était elle qui sonnait à la porte. Vous voulez savoir où se trouve ma Dakota, n'est-ce pas ?

— Pourquoi dites-vous ça ?

— Parce que je suis vieux, pas stupide, répondit-il. Écoutez, vous n'êtes pas la première personne qui soit venue frapper à ma porte pour savoir si je sais où se trouve ma fille. Je vous répondrai la même chose : je ne sais pas où elle est. Et même si je le savais, je ne vous le dirais pas.

— Qui d'autre vous a posé des questions sur elle ? l'interrogea Slade en fronçant des sourcils inquiets.

L'autre homme fit un geste vague de la main.

— Des mecs du gouvernement, des policiers, des collègues de travail... vous savez, rien de bien surprenant.

Slade n'en était pas certain, mais il ne releva pas.

— Monsieur James, je...

— Finnegan.

— Pardon, quoi ?

— Je m'appelle Finnegan. Finn.

— D'accord. Finn, je pense que vous savez que Dakota est en danger.

Slade ne bougea pas quand Finn plissa les yeux et l'observa pendant un long moment avant de dire :

— Et comment le saurais-je ?

Croisant les doigts pour que Dakota et son père soient proches, Slade lui expliqua tout... du moins, le plus possible.

— Vous et moi savons qu'elle est la seule survivante de cet attentat à la bombe à l'aéroport de Los Angeles. Elle n'a pas seulement vu des choses qu'elle n'aurait pas dû voir, elle en a probablement aussi entendu. Si j'étais un terroriste et que je voulais que rien ne vienne contrecarrer mes futurs plans, je voudrais m'assurer de ne laisser passer aucun détail.

Le silence dans la pièce était assourdissant.

Enfin, Finn demanda à voix basse :

— Comment avez-vous dit que vous vous appeliez, déjà ?

— Mon nom est Slade Cutsinger. Je suis un soldat d'élite à la retraite. Je sais que Dakota doit être terrifiée. Je ne peux pas le lui reprocher. Et, Finn, elle a de bonnes raisons de l'être. Je ne vous mens pas. Je ne peux pas vous révéler grand-chose, mais tout ce que je *peux* dire est que Dakota n'a *aucune* raison d'avoir peur de moi. Mon seul objectif est de l'aider à mettre tout ceci derrière elle pour qu'elle puisse poursuivre sa vie tranquillement. En sécurité.

— Vous avez vos papiers ?

Slade réprima un sourire. Ce vieil homme lui plaisait bien. Il prit lentement son portefeuille et en tira son permis de conduire et sa carte d'identité émise par le gouvernement. Puis il se pencha et les tendit à Finn.

Les ayant observés pendant quelques instants, Finn les lui rendit et se cala à nouveau dans son fauteuil.

— Vous voyez cette boîte par terre à côté de la télévision ?

Slade tourna la tête et hocha le menton quand il repéra la vieille boîte à chaussures posée sous une pile qui représentait au moins une semaine de journaux.

— Allez me la chercher.

Obéissant, Slade alla la récupérer et la tendit à Finn.

Le vieil homme caressa le couvercle avec amour en expliquant :

— Dakota est tout ce que j'ai. Ma femme est morte il y a dix ans, et ma fille et moi avons veillé l'un sur l'autre. Elle paye quelqu'un pour passer me voir tous les jours. Elle paye une assoc' pour m'apporter mon déjeuner et mon dîner. Elle s'assure même que mes factures et mon hypothèque soient payées. C'est une gentille fille et elle ne mérite absolument pas ça. Elle vivait simplement sa vie et s'est retrouvée fourrée dans une situation que nous ne sommes pas à même de comprendre.

— Je sais, dit doucement Slade.

— Elle n'est pas ici, poursuivit Finn. Pas à San Diego ou à Los Angeles, et probablement pas en Californie. Elle a vraiment été choquée par ce qui s'est déroulé à l'aéroport. Elle n'en a pas beaucoup parlé, mais elle m'en a dit assez pour que je puisse me faire une idée. Puis il s'est passé quelque chose à l'école, mais elle n'a pas voulu me dire quoi. Quelques jours après, son immeuble a été détruit par un incendie. Les journaux ont dit que c'était un idiot qui avait fait brûler des bougies dans son appartement, mais je ne sais que croire.

— Quand était-ce ? demanda Slade.

— En septembre. Elle avait vraiment hâte de commencer une nouvelle année, mais soudain, elle a annoncé qu'elle devait démissionner, que quelqu'un la suivait et qu'elle ne voulait pas mettre les enfants de l'école en danger.

— Vous n'avez absolument pas eu de nouvelles d'elle ?

Slade en doutait. Quelqu'un qui aimait visiblement assez son père pour s'assurer qu'on s'occupe aussi bien de lui n'aurait jamais mis un terme aussi brutal à leur communication.

— Elle envoie des cartes postales, dit Finn à Slade en faisant courir une nouvelle fois sa paume ridée sur la boîte. Pas souvent, mais parfois.

— Je peux les voir ? demanda Slade, qui aurait voulu arracher la boîte des genoux du vieil homme et se mettre immédiatement au travail pour retrouver Dakota.

— Si vous lui faites du mal, je jure devant Dieu que je vous tuerai, menaça Finn.

— Je ne vais pas lui faire de mal.

Le père de Dakota poursuivit comme s'il n'avait rien dit :

— Peu m'importe qui vous êtes ou bien où vous vous cacherez. Je vous retrouverai et je vous collerai une balle dans le cœur. Je n'en ai rien à faire non plus d'aller en prison. Je suis vieux, je serai bientôt mort de toute façon. Mais ça vaudra la peine de vous tuer si vous osez faire quoi que ce soit qui cause d'autres souffrances à mon bébé.

— J'ai passé ma vie à me battre pour les opprimés. Je suis parti là où mes missions m'ont porté et j'ai vu et fait des choses que personne ne devrait être obligé de faire, dit Slade à Finn en le regardant droit dans les yeux. Mais il m'a suffi de regarder la photo de votre fille pour savoir que je ferais n'importe quoi pour m'assurer qu'elle soit en sécurité.

Finn soutint son regard pendant un moment, puis il baissa les yeux. Il s'éclaircit la gorge à deux reprises, comme pour essayer de reprendre contenance, puis il tendit la boîte.

— Elles ne sont pas signées, mais je sais qu'elles proviennent de Dakota.

Slade retira la boîte à chaussures des mains de Finn et se cala à nouveau dans le canapé. Il ouvrit le couvercle et prit la première carte. Elle était d'Australie et affichait un kangourou. Il la retourna et vit l'adresse de Finn rédigée d'une écriture féminine. Comme le vieil homme l'avait dit, elle n'était pas signée, mais un seul mot était rédigé : « Paix ». Elle avait été postée à Las Vegas.

Il en prit une autre. C'était une photo de la statue de la Liberté. Et une fois encore, l'adresse de Finn était inscrite à l'arrière avec la même écriture. Celle-ci disait « Amour ». Elle avait bien été postée à New York.

Slade parcourut les suivantes ; il n'y en avait pas beaucoup. Chacune avait un cachet différent et ne comprenait qu'un seul mot.

— Vous pensez vraiment qu'elle est en train de parcourir le pays ? demanda Slade en regardant les cartes qu'il tenait à la main. De New York jusqu'en Floride ou à Seattle ?

— Non, répondit Finn sans hésiter. Elle demande à d'autres personnes de les lui poster.

— Mais c'est possible, insista Slade.

— Ma fille et moi avions l'habitude de regarder la télévision quand elle venait me rendre visite, dit Finn en désignant le poste qui était plus vieux que Slade. La chaîne policière. Des programmes de mystères, d'enquêtes et de meurtres. On avait discuté de ces gens qui parvenaient à tuer pendant des années les doigts dans le nez avant de se faire prendre. Pas longtemps après l'histoire de l'aéroport, elle est venue me voir et on a regardé une de ces histoires de meurtres. Je voyais bien que quelque chose n'allait pas, mais je n'ai rien dit. Elle m'a annoncé carrément qu'elle allait peut-être devoir se faire discrète pendant un moment. Je lui ai dit qu'elle pouvait rester avec moi, mais elle a secoué la tête et a dit qu'elle ne voulait absolument pas mettre son papa en danger...

Slade attendit patiemment que le vieil homme se reprenne.

Enfin, celui-ci s'éclaircit la gorge et dit :

— Elle m'a dit qu'elle ne savait pas si c'était sûr de m'appeler et qu'elle avait peur d'écrire des lettres qui contiendraient des informations qui risqueraient d'aider les gens à retrouver sa trace.

— Des cartes postales, dit doucement Slade.

Finn hocha la tête.

— Des cartes postales, confirma-t-il. Je ne sais pas où elle se trouve, mais elle a réussi à mettre la main sur des cartes qui viennent de partout. Puis elle demande à d'autres personnes de les envoyer quand ils rentrent chez eux après avoir visité l'endroit où elle se trouve.

— Et les messages marqués dessus ? Ils veulent dire quelque chose ? demanda Slade.

— Ce n'est pas un code, si c'est ce que vous me demandez, dit Finn. C'est simplement la façon qu'elle a trouvé de me faire savoir qu'elle va bien. Amour. Paix. Contentement. Joie. Elle essaye de me rassurer en me disant qu'elle va bien. Mais elle ne va pas bien, dit Finn. Regardez la dernière. Celle avec le Grand Canyon dessus.

Slade la sortit et la retourna.

— L'encre a coulé. Elle pleurait lorsqu'elle l'a écrite. Mon bébé pleurait et je ne peux rien y faire, dit amèrement Finn.

— Celle-ci a été postée à Vegas, songea Slade. Il y en a une autre de Vegas aussi.

Finn se contenta de hausser les épaules.

— Je lui avais dit qu'un père saurait instinctivement si sa petite fille était encore en vie. Quel idiot j'étais !

Le vieil homme braqua un regard glacé sur Slade.

— Je ne sais *pas* si elle est toujours vivante, si elle souffre, si celui qui la pourchassait l'a rattrapée et s'il lui fait du mal. Elle a peut-être faim ou froid, tandis que je suis ici bien au chaud dans ma maison sans avoir le pouvoir de faire quoi que ce soit.

— Mais moi si, dit fermement Slade.

— Si elle est en danger, ne la ramenez pas ici, répondit Finn. Faites-lui simplement savoir que son vieux papa l'aime et qu'il pense à elle.

— Je n'y manquerai pas, mais j'ai l'impression qu'elle est déjà au courant.

Slade remit les cartes dans la boîte et fit courir son doigt sur la dernière, celle sur laquelle les larmes de Dakota avaient fait baver l'encre. Toucher ce morceau de papier l'avait rendue quelque peu plus réelle. Il avait eu un véritable coup de cœur pour la femme sur la photographie, mais voir à quel point elle aimait son père et était aimée en retour avait vraiment touché sa corde sensible.

Il replaça le couvercle et se redressa pour aller remettre la boîte près de la télévision, sous les journaux.

Finn se redressa, quittant son fauteuil, et les deux hommes se retrouvèrent l'un en face de l'autre. Slade faisait au moins cinq ou six pieds de plus, mais Finn ne laissa pas la taille de Slade l'intimider.

— Souvenez-vous de ce que j'ai dit, lui ordonna-t-il d'un ton bourru.

— Je m'en souviendrai, lui dit Slade. Mais je vais le répéter : vous et votre fille n'avez rien à craindre de moi.

Soudain, quelqu'un frappa et Slade tourna brusquement la tête vers la porte d'entrée.

— C'est la dame des repas, lui rappela Finn. Elle est pile à l'heure.

Slade hocha la tête, mais resta proche de Finn pendant qu'il ouvrait la porte, juste au cas où. Comme il l'avait dit, une femme vêtue d'un uniforme se tenait de l'autre côté.

— Bonjour, Monsieur James, c'est bon de vous voir aujourd'hui.

— Vous aussi, Eve, dit Finn en ouvrant la porte pour la laisser rentrer. Je vous rejoins dans un instant, le temps de dire au revoir à mon invité.

— Pas de problème. Je vais vous servir, dit Eve en passant devant eux.

Manifestement, elle était déjà venue dans cette maison.

Finn posa la main sur la manche en cuir du blouson de Slade.

— Elle est tout pour moi, dit-il d'un ton sérieux.

— Je ne la connais même pas, et je crois qu'elle est tout pour moi aussi, répondit Slade d'un ton sec.

Cela fit rire Finn, un petit rire sec et rude qui avait l'air d'être douloureux.

— C'est ma Dakota, dit-il en riant.

Slade répondit d'un sourire et il hocha la tête. Il s'apprêtait à partir quand Finn dit doucement :

— Elle ne va pas vous faire confiance. Vous allez devoir lui prouver que vous m'avez parlé. Que *je* vous fais confiance.

Finn avait à présent toute son attention et Slade

pressa les lèvres en patientant.

— Dakota adore Starbucks. Le moka à la menthe poivrée est toujours ce qu'elle préfère à cette époque de l'année. Et les donuts au glaçage au sirop d'érable. Ce sont les seuls qu'elle accepte de manger. Apportez-lui-en quand vous la retrouverez et dites-lui que je vous ai dit que c'étaient ses préférés. La suite est entre vos mains.

Sachant que le vieil homme avait raison et qu'il avait besoin d'avoir un moyen de convaincre Dakota de l'écouter avant de prendre les jambes à son cou, il hocha la tête d'un geste appréciatif.

— Merci. Je m'en souviendrai. Puis-je vous demander quelque chose ?

— Bien sûr.

— Pourquoi m'avez-vous laissé entrer ? Pourquoi m'avez-vous tout raconté sur Dakota ?

Finn regarda Slade pendant un long moment avant de dire :

— Ma fille m'avait dit que des mecs louches risquaient de passer, en se faisant passer pour des anges. Elle m'a prévenu de ne faire confiance à personne, peu importe à quoi ils ressemblent.

Le vieil homme marqua un temps d'arrêt.

— Plusieurs personnes ont déjà essayé de me faire parler. Des reporteurs qui ont prétendu être des amis de Dakota, des gens qui travaillaient soi-disant pour le gouvernement et qui avaient simplement son intérêt à cœur. *Pouah...* Tous des menteurs. Mais vous... vous ne m'avez pas menti.

Slade se retint de sourire. Ses anciens coéquipiers se seraient esclaffés en apprenant l'impression que Finn avait de lui, particulièrement puisqu'il avait toujours été le meilleur menteur de la bande.

— Un mec qui roule en Harley, avec un blouson en cuir, des sacoches pleines... Vous ne pouvez pas vraiment kidnapper une femme sur une moto. En plus... vos yeux m'ont dit tout ce que j'avais besoin de savoir.

— Mes yeux ?

— Oui. Un regard à la photo de Dakota et ça vous a suffi, acquiesça Finn. L'amour est une chose étrange. Quand ça vous frappe, ça vous frappe. J'ai su à la seconde où j'ai vu ma femme que je voulais passer le reste de ma vie avec elle. Prenez soin de ma petite, Slade. Je me suis inquiété pour elle depuis qu'elle est née. Mon seul désir est qu'elle soit protégée et qu'on s'occupe d'elle quand je ne serai plus là. Oh, je sais, elle sait prendre soin d'elle-même, mais si elle a beau être indépendante, elle a tout de même besoin de quelqu'un qui s'assure qu'elle prenne des repas quand elle a trop de travail, lui masse le dos quand elle a passé une mauvaise journée et qui soit là pour elle quand elle a besoin de parler.

Les paroles de Finn ébranlèrent profondément Slade. Oui. C'était ce qu'il avait désiré toute sa vie. Avoir une femme à ses côtés et être celui sur lequel quelqu'un d'autre pourrait s'appuyer.

— J'ai tort ?

— Vous n'avez pas tort, dit Slade. Je ne vais pas vous promettre que votre fille et moi allons nous marier et que vous n'aurez plus à vous faire de soucis, mais je vous affirme que je ferai tout ce qui est en mon pouvoir pour la placer en sécurité et lui permettre de reprendre une vie normale. Après ? dit-il en haussant les épaules. Ça dépendra d'elle. Mais à en juger par ma réaction à sa photographie, je vais faire tout ce qui est en mon pouvoir pour la convaincre de me laisser faire partie de sa vie.

— C'est pour ça que je vous ai laissé entrer. C'est pour ça que je vous ai raconté toutes ces choses, dit Finn en tendant la main. Bonne chance. Protégez mon bébé.

Après une dernière poignée de main, Slade rejoignit à grands pas la Harley garée dans l'allée, sachant que M. James ne cessait de l'observer. Il enfourcha le siège en cuir et prit son casque.

Il était en train de le boucler quand Finn lui cria quelque chose depuis l'encadrement de la porte :

— Vous en avez deux ? Parce que si vous avez l'intention de prendre une passagère, je veux que sa tête soit protégée.

Slade sourit, malgré le sérieux de la situation. Sans dire un mot, il se tourna et ouvrit une de ses sacoches. Il en tira un casque identique à celui qu'il portait, quoiqu'une taille plus petite, et le montra à Finn.

— C'est bien, répondit simplement ce dernier avant de rentrer dans sa maison à reculons et de refermer la porte.

Slade rangea le deuxième casque qu'il avait acheté spécifiquement dans l'intention de transporter Dakota James à l'arrière de sa moto et se tourna vers le guidon. Il ressortit de l'allée à reculons et se dirigea vers l'autoroute. Il appellerait Tex dès que possible pour l'informer qu'il était en route pour Las Vegas, mais d'abord, il devrait traverser le trafic de Los Angeles pour sortir de la ville. L'autoroute qui menait à la frontière du Nevada était toujours un cauchemar à cette époque de l'année.

Commencer ses recherches par Las Vegas semblait incontournable, à cause des deux cartes postales qu'on y avait postées.

Que Dakota s'y trouve n'était pas sûr, mais une chose était claire... Slade était plus déterminé que jamais à la retrouver et à la protéger. Toute femme qui aimait assez son père pour essayer de lui faire savoir qu'elle allait bien alors qu'elle tentait d'échapper à des terroristes était quelqu'un qu'il avait envie de connaître. Mais parce que c'était précisément *Dakota* qui l'avait fait... cela avait mouché tous les doutes qu'il aurait pu entretenir sur elle. Il la retrouverait, veillerait sur elle... et peut-être parviendrait même à la convaincre de donner sa chance à un vieux soldat d'élite à la retraite.

CHAPITRE TROIS

— Vous avez déjà croisé un extraterrestre par ici ?

Dakota James se força à sourire en se tournant vers le touriste. Elle tenait le service de l'après-midi dans une petite auberge de Rachel au Nevada, et on lui posait exactement la même question au moins une fois par jour. Mais elle ne pouvait pas vraiment le leur reprocher. Après tout, ils se trouvaient pile à l'extérieur de la zone 51 dans le désert du Nevada, et le petit établissement dans lequel elle travaillait s'était ingénié à vendre toutes les merdes kitch possibles sur le thème des extraterrestres qu'ils avaient pu trouver.

— Non. Juste beaucoup de touristes qui ont faim, dit-elle à l'adolescent.

Puis elle s'excusa de sa réponse générique par un haussement d'épaules et se hâta d'apporter trois assiettes de hamburger-frites au groupe assis à une table circulaire au milieu de la pièce.

Elle sourit puis les laissa se jeter avidement sur la nourriture qu'elle venait de leur servir.

Travailler comme serveuse et vendeuse n'était pas ce qu'elle avait prévu de faire de sa vie quand elle avait passé sa maîtrise en sciences de l'éducation, mais la vie avait une manière bien étrange de vous apprendre l'humilité.

S'essuyant les mains sur son tablier, Dakota scanna un T-shirt orné d'une tête d'extraterrestre, un sticker pour voiture et un mug estampillé du logo de l'auberge, ainsi qu'un extraterrestre gonflable en plastique vert, puis elle fit payer le couple qui se tenait à la caisse.

Cela faisait un bon moment qu'elle travaillait dans ce petit bar restaurant et elle savait qu'il était temps qu'elle mette les voiles. Elle était reconnaissante envers Pat et sa fille Connie de l'avoir embauchée. Elles avaient de toute évidence lu le désespoir dans ses yeux quand elle avait débarqué là plusieurs semaines auparavant.

Rachel, Nevada, comprenant une population d'environ cinquante-quatre personnes, n'était pas ce qu'on pouvait appeler un endroit populaire. On n'atterrissait pas là par hasard, et Dakota ne faisait pas exception à la règle. Elle s'était terrée à Las Vegas pendant une semaine, mais n'avait pas aimé le fait que cette ville semble toujours sale. En plus, elle avait toujours eu l'impression qu'on l'observait... et avec la foule constante, elle n'était pas parvenue à déterminer si on l'épiait vraiment ou bien si c'était simplement dans sa tête.

Alors elle était partie, décidant de traverser les États-Unis, loin de la Californie et de... *lui*. Elle s'était arrêtée pour prendre de l'essence juste à l'est de Vegas et avait entamé la conversation avec un groupe de joyeux drilles venus de l'Indiana. Ils avaient dit qu'ils faisaient du géocaching et qu'ils allaient sur l'autoroute des aliens. Dakota n'avait rien compris, mais ils s'étaient empressés de tout lui expliquer.

Apparemment, le géocaching était un peu comme une chasse au trésor avec un GPS. Les joueurs téléchargeaient des coordonnées sur un site Internet et les suivaient pour parvenir au « trésor ». Cela pouvait être un Tupperware, une bobine de film ou même une grosse boîte de balles de revolver. Parfois, elle contenait des jouets ; d'autres avaient simplement assez de place pour un carnet que les joueurs devaient signer.

Le groupe se dirigeait vers l'autoroute des aliens qui contenait littéralement des milliers de « géocaches » le long d'une route de plus de cent cinquante kilomètres. Ils avaient parlé de la célèbre boîte à lettres noire, de la zone 51, de la ville de Rachel et de l'auberge Little A'Le'Inn, comme si ne pas les voir au moins une fois dans sa vie était une hérésie.

Alors elle s'était mise en route. Au lieu de sortir du Nevada par la route interétatique 15, elle avait pris la route 93 vers l'autoroute 375, aussi connue sous le nom d'autoroute des aliens.

Elle s'était bien amusée. Elle s'était arrêtée à la boîte aux lettres noires, qui était à présent peinte en blanc. Elle avait adoré les paysages désertiques, avait mugi à des vaches au passage et salué de la main des géocacheurs qui s'étaient arrêtés au hasard le long de la route à la recherche de petits containeurs dissimulés.

Rachel n'était certainement pas ce à quoi elle s'était attendue. Elle s'était attendue à une petite ville typique, avec une station essence, un hôtel et des fast-foods... mais non. C'était littéralement au milieu de nulle part. Il n'y avait pas de commerces hormis le bar restaurant dans lequel elle travaillait. Pas d'autres endroits où manger et surtout, pas de station-service.

Elle avait prévu de voir pourquoi Rachel était aussi populaire, puis de poursuivre son trajet vers le nord jusqu'à Reno et éventuellement l'Idaho. Et puisqu'elle avait débarqué en ville presque à sec, elle était temporairement coincée. Mais à la seconde où elle avait vu la minuscule bourgade, elle avait décidé que ce serait un bon endroit où rester en planque pendant un moment.

Pat et Connie, les propriétaires de la Little A'Le'Inn, avaient accepté de la laisser travailler en tant que serveuse dans le bar restaurant et comme femme de chambre dans celles qu'elles louaient – principalement à des géocacheurs qui passaient par là –, dans les caravanes derrière le bar. La paye était maigre, mais ce serait suffisant pour reconstituer ses misérables réserves financières avant de reprendre la route.

Elle avait loué une petite chambre chez un résident du coin, mais elle n'y dormait pas souvent. Le propriétaire était un fumeur qui ne sortait pas beaucoup. La plupart des nuits, Dakota dormait dans sa voiture, préférant largement cela à devoir se retrouver dans une maison à roulettes qui baignait dans la fumée de cigarette. Un matin, Pat l'y avait surprise et après avoir appris pourquoi elle dormait dans sa voiture, lui avait proposé de passer la nuit dans une des caravanes du motel quand il n'y avait pas de réservations.

Travailler dans ce motel/bar/restaurant lui permettait aussi de voir la plupart des gens qui venaient en ville. Ce n'était pas imparable ; s'*il* passait par là et la trouvait, il n'hésiterait pas à faire du mal à tous ceux qui viendraient à son secours. Mais cette petite ville lui allait bien. Elle préférait de loin la nature sincèrement prévenante de la plupart des gens de Rachel aux citadins qu'elle avait rencontrés à Vegas.

Elle avait changé son nom en Dallas, se disant que cela ressemblait assez à son prénom pour qu'elle puisse s'en souvenir. Le travail était monotone, mais les gens qu'elle rencontrait faisaient que ce n'était pas si terrible que cela.

Elle avait également avoué à Connie qu'elle n'avait plus d'essence, et celle-ci s'était proposé de lui en rapporter assez pour lui permettre de se rendre jusqu'à Tonopah ou bien Warm Springs. Dakota avait volontiers accepté et se sentait mieux à l'idée de savoir qu'elle n'était pas prisonnière de cette petite ville. Elle était libre de s'en aller à n'importe quel moment.

Jusqu'alors, elle avait apprécié le fait d'être payée en liquide. Cela lui évitait de devoir utiliser des cartes de payement, au risque qu'on retrouve sa trace. Mais depuis quelque temps, elle se sentait nerveuse et avait la bougeotte... comme si quelqu'un avait recommencé à l'observer. Et même si elle ne voulait pas quitter cette étrange petite ville, le temps semblait venu de plier bagage et de s'en aller.

— Hé, Dallas, c'est prêt, l'appela George depuis la cuisine.

C'était le cuisinier qui bossait de 13 à 19 heures. Pat ou Connie s'occupaient généralement du service du matin, servant le petit-déjeuner ou les collations. Et après

19 heures, les touristes qui passaient par là pouvaient s'acheter des boissons et des sandwiches tout prêts.

Dakota émergea de sa rêverie et sourit au vieux cuistot. Rachel, Nevada, était peut-être littéralement au milieu de nulle part, mais les gens qui y vivaient et y travaillaient comptaient parmi les plus gentils qu'elle avait jamais rencontrés. Dommage qu'elle doive repartir bientôt !

* * *

— Salut, Tex, dit Slade quand son vieil ami répondit au téléphone.

— Il était temps que tu m'appelles, Cutter, se plaignit Tex. Je me suis dit que tu devais être resté collé à une machine à sous. Me laisser un message pour me dire où tu vas n'est pas la même chose que de me parler de vive voix, tu sais.

— Oui, bon. J'étais occupé, lui dit Slade.

Il l'avait appelé deux jours auparavant quand il était arrivé à Primm, une ville sur la frontière de la Californie et du Nevada. Tex n'avait pas répondu, alors il lui avait laissé un message pour lui dire ce qu'il avait découvert et où il se rendait. Il avait attendu tout ce temps pour le rappeler parce qu'il voulait pouvoir lui fournir des informations concrètes, et pas seulement des conjectures.

— J'ai effectué quelques vérifications en attendant que tu me rappelles, et on a beaucoup parlé sur Internet d'aller chercher « un certain paquet » et de se préparer pour une cérémonie, lui dit Tex.

— Merde, murmura Slade.

— Tu sais où elle peut se trouver ? demanda Tex.

— Je viens de passer deux jours à parcourir la ville tout entière. J'ai montré sa photo à tout le monde et j'ai peut-être une piste.

— Ah oui ?

— Oui. Tu as déjà été dans la zone 51 ? demanda Slade à Tex.

— Non. Mais il y a autre chose que du désert ?

— Pas grand-chose. Mais je suis dans une station-service au nord-est de Vegas et une vendeuse pense se souvenir de quelqu'un qui correspond au signalement de Dakota et qui lui aurait posé des questions sur la fameuse autoroute des extraterrestres il y a environ deux mois. Elle se souvient d'elle parce qu'elle a demandé spécifiquement s'ils avaient du café à la menthe poivrée et en sortant, elle avait pris une brochure qui parlait de l'autoroute. J'aurais besoin de ton aide pour jeter un œil aux caméras de circulation pour voir si tu repères des signes plus récents d'elle en ville, au cas où cette piste ne mènerait à rien. J'ai pensé aller jeter un œil à Rachel, Nevada, au milieu de l'autoroute des extraterrestres, pour voir si elle est passée par là.

— Je suis déjà sur le coup, lui dit Tex. J'ai commencé mes recherches dès que tu m'as laissé ton message. Jusqu'ici, je n'ai rien trouvé pour les dernières trente-six heures, mais je vais continuer. Si je découvre qu'elle était à Vegas récemment, je te le dirai.

— J'apprécie, merci.

— Fais attention, le prévint Tex. Avec toutes ces rumeurs, on dirait bien que Fourati se doute de l'endroit où Dakota se cache et qu'il risque de passer à l'attaque.

— Pas de problème.

— Protège tes arrières, Cutter, lui dit Tex. Si tu as le moindre doute, tire-toi. Et n'hésite pas à faire honneur à ton surnom, d'accord ? Je te couvrirai si besoin est.

— Compris.

Slade n'aimait pas voir Tex nerveux. S'il pensait que Fourati avait repéré l'endroit où se trouvait Dakota et qu'il avait envoyé des sbires à sa poursuite, il avait probablement raison. Et que Tex lui dise de ne pas hésiter à trancher la gorge de quelqu'un était parlant.

C'était Tex qui lui avait trouvé son surnom pendant une de leurs premières missions ensemble. Slade avait égorgé un terroriste qui n'avait eu aucune idée que sa position avait été compromise. Ce n'était pas la première personne qui avait été tuée de cette façon, et ce n'était certainement pas la dernière. Tex l'avait félicité de l'avoir buté et c'était parti de là. Mais Slade préférait dire qu'on l'appelait Cutter à cause de son nom de famille. C'était un peu plus politiquement correct que de parler en société de tous les gens qu'il avait tués au cours de son service.

— J'appellerai dès que je pourrai, dit Slade à Tex.

— D'accord. À plus tard.

— À plus.

Slade raccrocha et poussa un soupir de frustration. Le fait que Fourati ne soit qu'à un pas derrière lui ne le réconfortait pas, mais au moins, il était *derrière* lui et pas *devant*.

Slade glissa à nouveau le téléphone dans sa poche et se dirigea vers la station-service. S'il se rendait dans le désert, il voulait remplir son réservoir. Sa Harley tenait bien la route, mais il ne savait pas ce qu'il trouverait quand il parviendrait à la zone 51 et il voulait être prêt à tout.

Une heure plus tard, Slade s'engagea sur l'autoroute des extraterrestres et il grimaça. Il était soudain très content d'avoir laissé le caissier de la station le convaincre de prendre les quatre gallons en plus qui étaient attachés sur le siège derrière lui. L'air était glacé, mais il savait qu'il avait eu de la chance. Ça aurait pu être bien pire et il espérait que le temps reste au beau fixe jusqu'à ce qu'il parvienne à Rachel et – s'il avait de la chance – retrouve Dakota.

Le caissier volubile de la station-service lui avait raconté que Rachel était la seule ville sur l'autoroute des extraterrestres, et qu'il n'y avait pas de boutiques, juste un bar, ce que Slade avait trouvé malvenu, mais personne ne lui demandait son avis. Cette longue route déserte n'était pas l'endroit idéal pour conduire en état d'ivresse, c'était certain. Non seulement risquait-on de partir dans le décor, mais c'était également des terrains où paissaient des centaines de vaches. L'employé avait pris grand plaisir à lui raconter deux histoires sanglantes d'automobilistes qui avaient renversé des vaches qui s'étaient tenues au milieu de la route sans faire attention en plein milieu de la nuit.

Inspirant profondément, Slade accéléra tout en continuant à parcourir la longue autoroute. Il espérait vraiment vite retrouver Dakota pour la mettre en sécurité.

* * *

Dakota grimaça quand la sonnette au-dessus de la porte d'entrée tinta. Elle était lasse et prête à se tirer de là. Ça faisait un moment qu'elle faisait la barmaid. Doug et Alex, deux frères qui travaillaient au ranch de Tonopah Test, étaient venus après le travail et lui avaient commandé des bières. Ils avaient dit qu'ils ne voulaient pas manger puisqu'ils avaient mangé des sandwiches chez eux avant de sortir au bar. Plusieurs heures s'étaient écoulées depuis et ils n'avaient pas l'air de vouloir débarrasser le plancher.

C'était la responsabilité de Dakota de s'assurer que les gens étaient servis, payaient, puis étaient dissuadés de prendre leur véhicule s'ils n'étaient pas du coin. Elle avait discuté avec les frères pendant un moment, mais elle en avait assez, était fatiguée, et avait vraiment envie d'aller se coucher pour la nuit dans une des caravanes. Heureusement, il y avait eu une annulation dans la journée, ce qui signifiait qu'elle allait pouvoir dormir dans un vrai lit.

Le stress de rester en permanence sur ses gardes commençait à peser sur elle. Il était assurément temps de partir et de trouver un nouvel endroit où se poser pendant un moment. Et cette fois, quelque chose de plus peuplé que Rachel. Elle parlerait à Pat et Connie le lendemain et leur dirait qu'elle devait tourner la page.

Elle sourit en direction de la porte puis se figea quand elle vit l'homme qui venait d'entrer. Il avait probablement deux ans de plus qu'elle. Ses cheveux noirs grisonnaient, mais au lieu de le vieillir, il n'en semblait que plus sexy. Il portait une barbe courte bien taillée qui attirait l'attention sur ses lèvres pulpeuses. Il avait également un blouson en cuir et un vieux jean déchiré ainsi que des bottes noires. On aurait dit que son nez avait été cassé plus d'une fois et l'air froid et sec lui avait fait rosir les joues.

Il était grand, vraiment grand, au moins quinze centimètres de plus qu'elle, qui faisait plus d'un mètre soixante. Il n'était pas mince, mais pas gros non plus. Il était... baraqué. Musclé.

Elle aurait dû avoir peur. Il aurait facilement pu la dominer et lui faire du mal, mais quelque part, elle savait qu'il ne le ferait pas. Comment le savait-elle, elle l'ignorait, mais l'espace d'un bref instant, elle eut l'impression qu'elle le connaissait.

C'était fou. Elle n'avait jamais vu cet homme de toute sa vie, sans quoi elle s'en serait souvenue. Mais elle ressentit quand même un éclair de reconnaissance.

L'homme la salua du menton et les genoux de Dakota tremblèrent. Elle ne savait pas comment il était parvenu à éveiller son désir d'un simple mouvement du menton, mais soudain, une aventure passionnée avec un parfait inconnu lui paraissait être la meilleure idée qu'elle ait jamais eue. Cela faisait très longtemps qu'elle n'avait pas ressenti de désir sexuel pour quelqu'un, particulièrement au cours des deux derniers mois, mais toutes ses inquiétudes parurent se dissoudre sous la pression de son regard ténébreux.

— Bienvenue à Little A'Le'Inn, dit-elle automatiquement.

Le boulot avant tout, et elle ne voulait pas être la cause d'une mauvaise critique en ligne.

— Le grill est fermé, mais nous vendons des snacks et des boissons. Cela dit, si vous poursuivez votre route jusqu'à Tonopah, je ne vous recommande pas de boire de l'alcool. Ça pourrait être dangereux.

Dakota sourit en prononçant cette dernière phrase, désireuse de paraître amicale et non moralisatrice. Ce serait vraiment dommage qu'il arrive le moindre mal à cet homme.

Elle avait l'impression que ses yeux la perçaient à jour, comme s'il pouvait deviner tous ses secrets d'un seul regard. Ce qui était le plus déroutant était que ce n'était pas désagréable du tout. Elle n'avait jamais eu personne sur qui s'appuyer pour l'aider à résoudre ses tracas. Ça ne lui avait rien fait jusque-là – après tout, elle était une femme moderne –, mais en cet instant, elle ne pouvait s'empêcher de penser que *cet* homme-là veillerait sur elle. Il ne laisserait personne lui faire de mal.

Dakota lui tourna le dos, se mettant à essuyer le comptoir pour essayer de retrouver une contenance.

Du coin de l'œil, elle vit l'homme se diriger dans le bâtiment faiblement éclairé et regarder autour de lui. Elle avait souvent vu comment agissaient les touristes quand ils pénétraient dans ce bar éclectique, mais cet homme ne réagit même pas. C'était... étrange.

— Bel endroit, dit-il.

Et les orteils de Dakota se contractèrent dans ses baskets. La voix du nouveau venu était basse et rauque et elle la ressentit jusque dans son ventre. Elle ne savait absolument pas pourquoi elle réagissait à la masculinité évidente de cet homme, mais c'était incontrôlable.

— Oui. Les propriétaires ont vraiment essayé de le rendre... unique.

— Slade, dit l'homme en lui tendant la main.

— Oh... euh... je m'appelle Dallas, dit Dakota d'une voix tremblante, à deux doigts d'oublier son faux nom et lui tendant la main avec hésitation.

Elle avait un peu peur qu'il la lui écrase avec sa force brute, mais il se contenta de sourire et de lui saisir la paume d'une poigne ferme sans la broyer avant de dire :

— Ravi de vous rencontrer.

Dakota lui adressa un demi-sourire.

— Moi de même.

Ils restèrent immobiles un instant, se regardant sans cligner des paupières, avant que Dakota ne retire sa main à contrecœur. Il la lâcha sans protester, mais elle aurait juré pouvoir encore sentir ses caresses longtemps après que leurs mains se furent séparées. Il avait des callosités, ce qui lui fit songer à la sensation que les mains de cet homme éveilleraient sur sa peau nue. Il fallait vraiment qu'elle se reprenne !

— Alors, que voulez-vous prendre ? demanda Dakota.

— Juste un Coca, je crois bien, répondit Slade.

— Quel genre ?

— Quel genre de Coca ?

Dakota pouffa et secoua la tête d'un air un peu honteux.

— Pardon. C'est l'habitude. J'appelle tous les sodas « Coca ». Je l'utilise pour tout. Je vais vous en chercher un, acheva-t-elle rapidement, sachant qu'elle rougissait d'embarras.

— Alors si quelqu'un demande un Coca, vous demandez quel genre, et ils disent un Pepsi, un Dr. Pepper ou une autre marque ? demanda Slade avec un sourire amical.

Il posa les avant-bras sur le comptoir en bois patiné.

Pendant un moment, Dakota aurait aimé que ce soit l'été et que Slade porte un T-shirt à manches courtes. Elle aurait payé pour être en mesure de voir ses biceps et ses avant-bras. Elle aurait parié qu'il était super musclé. Quand il inclina la tête et haussa les sourcils alors qu'elle continuait de le regarder, elle rougit encore plus profondément.

— Désolée. Oui, ça marche comme ça. Vous voulez bien un Coca-Cola ?

— Oui, s'il vous plaît. Si ça ne vous dérange pas, ajouta Slade avec un sourire.

— Bien sûr que non. C'est mon travail, lui dit Dakota, contente d'avoir une raison de se retirer dans la réserve pendant un instant.

Il y avait quelques canettes sous le bar, mais elle voulait lui apporter une boisson fraîche prise dans le réfrigérateur qu'ils avaient derrière le bar.

Elle profita de ces quelques secondes de solitude pour se morigéner. *Il ne fait que passer, Dakota. La dernière chose dont tu as besoin est de te retrouver impliquée avec un mec, même si c'est juste pour la nuit. Même s'il est super sexy et que tu as très envie de lui. Reprends-toi.*

Rassurée de sa capacité à garder la tête sur les épaules, Dakota revint dans le bar avec un sourire sur le visage et brandit la canette.

— J'ai trouvé !

Au lieu de baver sur ce spécimen d'homme remarquable qui était assis au bar, elle s'affaira à prendre un verre et le remplir de glaçons. Elle versa le soda dans le verre, tellement concentrée sur ce qu'elle faisait qu'elle sursauta quand Doug frappa sur le bar près de la caisse.

— On va te foutre la paix, Dallas.

Dakota leva la tête et hocha le menton, reposant la canette à moitié pleine car ses mains tremblaient trop pour qu'elle puisse achever sa tâche. Levant les yeux, elle croisa le regard inquiet de Slade.

— Ça va ? demanda-t-il à voix basse.

Dakota hocha rapidement la tête et poussa vers lui le verre et la canette de soda.

— Voilà. Excusez-moi.

Il acquiesça et elle rejoignit la caisse. Elle discuta un moment avec Doug et Alex pendant qu'ils réglaient leurs consommations. Après leur départ, la pièce parut rétrécir. Sans qu'elle sache pourquoi, être seule avec Slade la rendait extrêmement nerveuse. Elle replaça une mèche de cheveux folle derrière son oreille et lui sourit maladroitement.

— Vous travaillez ici depuis longtemps ? demanda-t-il.

Dakota haussa les épaules. Elle avait appris à ne pas donner de réponses précises.

— Pas vraiment.

— C'est plutôt éloigné de la civilisation, n'est-ce pas ? Elle haussa à nouveau les épaules.

— Oui. Mais j'ai rencontré des gens très gentils. Vous allez au nord ou au sud ?

Ce fut au tour de Slade de hausser les épaules.

— Je suis remonté depuis Crystal Springs, mais je ne sais pas si je vais y retourner ou bien poursuivre ma route. Est-ce qu'il y a des choses à voir si je continue jusqu'à Tonopah ?

— Ça dépend de ce que vous aimez voir, lui répondit Dakota. J'ai entendu dire que Goldfield est vraiment intéressant, avec les rumeurs qui disent que c'est hanté, mais il n'y a pas vraiment de choses à faire non plus dans cette direction, pour être honnête.

— Hum. On peut passer la nuit quelque part dans le coin ? demanda Slade.

Dakota déglutit bruyamment. Mince ! Elle n'aurait plus de lit pour la nuit... Mais elle sourit amicalement et lui dit la vérité.

— Vous avez de la chance. Il y a eu une annulation ce soir, alors on a une chambre de libre. Ce n'est pas du grand luxe et vous devrez partager la caravane avec un autre couple, mais ils se sont enregistrés il y a une heure et je crois qu'ils ont l'intention d'aller se coucher tôt, alors ils ne vous dérangeront pas. Il y a un espace en commun au milieu et les deux chambres sont de part et d'autre avec une porte qui ferme. C'est vraiment privé.

Dakota savait qu'elle babillait de façon incontrôlable, mais elle ne pouvait pas s'arrêter.

— Ça ne coûte que quarante-cinq dollars la nuit, ce qui est vraiment une bonne affaire. Il y a de l'eau chaude et vous pouvez vous connecter gratuitement au wifi du restaurant. Le petit-déjeuner est inclus. Rien de bien gourmet, juste des roulés à la cannelle et du jus de fruits, mais encore une fois, c'est plus sûr que d'essayer de vous rendre jusqu'à Tonopah en pleine nuit.

Slade émit un petit rire, un son qui fit se contracter les parties féminines de Dakota. Il était vraiment beau !

— Je prends. Comment ne pas accepter après ce bel argumentaire de vente ?

— Désolée. Les gens ont tendance à rechigner parce que c'est une caravane et qu'il faudra partager, mais je vous promets que c'est propre, sûr et que ça vaut le prix que ça coûte.

Slade inclina la tête en arrière et avala le reste du Coca qu'il lui restait. Il sortit un billet de cinq dollars qu'il lui glissa.

— Ça m'a l'air bien. Je suis épuisé.

— Je vais vous chercher votre monnaie.

Slade refusa d'un geste.

— Gardez-la.

— Oh, d'accord. Merci. Si vous êtes prêt, je peux vous accompagner jusqu'à votre chambre.

Il regarda sa montre.

— Vous fermez ?

Dakota hocha la tête.

— Oui, on n'attend plus personne ce soir et il fait nuit. Les gens du coin savent qu'on ferme vers cette heure-ci.

— Vous ne voulez pas que des extraterrestres débarquent après le coucher du soleil, n'est-ce pas ? plaisanta Slade.

Dakota pouffa même si on la lui avait déjà faite.

— Oui, quelque chose comme ça. Si vous voulez, on se retrouve dehors dans cinq minutes ? Il faut que je finisse ici.

En fait, elle avait besoin de se refaire la morale, mais il n'avait pas besoin de le savoir.

— Oui. Je serai près de ma moto.

Dakota hocha la tête et elle garda les yeux braqués sur ses fesses jusqu'à ce qu'il passe la porte. Il était vraiment bel homme. Et bien sûr, il avait une moto, ce qui le rendait encore plus sexy. Elle n'avait jamais fait un tour, mais par le passé, avant qu'elle n'ait l'âge d'avoir abandonné bon nombre de ses rêves, elle s'était imaginé ce que cela ferait d'être installée derrière un homme, les bras autour de lui, le menton sur son épaule tandis que le vent soufflait dans ses cheveux alors qu'ils filaient sur l'autoroute.

Secouant la tête d'un air dégoûté, elle marmonna :

— Reprends-toi, bon sang. On dirait que tu n'es pas en train d'échapper à un terroriste fou. Tu n'as pas le temps de te pâmer devant un homme. Même s'il est super sexy et que tu aimerais bien savoir si sa barbe est douce ou rugueuse.

Satisfaite de son discours de motivation, Dakota lava rapidement les verres sales et verrouilla la vieille caisse. Il n'y avait aucune banque à Rachel où elle aurait pu apporter l'argent et d'ailleurs, la plupart des gens payaient par carte de toute façon.

Elle accrocha son tablier et se lissa les cheveux, les attachant en un chignon sur sa nuque, puis elle sortit.

Slade était appuyé contre sa Harley, une cheville reposant sur l'autre. Il croisait les bras en fronçant les sourcils. Dakota se tourna rapidement et verrouilla la porte, s'assurant que le panneau soit clairement visible pour les visiteurs éventuels. Inspirant profondément, elle se tourna vers Slade.

— Tout va bien ?

Il secoua la tête.

— Il n'y a pas de réseau.

— Oui, désolée. Par le passé, les résidents ont demandé aux grosses sociétés téléphoniques d'installer une tour dans le coin, mais ça leur aurait fait trop de frais. Et si vous voulez mon avis, le gouvernement a certainement posé son veto. C'est dans leur intérêt de rester discrets par ici, si vous voyez ce que je veux dire, avec cette histoire de zone 51. Si ça peut vous consoler, une fois que vous serez parvenu à Warm Springs et après la grande montagne, vous recommencerez à capter. Si vous avez vraiment besoin de joindre quelqu'un, je pourrais demander à Pat – elle possède cet endroit avec sa fille – d'appeler quelqu'un pour vous. Il y a quelques résidents qui ont des téléphones par satellite.

Slade secoua la tête.

— Non, c'est bon. Je peux attendre. J'espérais simplement joindre un ami pour lui dire que je suis bien arrivé et que je passerai la nuit ici.

— Désolée, s'excusa à nouveau Dakota. Vous pouvez probablement lui envoyer un mail plus tard si vous voulez. Je vais m'arranger pour vous donner le mot de passe pour le wifi. Vous êtes prêt à voir où vous allez dormir ?

— Je n'ai pas besoin de payer pour la chambre ? demanda-t-il.

Elle fit un geste de la main.

— Ne vous inquiétez pas. Vous pourrez payer Pat ou Connie demain matin. Elles s'occupent du restaurant jusqu'à ce que je prenne mon service l'après-midi.

— Vous faites confiance, observa Slade.

Cela fit sourire Dakota.

— Oui. Venez, c'est à l'arrière.

Il se redressa et se tourna pour saisir le guidon de sa moto. Puis il la poussa en silence en faisant le tour du restaurant iconique, devant la grande soucoupe volante qui annonçait aux voyageurs éventuels qu'ils étaient arrivés au A'Le'Inn, jusqu'à l'une des caravanes garées sur le côté du parking.

— Voilà. Et je sais que ça ne paye pas de mine, mais je vous promets que c'est propre.

— Je vous crois, lui dit Slade en tendant la main pour prendre la clé que Dakota faisait jouer entre ses doigts.

— Ah oui. Voilà.

Elle inspira quand le bout de ses doigts frôla la paume de Slade. Il était chaud et l'air du désert commençait à lui donner des frissons.

— Voilà l'entrée. Prenez à droite quand vous serez à l'intérieur et c'est votre chambre. Dormez bien.

— À plus tard, lui dit Slade en la saluant du menton.

— Oui, bien sûr, marmonna Dakota, sachant que cela n'arriverait pas.

Elle faisait de son mieux pour éviter le restaurant durant la matinée, ne voulant avoir aucune interaction avec les gens qui passaient la nuit, et ayant besoin de temps pour elle. Connie la laissait utiliser son ordinateur durant la matinée, et Dakota se servait de ce temps pour chercher si on mentionnait son nom sur Internet, et voir si elle pouvait trouver le nom de ce connard qui la pourchassait. Jusque-là, elle n'avait eu guère de chance, mais cela n'avait pas vraiment d'importance. Elle savait qu'elle était en danger ; ce mec lui avait clairement fait comprendre qu'il voulait la posséder. Ce souvenir la fit frissonner.

Se tournant pour se diriger vers sa voiture, qui était derrière la caravane de Pat, Dakota se dit qu'il faudrait qu'elle parle rapidement à sa patronne. Il était temps de partir.

* * *

Trois heures plus tard, Slade passa en silence le long des caravanes de location et se dirigea vers l'endroit où il avait vu Dakota pour la dernière fois. Elle ressemblait trait pour trait à sa photographie, jusqu'au chignon rassemblé sur sa nuque. Au moins, elle avait légèrement changé son nom. Ce n'était pas grand-chose, mais c'était déjà ça. Elle n'avait absolument pas essayé de se déguiser.

Cela dit, pourquoi penserait-elle que quelqu'un la suivrait jusqu'à Rachel, Nevada ?

La ville donnait vraiment l'impression d'être au bout du monde. Les étrangers se faisaient vite repérer et elle savait exactement où tout le monde dormait toutes les nuits. Slade avait utilisé le wifi pour passer le temps et trouver le plus d'informations possible sur la petite ville. Il savait que Dakota n'allait pas se volatiliser ; elle ne semblait pas avoir le moindre soupçon envers lui.

S'il ne se trompait pas, elle avait été frappée par la même chose que lui quand elle avait posé les yeux sur lui la première fois. Slade reconnaissait la lueur d'intérêt et de désir dans ses yeux, parce qu'il savait qu'*il* avait dû afficher la même expression la première fois qu'il l'avait vue en photo. Et comme il l'avait deviné, elle était encore plus belle en vrai. Elle était pulpeuse, et il se disait qu'elle devait faire quasiment un mètre soixante-dix puisqu'elle lui arrivait presque au menton. Slade savait qu'elle se loverait parfaitement contre lui.

Elle était drôle et attachante quand elle était nerveuse. Il se l'imaginait parfaitement en tant qu'institutrice et directrice d'une école élémentaire. Mais c'étaient l'incertitude et le malaise au fond de son regard qui lui avaient serré le cœur. Il n'aimait pas la voir effrayée et aurait voulu la serrer contre lui et lui assurer qu'Aziz Fourati ne s'approcherait jamais d'elle. Il allait devoir la jouer fine, mais il n'aurait pas le temps de l'apprivoiser. Il avait besoin de s'entretenir avec elle de sa situation, d'obtenir sa confiance et de se tirer le plus vite possible de Rachel, Nevada.

Ce qui comptait était que Dakota James n'était plus simplement un visage sur un bout de papier. C'était une femme de chair et de sang et Slade la désirait plus que tout. Mais il voulait la protéger plus qu'il ne désirait – ou avait besoin de – l'avoir sous son corps... pour le moment.

Quand ils s'étaient retrouvés seuls au bar, il avait prévu de lui donner le cadeau qu'il avait acheté à Vegas pour la convaincre, mais elle avait paru trop mal à l'aise en sa présence. Et il avait eu peur qu'elle ne prenne ses jambes à son cou s'il l'effrayait. Alors il rongea son frein, prévoyant de reprendre la conversation le lendemain matin.

Slade aurait vraiment voulu pouvoir parler à Tex et découvrir si celui-ci avait des informations sur Fourati, et si lui et ses sbires étaient en route vers Rachel. Alors pour le moment, il agissait à l'aveuglette. Il ne pensait pas qu'envoyer un mail soit sûr et il décida d'attendre.

Quand il se fut écoulé assez de temps, Slade s'était glissé hors de sa petite chambre toute simple dans la caravane et il était parti à la recherche de Dakota.

Le vent soufflait du nord et il frissonna dans l'air glacial de la nuit. Pas de doute, l'hiver arrivait dans la vallée et Slade ne serait pas surpris d'apprendre qu'on attendait des chutes de neige. Jetant un œil derrière une des caravanes, il sourit. Bingo.

Tex lui avait fourni la description de la voiture de Dakota... une Subaru Impreza de 2008. Grise. Et elle était garée devant lui. Elle n'avait même pas retiré ses plaques d'immatriculation californienne. Slade grimaça intérieurement. Elle ne savait vraiment absolument pas comment se cacher. C'était à la fois attendrissant et effrayant. C'était une bonne chose que ce soit *lui* qui l'ait découverte ici et non Fourati.

Slade se rendit en silence jusqu'à la voiture et jeta un œil à l'intérieur, ne s'attendant pas à y découvrir quelque chose d'important. Mais il pila net alors qu'il regardait par la fenêtre.

Dakota était enveloppée dans une couverture sur le siège conducteur, et seuls le sommet de sa tête et ses cheveux blonds dépassaient. Elle dormait dans sa voiture.

Elle *dormait* dans sa putain de *voiture*.

Slade avait envie de frapper quelque chose. Il aurait voulu donner un coup sur la vitre, la réveiller et lui passer un bon savon. Qu'il fasse froid était honnêtement le cadet de ses soucis. Et si ça avait été Fourati ? Ou bien un habitant du coin bourré qui avait décidé de se la faire ? Certes, Dakota était grande, mais elle n'aurait jamais pu se défendre contre un mec saoul et plein de désir.

Jurant à mi-voix devant toute cette situation et se maudissant de ne pas lui avoir parlé plus tôt dans la soirée, Slade tourna les talons et regagna sa chambre. S'il allait protéger cette mademoiselle Dakota James, il avait besoin de vêtements plus chauds.

Elle n'en avait peut-être pas demandé, mais à partir de ce moment précis, elle avait un protecteur. La voir dormir, aussi vulnérable et probablement glacée, n'avait fait que décupler son intérêt pour elle. Dakota avait besoin d'un protecteur, et il serait l'homme de la situation.

Et quand elle n'aurait plus besoin qu'on la protège, il resterait l'homme de sa vie.

<h1 style="text-align:center">CHAPITRE QUATRE</h1>

Dakota s'éveilla lentement. Le ciel du matin venait à peine de s'éclaircir et projetait une lueur violette sur la vallée. Elle se décala sur son siège et grimaça. Tous les muscles de son corps étaient raides et il faisait froid. Surprise que son pare-brise ne soit pas recouvert de givre, elle s'étira le cou à gauche puis à droite.

Elle surprit alors un mouvement du coin de l'œil et jeta un regard vers le côté... avant de pousser un cri de terreur.

Assis à côté d'elle, pile à côté d'elle, à l'intérieur de la voiture, était l'homme de la veille.

Slade.

Il était appuyé contre la portière passager, les bras croisés, une jambe pliée et calée sur le siège, et il la fusillait du regard.

— Qu'est-ce que ça veut dire ? souffla Dakota en tendant immédiatement la main vers la poignée, sa respiration haletante et visible dans l'air froid, rendant sa peur évidente.

— Tu dors dans ta voiture, dit Slade d'un ton neutre.

Dakota hocha la tête et marmonna un juron. Elle ne voulait pas détacher le regard de celui de Slade, mais elle ne parvenait pas à trouver cette stupide poignée.

— Je ne te l'ai pas dit hier soir, mais mon nom est Slade Cutsinger. Je suis un ex-soldat des forces spéciales à la retraite et je suis ici pour veiller sur toi.

— Ouais, marmonna Dakota qui n'écoutait qu'à moitié.

Elle trouva enfin la poignée et tira dessus, ayant l'intention de s'enfuir à toutes jambes loin de cet homme immense qui la transperçait du regard.

— J'ai parlé à ton père l'autre jour. J'ai vu les cartes postales. C'est comme ça que je t'ai retrouvée.

Dakota se glaça, un pied sur la terre battue à l'extérieur du véhicule, et elle fit volte-face pour regarder Slade dans les yeux.

— Il n'a rien à faire dans cette histoire. Laissez-le tranquille, murmura-t-elle d'une voix tremblante.

— Je le sais parfaitement, la rassura Slade. C'était une bonne idée, pour les cartes postales. Ton père était sûr que tu allais bien, comme tu l'avais prévu. Malheureusement, quelques personnes ont eu la flemme et au lieu d'attendre d'être rentrés chez eux, ils les ont postées depuis Vegas.

— Flûte, répondit Dakota.

Elle se dit qu'elle ne perdait rien à écouter ce que Slade avait à dire. Puisqu'il était au courant pour les cartes postales, il avait certainement parlé à son père. Elle était peut-être stupide, mais Slade ne lui faisait pas peur, alors elle espérait que son père soit à la maison, sûr que sa fille se porte bien... même si elle tentait d'échapper à un terroriste.

— Je suis au courant pour l'attentat à la bombe à l'aéroport, Dakota, dit doucement Slade en la tirant de ses réflexions.

Le ventre de Dakota se serra. Il avait utilisé son vrai nom.

Bien entendu. S'il avait vu son père, il devait savoir qui elle était vraiment.

— Je sais que tu étais la dernière survivante. Je sais que tu as vu Aziz Fourati et je sais aussi que tu es la seule personne au monde pour le moment capable de l'identifier. Il le sait aussi et il a non seulement envie de s'assurer que tu gardes ces infos pour toi, mais aussi de te faire sienne. Il veut que tu deviennes sa femme.

Dakota ferma la portière et frissonna. Il faisait vraiment froid. Elle essaya d'éclaircir ses pensées embrouillées par le sommeil. Elle n'avait jamais bien fonctionné avant sa première tasse de café.

— Il s'appelle Aziz ?

La question surprit Slade. Il haussa les sourcils en inclinant la tête et demanda :

— Tu ne connaissais pas son nom ?

— Non. Il ne me l'avait pas dit. C'était quoi son nom de famille, déjà ?

Elle essayait vraiment de ne pas paniquer. Oh, elle avait bien l'intention de mettre les voiles dans la journée, mais elle avait besoin de tirer les vers du nez de Slade avant de foutre le camp. Mieux valait être bien informée.

— Fourati.

— C'est un nom étranger, fit-elle observer, fière de son calme apparent.

— Oui. On pense qu'il est tunisien.

— Tunisien ? demanda-t-elle, vraiment perdue.

— Oui, de Tunisie. C'est un pays entre l'Algérie et la Lybie en Afrique du Nord.

— Je sais où est la Tunisie, bougonna-t-elle. C'est simplement que...

Elle s'interrompit un moment, se rendant compte qu'elle ne pouvait vraiment pas parler à Slade de quoi que ce soit. Elle ne le connaissait pas. Il était peut-être un des sbires d'Aziz Fourati. Elle était contente de pouvoir enfin mettre un nom sur celui qui faisait de sa vie un enfer, mais il fallait qu'elle la joue fine... même si son intuition lui criait qu'elle pouvait faire confiance à l'homme assis à côté d'elle.

Slade se pencha et ramassa quelque chose sur le plancher à ses pieds. C'était une tasse de voyage en métal. Il la lui tendit sans mot dire.

Dakota détourna un instant les yeux de lui pour regarder la tasse. S'il pensait qu'elle allait boire ce qu'il lui offrait, il était fou.

— Non, merci, dit-elle d'un ton poli.

— Vous ne savez pas ce que c'est, répondit tranquillement Slade.

— Je ne sais pas qui vous êtes, rétorqua-t-elle avec un certain mordant. La seule raison pour laquelle je suis encore assise dans ce véhicule est qu'il fait froid dehors et que je n'ai nulle part où aller. Je suis certaine que si l'envie vous en prenait, vous me rattraperiez en deux secondes pour me trancher la gorge. C'est peut-être masochiste, mais avant de mourir, j'aimerais bien avoir le plus d'informations possible sur la raison pour laquelle ma vie est aussi pourrie.

— Tu ne jures pas.

— Quoi ?

— Tu ne jures pas, répéta-t-il patiemment.

Dakota haussa les épaules.

— Je suis directrice d'une école élémentaire. Ou plutôt je l'étais. Je ne peux pas vraiment dire « merde », « putain » et « couilles » tout le temps.

— C'est vrai. Ça me plaît.

— Super, je vais mourir heureuse, bougonna Dakota.

La voix de Slade se fit plus profonde – si cela était possible – et même si elle ne voulait pas l'admettre, son ton lui donna la chair de poule.

— Je suis de ton côté, Dakota, lui dit-il. Pour faire court, le gouvernement sait que Fourati était derrière l'attentat à la bombe à l'aéroport et ils veulent s'assurer qu'il soit puni pour ce qu'il a fait. Mais il est à présent en train de recruter des soldats en ligne ; il essaye de les convertir à sa cause. Il veut réitérer l'opération, mais sur une échelle plus vaste cette fois.

— J'en ai conscience, murmura Dakota.

Elle ne mentait pas. Aziz s'était vanté de ses projets pendant qu'elle et les autres otages étaient blottis les uns contre les autres à l'aéroport, absolument terrifiés.

— Alors tu sais à quel point il est capital de l'en empêcher.

— J'ai failli mourir ce jour-là.

Dakota se doutait qu'il était déjà au courant, ce qu'il confirma en disant simplement :

— Je sais.

— Vous ne pouvez pas simplement débarquer comme ça, me dire que vous êtes à ma recherche, et vous attendre à ce que je croie à votre histoire.

— Et pourquoi pas ?

— Comment ça, pourquoi pas ? demanda Dakota, déboussolée.

Il continua de lui tendre la tasse et poursuivit :

— Je vous ai dit que j'ai vu votre père, j'ai vu les cartes postales. Je suis bien un ancien soldat d'élite à la retraite. Je ne suis pas tunisien et je ne suis jamais parvenu à me faire passer pour un terroriste arabe. Si j'avais du réseau, j'appellerais un de mes meilleurs amis au monde afin qu'il corrobore mon histoire. Mais ça devra attendre qu'on soit revenus à la civilisation. Je suis dans ton camp, Dakota. Je le jure devant Dieu.

— C'est ce que dirait un terroriste, l'informa-t-elle, absolument pas convaincue. D'ailleurs, appeler quelqu'un pour qu'il corrobore votre histoire ne m'inspire pas confiance.

— Prends cette tasse, ordonna Slade doucement.

Sans y penser, Dakota obéit à ses paroles urgentes. Elle tendit la main et lui retira la tasse thermos en inox. Leurs doigts se frôlèrent et elle aurait juré pouvoir sentir la chaleur du corps de Slade remonter le long de son bras.

Mais non, ce n'étaient pas ses doigts qui causaient cette chaleur, c'était la tasse. Elle était chaude. Elle le regarda d'un air interrogateur.

— Je suis passé au restau avant de venir ici et j'ai demandé à Pat d'en réchauffer le contenu.

Il prit un air penaud avant d'ajouter :

— Je crois que le goût va laisser à désirer après deux jours, mais ton père m'a parlé de tes goûts. Il a dit que si je t'apportais ça, tu saurais que je l'ai bel et bien rencontré.

Avec une lenteur prudente, Dakota fit tourner le couvercle en plastique et immédiatement, l'odeur de la menthe poivrée lui chatouilla les narines. Extatique, elle ferma les yeux en rapprochant la tasse de son visage. Puis elle inhala l'odeur de son café préféré, et elle repensa à toutes les fois où elle et son père en avaient partagé une tasse de café, assis dans son petit salon. Elle ravala les larmes qui lui montaient aux yeux.

— Et ça aussi, dit doucement Slade, interrompant son souvenir.

Dakota ouvrit les paupières et vit qu'il lui tendait un petit sac en papier blanc. Elle devina ce qu'il contenait sans avoir besoin de regarder à l'intérieur.

— Un donut au glaçage au sirop d'érable, dit-elle.

— Exactement. Même si je crois que son séjour dans la sacoche de ma moto l'a un peu écorné.

Dakota tendit la main et lui retira le sac, prenant garde cette fois à ne pas lui toucher les doigts, puis elle jeta un œil à l'intérieur. Effectivement, le donut était écrabouillé d'un côté et il y avait plus de glaçage à l'érable collé sur le sac que sur la pâtisserie elle-même. Cela étant, les souvenirs qui l'assaillirent faillirent lui couper le souffle.

— Tu es vraiment allé voir mon père.

— Oui.

— Et tu *jures* que tu ne lui as pas fait de mal ?

Slade émit un drôle de son et Dakota le regarda dans les yeux. Il semblait à présent contrarié.

— Non, je ne lui ai pas fait de mal, gronda Slade. Je suis exactement celui que j'ai dit être.

Dakota l'étudia pendant un long moment. La chaleur de la tasse de métal se communiqua à sa paume et réchauffa sa main glacée. Le papier du sac se froissa quand elle se déplaça sur son siège. Est-ce qu'un terroriste se trimballerait une tasse de café moka à la menthe poivrée depuis Vegas ? Resterait-il assis à côté d'elle pendant elle ne savait combien de temps en attendant qu'elle se réveille, sans lui faire de mal ? Aziz n'aurait pas agi de la sorte. Elle avait parfaitement conscience que c'est ce qu'*il* aurait fait s'il était à la place de Slade.

Aziz Fourati la désirait. Dakota le savait sans l'ombre d'un doute. Mais il n'aurait pas demandé à ses hommes de la traiter ainsi. Avec amitié. Respect. Prudence. Elle savait exactement comment ils l'auraient... non, l'*avaient* traitée ce jour-là à l'aéroport.

— Tu as dit que tu n'es jamais parvenu à te faire passer pour un terroriste arabe, dit doucement Dakota.

— C'est vrai, en convint Slade. Autrefois, j'étais fier d'être capable de me déplacer parmi la foule au Moyen-Orient et me fondre dans la masse, mais ce n'est plus le cas. Voici le vrai moi... avec une barbe grise, acheva-t-il en désignant son visage.

Dakota s'interrompit pour avaler une petite gorgée de l'ambroisie qu'elle tenait entre ses mains et elle soupira quand le goût de la menthe poivrée explosa sur sa langue. Le café était tiède et un peu passé, mais elle n'avait rien goûté d'aussi bon depuis très longtemps. Elle regarda Slade dans les yeux. Elle signait peut-être sa condamnation à mort en se confiant à cet homme, mais même si elle n'avait guère passé de temps avec lui... elle lui faisait confiance. Il y avait simplement quelque chose en lui qu'elle ressentait au fond de son âme, comme s'il était destiné à la retrouver.

Elle n'avait jamais été très religieuse de toute sa vie, mais elle croyait aux âmes et en la réincarnation. Ses parents avaient été des âmes sœurs ; elle en était certaine. Elle espérait aussi trouver l'homme qui était fait pour elle durant cette vie-là, mais elle avait quasiment abandonné... jusqu'à ce que Slade se soit présenté au Little A'Le'Inn la veille.

Jusque-là, Slade s'était montré patient et protecteur envers elle... mais plus que ça, elle lisait l'honnêteté dans ses yeux. Aziz avait des yeux froids et morts. Ceux de Slade étaient d'un brun foncé chaleureux, et même si elle avait parfaitement conscience qu'il était capable de la tuer à mains nues – il était un ex-soldat d'élite, après tout , elle savait qu'il ne le ferait jamais.

Quand elle ne dit plus rien, Slade suggéra :

— Et si on allait se mettre au chaud pour t'acheter autre chose que de la caféine et du sucre ?

— Tu as fait tout ce chemin parce que tu voulais savoir à quoi Aziz ressemble pour pouvoir l'attraper, dit Dakota d'un ton confus. Pourquoi es-tu aussi gentil avec moi ?

— Tu as raison. J'ai fait tout ce chemin pour te retrouver et obtenir plus d'informations sur Fourati. Mais ce n'est pas la seule raison. Ma belle, tu frissonnes de froid ; et tu dois être toute raide après être restée assise ici toute la nuit. Pour le moment, j'ai plus envie de m'occuper de toi que de te soutirer des renseignements sur Fourati.

Dakota se lécha nerveusement les lèvres, y savourant le reste de menthe poivrée qui s'y attardait, et elle lui demanda :

— Mais tu n'as pas besoin de faire un rapport à tes supérieurs ou quelqu'un dans ce genre et commencer à le prendre en chasse ? C'est la raison pour laquelle tu es venu, insista-t-elle à nouveau.

Slade secoua immédiatement la tête.

— Non. Je ne vais pas te mentir. C'était mon objectif premier, effectivement. Mais à la seconde où j'ai vu ta photo dans mon dossier de mission, j'ai su que je devais te retrouver pour une raison différente.

Il n'élabora pas et Dakota demanda :

— Laquelle ?

La main de Slade remua à nouveau. Ses doigts frôlèrent sa joue, puis sa lourde paume fit le tour et vint se poser à l'arrière de sa nuque. Dakota sentit la chair de poule renaître et cette fois, elle remonta le long des deux bras. Les mains prises par la tasse et le sac en papier, elle ne put que s'appuyer sur lui quand il la fit lentement s'avancer vers lui.

Il plaça son autre main sous son menton et il lui leva la tête afin qu'elle n'ait pas d'autre choix que de le regarder dans les yeux. Elle se sentit entourée par lui. Sa chaleur. Sa bienveillance. Sa passion.

— Je ne suis plus un jeune homme, Dakota. J'ai 48 ans. Et pas une seule fois de toute ma vie, j'ai été aussi affecté par une photo comme je l'ai été par la tienne. J'ai vu des centaines de photos de femmes qui avaient besoin d'être protégées et secourues. Aucune d'elles ne m'a coupé le souffle comme si on m'avait donné un coup sur le crâne. C'était comme si tu avais tendu les mains vers moi pour m'arracher un morceau de mon cœur. Mais ce n'était rien comparé au fait de te voir en personne. Quand je suis entré dans le bar hier soir, j'ai eu l'impression d'avoir enfin trouvé ce que j'avais cherché toute ma vie. Toi.

Bon sang ! Il était vraiment sérieux ? Il pensait vraiment ça ? Pouvait-il vraiment être l'homme qu'elle avait recherché toute *sa* vie ? Dakota secoua la tête, cherchant faiblement à le dénier.

— Ce n'est pas possible. Tu dis ça simplement pour me forcer à te dire ce que je sais.

— Je m'en fiche de ce que tu sais, rétorqua immédiatement Slade. Peu m'importe que tu ne me dises jamais à quoi ressemble Fourati. Je dirai simplement à mon patron que tu ne sais rien.

— Mais tu auras des ennuis, lui dit Dakota.

— Je n'aurai pas de problèmes, parce que ce n'est pas une opération sanctionnée par le gouvernement. En plus, je suis à la retraite. Dakota, je me fiche de savoir ce que pense la personne qui m'a engagé. L'important est que *tu* es ma préoccupation principale. Si je t'ai retrouvée, Fourati en est également capable. Je serais surpris que lui et ses sbires ne soient pas déjà en route pour nous retrouver. Pour être honnête, je suis quasiment certain qu'ils le sont. Ce n'est qu'une question de temps... et je ne sais pas combien il nous en reste. Je crois que j'ai quelques jours d'avance sur eux, mais je n'en suis pas sûr. Mais quoi qu'il puisse arriver, sache que ma mission principale à partir de cet instant est de te protéger. Pas de capturer Fourati.

Dakota ne savait absolument pas comment réagir. D'un côté, elle comprenait tout à fait de quoi Slade parlait parce qu'à la seconde où elle avait posé les yeux sur lui, elle avait ressenti... du calme. Comme si elle pouvait enfin inspirer profondément et se libérer de ce sentiment d'alerte constant qu'elle avait ressenti au cours des derniers mois. Il se dresserait entre elle et le reste du monde. Mais d'un autre côté, c'était de la folie. De la folie ! Elle ne savait absolument rien sur cet homme assis à côté d'elle qui était pratiquement en train de la tenir dans ses bras.

Heureusement, il ne lui donna pas l'occasion de dire quoi que ce soit. Il lui fit doucement baisser la tête, lui déposa un baiser sur le sommet du crâne, puis se redressa et dit :

— Allons. Rentrons-nous réchauffer à l'intérieur. Puis on pourra discuter de ce qu'on va faire.

Docile et apaisée, Dakota se contenta de hocher la tête et de se caler contre le dossier de son siège. C'était bon de laisser quelqu'un d'autre prendre les décisions, pour une fois. Ils se regardèrent pendant un long moment, puis Slade se tourna et ouvrit la porte. Oubliant sa lassitude, Dakota le suivit avant de se tourner pour prendre son sac à dos sur la banquette arrière. Dès qu'elle se retrouva sur ses pieds, Slade la rejoignit. Il lui prit le sac en papier et fourra sa main au creux de son coude, protégeant ses doigts de l'air glacé du matin.

— Tu as tes clés de voiture ?

— Pourquoi ?

— Pour qu'on puisse la refermer.

Dakota éclata de rire.

— Personne ne viendra voler ma voiture ici. La clé est restée sur le contact depuis que je l'ai garée. Et avec la chance que j'ai, je l'aurais perdue de toute façon.

Slade secoua la tête comme s'il était exaspéré, mais il n'ajouta rien de plus. Il referma sa portière et commença à les mener vers la caravane où il avait passé la nuit.

— Je croyais qu'on allait au restaurant ? demanda Dakota en chemin.

— Je me suis dit que tu voulais peut-être prendre une douche d'abord. Et on pourra discuter en privé dans la caravane. Les autres occupants sont déjà partis, comme tu me l'avais dit.

C'était gentil de sa part. Mais Dakota s'arrêta soudain, le forçant également à piler net.

Gentil, mais également rusé et potentiellement dangereux. La dernière chose qu'elle aurait voulue était de se déshabiller en sa présence. Elle serait vulnérable et…

— Pendant que tu te doucheras, j'irai au restaurant. Je te laisserai ton intimité.

— Merci, lui répondit-elle.

Même si elle ne lui faisait pas confiance à cent pour cent, elle était quand même embarrassée de le soupçonner du pire.

Slade déverrouilla la porte et les guida à l'intérieur. Dakota jeta un œil dans la chambre à coucher et pila net.

Puis elle se retrouva derrière le dos musclé de Slade alors qu'il la poussait en arrière loin de la chambre, alors même qu'il lui demandait :

— Quoi ? Qu'est-ce que tu as vu ?

— Rien, je… Le lit est encore fait.

Comme s'il réalisait qu'elle n'était pas en danger, Slade se retourna lentement et inspira profondément.

— Oui. Et ?

— Tu as fait le lit avant de partir ce matin ? demanda-t-elle, connaissant la réponse avant qu'il la dise.

— Non. Je n'ai pas dormi ici. Je voulais m'assurer que tu passes la nuit en sécurité, et quand j'ai vu que tu dormais dans ta voiture, j'ai monté la garde.

— Tu as monté la garde, dit Dakota d'un ton saccadé.

— Ouais.

— Pour moi.

— Oui, Dakota. Je n'allais pas te laisser dormir dans ta putain de voiture au milieu de nulle part alors qu'un putain de terroriste est à ta poursuite. Pas question.

Elle n'allait pas émettre de commentaires sur le fait qu'il avait dit « putain » deux fois dans la même phrase. Le lit fait au carré dans l'autre pièce la convainquait plus concernant celui qu'il disait être – un ex-soldat à la retraite, et qu'il était là pour la protéger – que tout ce qu'il aurait pu lui dire.

Tenant sa tasse à deux mains, Dakota ne prit pas le temps de réfléchir. Elle se pencha en avant et posa le front contre le cuir froid de sa veste, sur sa poitrine.

Il enroula immédiatement les bras autour d'elle, les posant au creux de ses reins, la serrant contre lui. Avec les mains pleines, elle ne pouvait pas lui rendre son étreinte, mais ce n'était pas grave.

Cette fois, quand il parla, la colère avait disparu et il ne lui restait plus que de l'inquiétude… pour elle :

— Tu allais dormir *ici* avant que j'arrive, n'est-ce pas ?

Elle hocha la tête contre lui.

— Pat et Connie me laissent dormir dans les caravanes quand elles ne sont pas louées.

— Je suis désolé d'avoir pris ton lit.

— Mais tu ne l'as pas fait, dit-elle d'une voix étouffée parce qu'elle plaquait toujours le visage contre sa poitrine. Tu ne t'en es pas servi. Tu as dormi... je ne sais pas où. Mais tu n'as pas pris mon lit.

— Hum, répondit-il simplement.

Ses mains lui caressèrent doucement le dos, et à chaque caresse, elle se sentit fondre de plus en plus contre lui jusqu'à ce qu'elle pense ne plus être capable de tenir sur ses jambes. Il était la seule chose qui l'empêchait de s'écrouler.

— J'ai peur, admit-elle d'une voix à peine audible.

Les bras de Slade se serrèrent autour d'elle et Dakota tourna encore la tête afin de reposer sa joue contre sa poitrine.

— Tu n'es plus seule, lui dit Slade avec assurance. Personne ne va mettre la main sur toi.

— C'est promis ?

Elle savait qu'elle n'aurait pas dû lui poser la question. Il ne pouvait pas lui promettre une telle chose, mais ces mots lui étaient sortis de la bouche avant qu'elle ne puisse les retenir.

— Je le promets.

C'était un serment, et ils le savaient tous les deux.

Ils restèrent immobiles ensemble pendant un long moment avant que Slade ne recule, l'embrasse sur le front, cette fois, et lui ordonne :

— Va te doucher et te changer. Je reviens dans vingt minutes pour te raccompagner au bar.

— Je croyais qu'on devait discuter ici.

— Oui. Mais d'abord, tu dois prendre ton petit-déjeuner. De la vraie nourriture, pas juste ça, dit-il en indiquant la tasse qu'elle tenait toujours.

— Tu n'as pas besoin de revenir. Je pourrai te retrouver là-bas.

Slade lui leva le menton avec son index et dit doucement :

— Je vais revenir pour t'accompagner. Je ne vais courir aucun risque. J'ai promis de veiller sur toi jusqu'à ce que Fourati soit capturé ou tué. Tu vas devoir t'habituer à m'avoir sur le dos vingt-quatre heures sur vingt-quatre.

Dakota hocha la tête. Pour le moment, ça lui semblait parfait. Oh, elle savait qu'en réalité, ça allait probablement être gênant, mais se rappelant qu'il lui avait dit qu'il n'avait que quelques jours d'avance sur ceux qu'Aziz avait envoyés à sa poursuite pour la lui ramener, c'était le paradis.

— D'accord, lui dit-elle.

— D'accord. Prends une bonne douche. Bois ton café. Je vais revenir.

Dakota regarda Slade tourner les talons et sortir de la caravane.

Sa vie avait complètement changé le jour où elle avait eu la malchance de se retrouver prise au milieu d'un attentat, mais elle avait l'impression qu'elle venait à nouveau de basculer.

CHAPITRE CINQ

Exactement trente minutes plus tard, Slade frappa à la porte de la caravane. Rester loin d'elle durant ce court laps de temps avait été douloureux. Il n'avait pas arrêté de s'imaginer qu'un homme allait s'introduire par l'autre porte et lui arracher Dakota. Il aurait dû s'inquiéter de son obsession, mais il avait toutes les raisons de croire que quelqu'un était capable de le faire.

Tant qu'il n'aurait pas emmené Dakota loin de Rachel et serait retourné dans un endroit où il aurait du réseau pour appeler Tex et s'assurer qu'ils n'avaient pas été repérés, il ne voulait pas courir le moindre risque.

Au lieu de retourner au bar, Slade s'appuya contre le côté de l'A'Le'Inn et garda un œil sur la caravane pendant que Dakota se douchait. Il ne pensait pas que ce soit vraiment exagéré. Quand il avait ouvert la portière passager de sa voiture ce matin-là, elle était profondément endormie. Elle n'avait même pas bougé d'un cil quand il l'avait refermée. S'il avait pu la surprendre aussi facilement, n'importe qui en serait capable aussi. Et la pensée que

Fourati ou l'un de sbires posent la main sur elle lui donnait envie de donner des coups.

— Je suis prête, répondit Dakota quand il frappa. Entre.

Slade pénétra dans la caravane qui était petite mais confortable. En tant qu'hôtel, cela n'aurait pas remporté le prix des voyageurs, mais pour cette ville, c'était un véritable palais.

— Je t'ai gardé une part du donut, lui dit Dakota avec une certaine timidité.

S'il n'avait pas déjà été à moitié amoureux d'elle, cela l'aurait fait basculer. Il savait à quel point elle adorait ces pâtisseries glacées à l'érable... son père avait bien expliqué qu'elle ne laissait personne toucher à ses donuts.

— Vas-y, ma belle. Ça fait longtemps que tu n'as pas eu une petite gâterie.

Elle l'observa pendant un long moment et il pensa qu'elle allait soit protester contre le « ma belle », soit refuser de manger la pâtisserie, même s'il voyait bien à son regard qu'elle en avait terriblement envie. Au final, elle haussa les épaules et lui adressa un petit sourire.

— Merci. Et pour ton information, je te l'ai proposé, mais je suis bien contente de le manger toute seule.

Slade émit un petit rire.

— C'est ce que je vois, oui.

Effectivement, les yeux verts de Dakota pétillaient à la faible lumière de la caravane et elle tendait déjà le bras vers le sac pour s'emparer du reste du beignet collant.

— Tu es prête à me parler ? lui demanda-t-il en tirant une des chaises de la petite table carrée disposée à côté de la cuisine commune. Le restaurant est quasiment plein.

— Oui, les gens ont tendance à se lever tôt ici. Du moins les touristes. Et même si j'apprécie vraiment Pat et Connie, ce sont de véritables commères. C'est probablement parce qu'il n'y a pas grand-chose à voir ou à faire par ici, dit Dakota d'un ton neutre avant de s'asseoir sur la chaise qu'il lui avait tirée.

Ils parlèrent de tout et de rien pendant qu'elle finissait de manger et quand elle se mit à lécher ses doigts couverts de glaçage à l'érable, Slade dut se décaler sur sa chaise pour faire de la place à sa verge. Il avait commencé à bander devant l'air de satisfaction qu'elle avait affiché après avoir fini le beignet, mais quand elle avait commencé à utiliser sa langue pour lécher les derniers restes de la confiserie sucrée, il avait failli jouir dans son pantalon.

— J'ai repensé à une chose que tu m'as dite tout à l'heure, dit doucement Dakota, interrompant ses pensées lubriques déplacées.

— Quoi donc ?

— Tu m'as dit qu'Aziz était étranger. Tunisien. Qu'est-ce que tu entends par là ?

Slade resta déboussolé un instant.

— Comment ça ? C'est exactement ce que je voulais dire.

— Mais il est américain, lui dit Dakota.

— Aziz Fourati est le leader de la faction tunisienne d'Ansar al-Shari'a, un groupuscule terroriste, dit fermement Slade.

Dakota plissa un front confus.

— Alors qui était ce mec à l'aéroport ?

— Attends, reprenons un peu, dit Slade en se redressant pour aller à l'évier.

Y mouillant une serviette en papier, il poursuivit :

— Je fais partie d'un groupe militaire top secret chargé d'en apprendre le maximum sur Fourati pour pouvoir le neutraliser. Il recrute des partisans en ligne. Rapidement. Je t'ai dit qu'il essayait de reproduire l'attentat à la bombe de l'aéroport de Los Angeles à travers tout le pays, grâce à des attaques simultanées. Personne ne sait où il trouve l'argent pour financer une telle opération, mais ce n'est pas important pour le moment. Il est sournois. Il sait rester discret, comme le prouve le fait que le gouvernement ne parvient pas à le retrouver, en partie parce qu'on ne possède aucune photo connue de lui. Absolument aucune.

Il essora la serviette en papier et revint à la table. Sans cesser de parler, il prit les mains de Dakota, l'une après l'autre, et nettoya délicatement les restes de sucre que le beignet avait laissé.

— En plus de veiller sur ta sécurité, une partie de ma mission est d'obtenir une description de cet homme, peut-être même un portrait-robot, afin que le gouvernement sache qui chercher et puisse l'inclure dans son programme de reconnaissance faciale. Ainsi, s'il se repointe un jour dans un aéroport, ils seront en mesure de l'arrêter.

Dakota posa sa main sur la sienne, l'immobilisant. Puis elle le regarda dans les yeux.

— L'homme qui a fait semblant d'être un otage, puis qui a tenu un discours délirant pendant vingt minutes avant d'ordonner à l'autre gars de se faire exploser, est *américain*, Slade.

Les doigts de Slade agrippèrent les siens.

— Tu en es certaine ?

— Absolument, acquiesça-t-elle. Il avait les yeux bleus et les cheveux blonds, avec ce que j'identifierais comme un accent new-yorkais. Je sais que les gens peuvent simuler des accents et changer d'apparence, mais quand j'étais avec lui, je n'ai pas pensé une seule seconde qu'il puisse être autre chose qu'américain.

— Est-ce qu'il s'est fait appeler Aziz ?

— Non. Je ne connaissais même pas son prénom avant que tu ne me le dises, tu t'en souviens ?

— Alors ce n'est peut-être pas le même type, énonça Slade plus pour lui-même qu'à Dakota. Parle-moi de ce qu'il s'est passé à l'aéroport, lui ordonna-t-il gentiment.

— Je faisais la queue pour passer à la sécurité, comme tout le monde. Puis j'ai entendu des cris et je me suis retournée pour voir ce qui arrivait. Il y avait deux hommes qui brandissaient des fusils en criant. Ils ont braqué leurs armes sur plusieurs d'entre nous qui faisions la queue et nous ont ordonné de les suivre. Ils nous ont forcés à passer à travers une porte qui disait « Réservé aux employés ». Je pense que l'un d'entre eux avait un code ou bien une carte pour entrer. Je ne sais pas. Quoi qu'il en soit, nous avons tous été conduits dans un couloir puis à travers une autre porte dans une pièce. Peut-être une salle de repos ou quelque chose de ce genre pour les employés ?

» Tout le monde avait peur et on pleurait. Un des mecs avait des explosifs attachés à sa poitrine. Il a tendu un pistolet à ce mec, Aziz. Il m'a fait me redresser par les cheveux et a tenu le pistolet contre ma tête pendant qu'il parlait. Il avait passé un bras autour de ma poitrine et a collé le canon de son arme contre ma tempe. Il a dit que l'Amérique était brisée. Que personne ne comprenait plus le sens de la spiritualité et que le Coran était la réponse. Il a dit qu'il faudrait un événement important pour que tout un chacun fasse face à sa propre mortalité et se tourne vers la révélation de Dieu selon le Coran.

Elle chuchotait à présent, et même si Slade détestait voir la peur sur son visage alors qu'elle se remémorait la terrible expérience qu'elle avait vécue, il la laissa poursuivre son récit. Il avait besoin d'apprendre ce qu'il s'était passé dans cet aéroport, et elle avait besoin de s'exprimer afin de pouvoir commencer à tourner la page.

— Il y avait un otage plus jeune. C'est triste, mais je ne sais même pas comment il s'appelait. Il s'est levé et a défié ce type que tu appelles Aziz. Alors il l'a descendu, comme ça. Il a ôté le pistolet de ma tempe, a tiré sur cet homme qui me défendait, et a pressé son arme à nouveau contre ma tête. Le canon était encore chaud et ça me faisait mal. Tout le monde s'est mis à crier et pleurer encore plus fort alors que le jeune homme était allongé sur le sol, en sang. En train de crever. Et Aziz s'en moquait. Il a commencé à raconter qu'un leader avait besoin d'une femme à ses côtés pour le soutenir et porter ses enfants pour perpétuer sa dynastie.

Slade n'en pouvait plus. Il recula sa chaise de quelques centimètres puis saisit la main de Dakota et l'attira sur ses genoux. Elle se blottit contre lui comme s'ils l'avaient fait des centaines de fois. Il était grand, dépassant le mètre quatre-vingt-dix, et la plupart des meubles ne lui convenaient pas, mais en cet instant, il se fichait d'être mal installé. Il resterait assis là à tenir Dakota dans ses bras pendant aussi longtemps qu'elle en aurait besoin.

Il posa une de ses grandes mains sur l'arrière de sa tête et la serra fermement contre lui tandis qu'elle poursuivait son récit :

— Je savais qu'il parlait de moi, qu'il n'allait pas devenir un martyr pour sa cause comme je le pensais au départ. Il a continué ses divagations sans cesser de consulter sa montre comme s'il attendait un moment précis. Puis il a adressé un signe de tête au gars qui avait les explosifs et a tiré un coup en l'air. Je pense que c'était pour faire craindre à tout le monde ce qui allait se passer. Après, il s'est éloigné rapidement en me traînant derrière lui. Je savais que si je ne lui échappais pas, il allait faire de moi son esclave sexuelle et me retiendrait prisonnière. Alors, dès qu'on est sortis de la pièce, je l'ai attaqué.

— Je suis fier de toi, murmura Slade, l'interrompant pour la première fois.

— Ça ne s'est pas très bien passé, dit-elle avec ce qu'il espéra être de l'amusement. Je lui ai filé un coup de pied et il est tombé, mais ça n'a pas suffi à le neutraliser. J'ai commencé à courir vers la porte qui donnait sur le terminal, mais il m'a rattrapée et m'a plaquée au sol. Il s'est agenouillé au-dessus de moi et a chuchoté : « C'est bon de savoir que ma future femme a du courage. Tu vas en avoir besoin ». Puis il s'est penché comme s'il allait m'embrasser, mais les bombes ont explosé pile à ce moment-là. Je ne sais pas si l'autre mec les a déclenchées trop tôt, mais j'ai vu de la surprise et de la colère dans ses yeux avant que le plafond ne s'écroule sur nous.

— Son corps t'a protégée des débris, devina Slade.

Elle hocha la tête contre lui.

— En gros, oui. Lui a été assommé. Mais quelque chose m'a cassé le bras. J'avais vraiment peur et ce mec était allongé comme un poids mort au-dessus de moi, mais je me suis extirpée de sous son corps, espérant qu'il soit mort, et je me suis rendue vers le terminal. C'était le chaos, et personne n'a remarqué que j'étais sortie de la pièce où étaient entrés les terroristes. J'étais simplement une personne de plus, terrifiée, qui essayait de quitter le bâtiment. Je me suis parfaitement mêlée à la foule.

Elle se tut et Slade lui laissa un moment. Quelques instants plus tard, après plusieurs inspirations profondes, elle reprit son récit :

— Je pensais que ça allait, que je m'en étais sortie. Mais j'ai vite compris qu'il n'était pas mort.

— Comment ça ? demanda Slade.

— Parce qu'une semaine environ après mon retour au travail, on a commencé à me livrer des cadeaux à mon bureau. L'envoyeur restait anonyme, mais je n'étais pas dupe. Ils étaient tous adressés à « Ma future épouse ». Il était le seul à pouvoir faire ce genre de chose. Je ne suis pas le type de femme qui a des admirateurs secrets. J'ai démissionné le jour où l'un de mes CE1 m'a apporté une boîte fermée par un ruban rouge. Elle a dit qu'un homme la lui avait donnée devant le portail en lui ordonnant de me l'offrir.

— Qu'est-ce que c'était ? la pressa Slade comme elle ne développait pas.

— Une grenade en plastique, lui dit Dakota en se redressant légèrement sur ses genoux. Ce n'était pas seulement moi que ce salaud menaçait, mais également tous mes gamins. J'ai appelé la police, qui a pris la menace au sérieux, mais ils ne pouvaient pas faire grand-chose. Il n'y avait aucune empreinte et la petite fille n'a pas vraiment été capable de décrire la personne qui lui avait donné la boîte.

— Alors tu as démissionné.

— J'ai démissionné, confirma-t-elle. C'était à contre-cœur, mais qu'est-ce que j'aurais pu faire d'autre ? Je savais qu'il n'allait pas me laisser tranquille. Il m'avait prévenue. Puis ça a empiré. Un incendie a détruit mon immeuble. Je sais que c'était lui. Il voulait que j'aie peur, que je n'aie nulle part où aller pour que j'accepte tout ce qu'il voulait.

— Mais tu es trop forte pour ça.

Cela la fit pouffer, un petit son triste qui trahissait son désespoir.

— Je n'en suis pas si sûre. Je suis allée voir mon père pour lui dire au revoir. Je lui ai bien dit de faire attention et de ne faire confiance à personne si on venait frapper à sa porte, puis je suis partie. D'abord, j'avais prévu d'aller sur la côte est, aussi loin de la Californie que possible, mais je ne suis parvenue qu'à Las Vegas. Et je me suis retrouvée ici.

— Pourquoi Rachel ? s'enquit Slade, vraiment curieux.

— Je n'avais pas l'intention de rester. J'ai rencontré des gens qui m'ont tout raconté sur cet endroit super cool. J'ai trouvé que c'était un endroit idéal pour me planquer pendant un moment et réfléchir à la prochaine étape. Mais je n'ai pas envisagé en arrivant ici qu'il n'y aurait pas de station-service, et je n'avais plus assez d'essence pour en trouver une.

Dakota haussa les épaules.

Slade commença à rire doucement, mais quand elle leva les yeux vers lui et que ses propres lèvres affichèrent un sourire, il ne put se retenir. Il bascula la tête en arrière et éclata de rire. Elle l'imita et ils rirent ensemble des petits hasards de l'existence.

— J'ai rapidement réglé le problème, expliqua-t-elle, mais plus j'y pensais, plus je me disais que Rachel était l'endroit idéal pour se cacher. Je suis payée en liquide et je peux économiser de l'argent sans devoir utiliser mes cartes de payement. Et puis il n'y a pas beaucoup de monde par ici, alors c'est facile de garder un œil sur les allées et venues.

Slade se maîtrisa enfin et déclara :

— Je crois que rester ici était une très bonne idée. C'est un peu comme de se dissimuler à la vue de tous.

— Je suppose, oui...

— Je suis désolé que tu aies perdu toutes tes affaires dans l'incendie.

— Ce n'est pas grave. C'est juste du matériel. Mon père a toujours des photos de ma mère, donc ce n'est pas si grave d'avoir perdu les miennes. Je suis plutôt triste pour les familles et les autres résidents qui ont tout perdu parce qu'un connard pense qu'il peut prendre ce qu'il veut. Si vous voulez mon avis, c'est plus un enfant gâté qu'un terroriste.

— Pourrais-tu me le décrire ?

— Il fait à peu près ma taille. Un mètre soixante-douze environ. Il a les cheveux blonds coupés court... du moins il y a quelques mois. Les yeux bleus. La peau pâle. Il était vraiment bien habillé à l'aéroport : un pantalon bien coupé, un polo, et il portait une mallette. Je ne sais pas si c'était juste un accessoire ou non. Il était relativement jeune. Environ 25 à 30 ans, je dirais. Il était musclé et, honnêtement, il ressemblait à n'importe quel autre homme d'affaires en route pour une réunion.

Toujours assise sur les genoux de Slade, Dakota redressa le dos et le regarda droit dans les yeux.

— Il avait l'air tellement normal, Slade. Complètement inoffensif. C'est ça qui rend la chose si effrayante. Quand il était au-dessus de moi à l'aéroport et qu'il m'a regardée, je jure devant Dieu que je n'ai vu que de la noirceur dans son regard. Je ne pense pas qu'il soit vraiment religieux. Il veut juste buter des gens. Ça l'excite.

Slade ferma les yeux, à la fois soulagé que Dakota ait échappé à ce type et frustré, puisque traquer ce terroriste allait désormais s'avérer plus difficile. En Amérique, un homme répondant à cette description serait capable de se fondre dans la masse partout où il irait.

— Vous n'allez pas pouvoir le retrouver, c'est ça ? demanda alors Dakota, visiblement plus observatrice qu'il ne l'avait cru.

Slade ouvrit les paupières et la regarda en face en jurant :

— On va le retrouver !

— Mais comment ? Il...

— Ma belle, tu ne vas pas avoir à craindre ce type pour le reste de ta vie. Je connais des gens qui connaissent des gens qui connaissent des gens. Ils le retrouveront. Je peux changer de sujet pendant une seconde ?

— Euh... eh bien... oui, si tu veux, répondit-elle d'un ton hésitant, rechignant visiblement à cesser de parler d'Aziz.

Resserrant les bras autour de sa taille, Slade lui demanda :

— Tu ressens ça aussi ?

Elle hésita un instant, puis acquiesça timidement, n'ayant pas besoin de lui demander de s'expliquer.

— Oui. Je te connais depuis moins de douze heures et je peux te dire sans l'ombre d'un doute que tu es devenue la chose la plus précieuse de ma vie. J'ai des nièces et des neveux, et j'aime vraiment ma famille. Mais je n'ai jamais rien ressenti qui puisse se rapprocher de ce que je ressens là, maintenant, à te tenir dans mes bras.

— On ne se connaît pas, protesta-t-elle.

— Je sais.

— Et on est trop vieux pour ce genre de « désir coup de foudre ».

— Parle pour toi, dit Slade avec un sourire. Certes, j'ai 48 ans, mais je ne suis pas encore mort, ma belle. Je suis resté marié quatre ans, et je n'ai jamais ressenti quelque chose comme ça pour elle, pas une seule fois.

— Comme quoi ?

— Comme si je savais que je perdrais quelque chose de précieux si jamais je te laissais filer. J'ai envie de te serrer fort contre moi jusqu'à ce que je ne puisse plus jamais me souvenir de ce que ça fait de ne pas t'avoir tenue dans mes bras. Comme si le fait d'attendre pour t'embrasser allait me tuer.

Il retint son souffle, espérant ne pas l'avoir effrayée.

Au lieu de lui répliquer quelque chose ou bien de rire de son discours, Dakota se pencha lentement vers lui. Elle braqua le regard sur ses lèvres et le désir qu'il contenait raviva l'érection que Slade s'était efforcé de maîtriser.

Elle avança une main entre eux et la posa sur le côté de son cou. Ses doigts frôlèrent la peau sensible derrière son oreille tandis que son pouce caressait sa barbe.

— Je n'ai encore jamais embrassé d'homme barbu.

— Alors je pense qu'il est grand temps que tu le fasses, lui répondit Slade sans bouger d'un centimètre.

Il voulait qu'elle prenne ce qu'elle désirait. Il voulait être certain que c'était ce qu'elle voulait vraiment.

Dakota l'attira vers elle et l'embrassa.

Elle l'embrassa.

À la seconde où leurs lèvres se touchèrent, Slade prit le relais. Maintenant qu'elle avait fait le premier pas, il ne pouvait plus se retenir. Inclinant la tête, il leva les mains pour prendre son visage et il la dévora. Ce n'était pas un premier baiser hésitant, c'était une appropriation.

La langue de Slade franchit les lèvres à peine entrouvertes de Dakota, comme si attendre ne serait-ce qu'une seconde l'aurait tué à petit feu. Leurs langues se mêlèrent alors qu'ils s'embrassaient. Quand Dakota s'écarta pour reprendre son souffle, Slade suivit le mouvement, ne lui accordant pas plus d'une seconde de répit avant de reconquérir sa bouche.

Pendant ce qui lui sembla des heures, il s'abreuva à elle. Elle avait le goût du sucre et de la menthe poivrée. Il savait qu'il aurait envie de ce goût pour le reste de sa vie. Slade vit qu'elle aimait quand c'était un peu brutal, mais elle fondit également contre lui quand il se mit à mordiller et sucer sa lèvre inférieure. Il frotta sa joue contre la sienne, souriant quand elle émit un gémissement guttural lorsque sa barbe entra en contact avec sa peau délicate.

En plein milieu de leur baiser, elle s'était installée à califourchon sur lui sur la petite chaise. La verge de Slade était à présent calée contre l'intimité de Dakota qui allait et venait sur son érection au même rythme qu'il avait adopté pour suçoter sa langue.

Quand il lui donna enfin de l'espace pour respirer, il posa son front contre le sien et plaqua ses hanches contre lui alors qu'ils s'efforçaient tous les deux de reprendre leur souffle.

— Je pense que tu as compris que tes sentiments sont réciproques, dit-elle avec un petit sourire.

Il faillit le lui rendre, mais il resta sérieux et dit :

— C'est bien.

— Je pensais que ta barbe me gratterait, mais elle est vraiment douce. C'est agréable.

— Je suis content que tu ne détestes pas. J'ai fini par m'y habituer.

— Je ne déteste pas, répondit-elle fermement.

Ils restèrent immobiles un moment jusqu'à ce que Dakota demande doucement :

— Ça devrait m'embarrasser ?

Elle désigna leur entrejambe du menton.

— Embarrassée de me faire sentir à quel point un simple baiser te fait mouiller ? Certainement pas. Tu peux voir et sentir à quel point *j'ai* apprécié, personnellement.

À ses mots, elle se frotta à nouveau contre sa verge dure comme de l'acier et lui sourit.

— C'est le début de notre relation, déclara-t-il fermement. Je me fiche de savoir ce que l'avenir nous réserve. Je ne laisserai pas tomber. Je ne te laisserai pas tomber.

— C'est probablement à cause du danger, lui dit Dakota. Tes sentiments changeront quand tout sera fini.

— Tu veux parier ? demanda Slade.

— Quoi donc ?

— Un pari. Je te parie cinquante mokas à la menthe poivrée et autant de beignets glacés à l'érable que lorsque Fourati sera mort, je te désirerai toujours autant, voire plus que maintenant.

— Oh... euh... d'accord. Et si c'était juste le coup de l'émotion ?

— Ce n'est pas le cas.

— Mais ce n'est pas un pari s'il n'y a pas une alternative, Slade.

— Très bien, corrigea-t-il avec un sourire narquois. Si une fois que Fourati sera définitivement sorti de ta vie, je ne ressens pas exactement ce que je ressens maintenant – comme si je pourrais mourir du désir de te posséder –, alors je t'offrirai assez de cartes cadeaux pour que tu t'achètes toutes les pâtisseries et les cafés que tu veux jusqu'à la fin de tes jours. Mais si je ressens la même chose, je t'apporterai personnellement un café et un beignet dans ton lit tous les matins pour le reste de notre vie.

Dakota ouvrit la bouche pour lui répondre, mais Slade la couvrit rapidement de sa main.

C'était comme si on avait activé quelque chose à l'intérieur de lui. Il perdit l'air détendu et taquin qu'il avait affiché pendant qu'ils parlaient du pari, et était soudainement très concentré.

— Chut, ordonna-t-il urgemment, les faisant se redresser d'un seul mouvement

Dakota hocha la tête et il retira la main de son visage, passant son pouce sur ses lèvres pour s'excuser de la force qu'il avait appliquée, sans cesser de parcourir le petit espace du regard.

Ils entendirent à nouveau le bruit ténu en provenance de l'autre porte de la caravane.

Slade ne perdit pas de temps. Il poussa Dakota dans la pièce dans laquelle elle venait de se doucher, prenant son sac à dos au passage. Refermant la porte en silence avant d'enclencher le verrou, il se tourna vers elle et lui fit enfiler le sac sans mot dire.

Il se rendit en silence à la fenêtre et écarta très légèrement le sommet des stores pour pouvoir jeter un œil à l'extérieur. Ne repérant rien d'alarmant, il tira doucement le cordon pour les ouvrir et remonta la fenêtre. Dieu merci, il n'y avait pas d'écran protecteur.

Tendant la main à Dakota, il dit doucement :

— Il faut qu'on parte, ma belle. Manifestement, on n'a plus le temps.

— Aziz ? demanda Dakota dans un murmure.

— Ou bien ses sbires. Mais on ne va pas poireauter ici pour attendre de le découvrir.

Rassuré de la voir plus déterminée qu'apeurée, Slade lui prit la main et la pressa.

— Je sors en premier, puis je t'aiderai. Tu as besoin de quelque chose dans ta voiture que tu n'aurais pas mis dans ton sac ?

Dakota secoua la tête et murmura :

— Je prends soin d'en garder le plus possible sur moi. J'ai toujours une rechange de vêtements et quelques affaires personnelles. Juste au cas où.

— C'est bien. Ma moto est garée le long du restau. Quand on s'est séparés hier soir, j'ai rempli le réservoir avec l'essence que j'avais apportée, alors on est prêts à partir. On en a assez pour retourner à la civilisation. Mais on sera à découvert entre ici et ma bécane, alors il va falloir faire rapidement. Tu es prête ?

Elle hocha la tête, mais tira sur sa main quand il se glissa hors de la fenêtre.

— Je ne suis jamais montée sur une moto avant, Slade.

Il prit quelques précieuses secondes qu'il n'était pas sûr d'avoir pour se pencher et l'embrasser fort.

— Tu n'auras qu'à t'accrocher, ma belle. Je ne laisserai rien t'arriver. Fais-moi confiance.

— Je n'en doute pas.

— C'est bien. Alors cassons-nous.

Slade lui lâcha la main et se glissa rapidement par la fenêtre. Il était tellement grand que ses pieds touchèrent terre avant qu'il ne parvienne à sortir entièrement. Il se saisit alors de Dakota quand elle commença à se glisser à l'exté-rieur et quelques secondes plus tard, elle se tenait près de lui.

Sans lui lâcher la main, Slade se dirigea rapidement vers le flanc de la caravane pour jeter un œil de l'autre côté. Devant la porte à l'autre bout de la roulotte, un homme du Moyen-Orient tentait de crocheter la serrure. Ce n'était manifestement pas Fourati, si la description de Dakota était correcte, mais c'était assurément un gars de sa bande. Il se demanda rapidement comment l'homme les avait retrouvés, mais il n'avait pas le temps de s'y attarder. Et de toute façon, cela ne comptait pas. Peu importait que ce soit la dernière caravane qu'il ait vérifiée ou bien la première, il était là, et il était temps pour eux de débarrasser le plancher.

Il se tourna vers Dakota et la fit reculer. Il jeta alors un œil prudent de l'autre côté de la caravane et n'y vit personne.

— Changement de plan. Tu vois cette camionnette ?

Il désigna la carcasse rouillée d'une vieille camionnette qui était garée à environ sept mètres de la caravane.

Elle hocha la tête.

— Va te cacher derrière. Ne sors pas, quoi que tu entendes. C'est compris ?

— Mais...

— Dakota. J'étais soldat d'élite. Je gère. Mais j'ai besoin que tu m'aides. Si je m'inquiète pour toi, je ne serai pas capable de faire le nécessaire. Je t'en prie. J'ai besoin que tu te caches. Reste planquée et attends-moi pour sortir.

— D'accord, mais ne te fais pas tuer, murmura-t-elle craintivement.

Il sourit involontairement. Elle était drôle même sans le vouloir.

— Ça n'arrivera pas. Allez, vas-y. Tu m'entendras arriver. Tiens-toi prête.

— Je suis censée sauter à l'arrière de ta moto en plein mouvement comme les cavaliers dans les westerns ?

Cette fois, il ne put se retenir de sourire. Elle était rigolote.

— Non, ma belle. Je m'arrêterai. Si j'ai le temps, tu mettras aussi le casque que je t'ai acheté.

— Tu m'as acheté un casque ?

Slade leva les yeux au ciel.

— Oui. Vas-y, maintenant.

Sans la moindre hésitation, elle se hissa sur la pointe des pieds, l'embrassa et piqua un sprint vers la vieille carlingue rouillée. Slade sentit ses lèvres picoter à l'endroit de son baiser, et il se passa la langue dessus en la regardant disparaître derrière l'abri de fortune qu'offrait le véhicule.

Se forçant à la quitter, Slade se redirigea vers l'avant de la caravane. Il attendit que l'homme soit entré pour passer à l'acte. Il ne savait pas si l'individu était seul – peu probable ! –, alors il ne pouvait pas se permettre de faire le mariol.

Regardant autour de lui pour s'assurer que personne ne l'ait vu entrer dans la caravane, et ne repérant personne qui s'attardait dans les environs, Slade se glissa derrière lui à pas de loup. Il fallait qu'il emmène Dakota loin de cette ville, mais il ne pouvait tout simplement pas laisser ce connard en liberté. Il n'aurait pas eu la conscience tranquille s'il faisait exploser A'Le'Inn ou tuait un des habitants du coin en cherchant Dakota.

Cinq minutes plus tard, l'homme se retrouvait sans

connaissance, ligoté dans la caravane, et Slade se dirigeait vers le bar. Il devait prévenir Pat et Connie que d'autres terroristes étaient peut-être en planque et qu'elles devaient appeler la police. Les secours n'arriveraient certainement pas tout de suite, mais au moins, en attendant, ce connard dans la caravane était hors d'état de nuire.

Slade se dit qu'il devait bien avoir un partenaire – ou des partenaires – quelque part, mais il ne pouvait pas perdre plus de temps à essayer de les traquer. Il préviendrait les propriétaires et s'assurerait qu'elles soient en sécurité avant de mettre les voiles.

À la seconde où les acolytes de ce mec se rendraient compte qu'il avait été neutralisé, ils se lanceraient à la poursuite de Slade et de Dakota. S'ils voulaient avoir la chance de s'en sortir, ils devaient prendre une bonne longueur d'avance. Ce n'est pas comme s'ils étaient capables de se fondre dans la minuscule bourgade. En plus, il n'y avait qu'une seule route qui traversait Rachel, et elle ne présentait pas la moindre opportunité de se mettre à couvert. Alors même si cela le contrariait, sa meilleure option pour le moment était de s'enfuir, pas de traquer un nombre inconnu de terroristes.

Il marqua un autre arrêt rapide avant de se dépêcher de rejoindre sa moto. Il faudrait qu'ils soient très loin avant que l'homme et ses compères éventuels comprennent où ils étaient partis. Ses actions leur permettraient peut-être de gagner un peu de temps, mais Slade avait l'impression que les choses venaient soudain de devenir intéressantes.

CHAPITRE SIX

Dakota entendit Slade avant de le voir. Elle s'était fourrée le plus loin possible sous la carcasse de la voiture, espérant qu'on ne pourrait pas la voir de l'autre côté.

Son cœur battait follement et elle devait se forcer à rester là où elle était et ne pas jeter un œil de l'autre côté de la voiture pour voir où était Slade. Il avait dit qu'il viendrait la chercher, alors elle devait l'attendre bien sagement.

La matinée avait été intense, à n'en pas douter. Mais l'étrange connexion qu'elle avait ressentie pour Slade s'était manifestement ravivée. Elle n'avait jamais rien éprouvé d'aussi fort pour un homme. Cela faisait trop longtemps qu'elle avait peur et c'était bon d'avoir quelqu'un qui se préoccupait de sa survie.

Outre l'attirance physique que Slade et elle ressentaient l'un pour l'autre, il y avait quelque chose de plus. Quelque chose de quasiment divin. C'était comme si son âme l'avait reconnu au moment où leurs regards s'étaient croisés.

Dakota était romantique. Elle le savait et n'essayait pas de le cacher. Elle lisait des romances, regardait des films sirupeux et pleurait à chaque fois à la fin de *Cendrillon*. Mais elle n'avait jamais ressenti cette révélation dont elle était certaine de faire l'expérience quand elle rencontrerait l'homme destiné à lui appartenir. À l'âge de 43 ans, elle s'était dit que cela ne risquait plus d'arriver. Elle avait assisté à soixante-sept mariages au cours de son existence. Soixante-sept, bon sang ! Quand les enseignants de son école se mariaient, elle recevait inévitablement une invitation et elle ne pouvait pas refuser... à chaque fois. Et chaque fois, elle avait eu l'impression croissante qu'on lui enfonçait un pieu dans le cœur quand elle voyait ses amis et ses collègues s'unir à leur âme sœur. Savoir que cela ne lui arriverait probablement jamais était douloureux.

Mais tout avait changé. Elle tentait d'échapper à un terroriste qui voulait faire d'elle son esclave personnelle, elle était en danger et ne savait pas ce que l'avenir lui réservait, et c'était enfin arrivé. Dès que Slade Cutsinger avait franchi la porte la veille, elle avait su après un seul coup d'œil qu'il était fait pour elle.

Le plus étonnant était qu'apparemment, il ressentait la même chose. Mais il se mettait en danger pendant qu'elle se dissimulait comme une lâche. Soudain, rester planquée ne lui paraissait plus être la meilleure idée du monde après tout.

Elle se rassit et se mit à épousseter ses jambes couvertes de sable, déterminée à faire bien plus que de se terrer comme une poltronne, quand elle entendit un moteur tonitruant qui s'approchait.

Dakota retint son souffle et poussa un soupir de soulagement quand Slade s'arrêta à côté d'elle sur sa Harley.

— Grimpe, ma belle. Pas le temps d'enfiler ton casque. On s'arrêtera bientôt. Tu le feras à ce moment-là. C'est ça, mets ton pied gauche là, sur le cale-pied, et passe ta jambe droite de l'autre côté. Super. Fais attention au moteur, il chauffe, ne laisse pas ton mollet le toucher. Ça te brûlerait la jambe. Accroche-toi bien. Non. *Accroche*-toi ! Voilà. On y va.

Et sur cette brève introduction sur l'utilisation d'une moto, il mit les gaz, faisant cracher du sable sous ses pneus, et ils partirent en glissade sur quelques mètres avant que Slade ne prenne le contrôle de l'immense machine entre ses jambes pour filer à toute vitesse.

Dakota ferma les paupières et s'accrocha à lui comme si sa vie en dépendait. Elle se dit qu'elle appuyait probablement assez fort sur son ventre pour que ses doigts soient devenus blancs. Sa poitrine pressait contre le dos de Slade et elle sentait le vent souffler follement autour de sa tête. Le chignon qu'elle s'était fait après sa douche s'était rapidement défait alors qu'ils filaient sur cette route à ce qui lui paraissait être une vitesse folle.

Elle garda les yeux fermés alors que Slade quittait Rachel à toute vitesse. Dakota ne savait même pas dans quelle direction ils se rendaient, mais pour l'instant, cela n'avait aucune espèce d'importance. Slade s'occuperait d'elle... elle n'en doutait pas.

Ce qui lui sembla être des heures plus tard, mais qui n'était probablement pas plus d'un quart d'heure, Dakota sentit la moto ralentir. Elle attendit qu'elle se soit complètement arrêtée avant d'ouvrir les yeux. Slade avait tourné la tête et la regardait.

— Ça va ?

Elle répondit d'un geste saccadé du menton.

Il referma la main sur ses doigts qui lui serraient toujours le ventre.

— Allez, ma belle. On ne peut pas s'arrêter pendant très longtemps, mais je dois m'occuper de toi avant de continuer. Lâche-moi.

Dakota força ses doigts à se déplier, surprise qu'ils soient aussi froids et roides.

— J'ai une paire de gants pour tes mains. Je suis désolé d'avoir attendu aussi longtemps pour venir te chercher. Je serais venu plus tôt, mais j'ai dû m'occuper de quelque chose.

— T'occuper de quelque chose ? demanda-t-elle en inclinant la tête.

— Je ne pouvais pas en mon âme et conscience laisser ce connard qui a pénétré dans la caravane passer ses frustrations sur un des résidents de Rachel lorsqu'il aurait découvert que tu avais disparu.

— Tu l'as tué ?

— Non, mais il ne sera pas en état de faire grand-chose de sitôt. Allez, lève-toi, laisse-moi t'équiper correctement.

Cet « équipement correct » incluait une veste en cuir parfaitement à sa taille, une paire de gants et un casque.

— Je suis désolé, mais je n'ai pas la place de mettre ton sac à dos dans les sacoches. Tu arriveras à le porter ?

— Bien sûr. Pas de problème, lui dit-elle. Tu étais tellement certain de parvenir à me retrouver ?

— Que veux-tu dire ?

— Tu as une veste pour moi… qui me va à la perfection, d'ailleurs. Ainsi qu'une paire de gants à ma taille. Et le casque.

Slade posa les mains sur ses épaules et la fit tourner sur elle-même. Il se mit à passer les doigts dans sa longue chevelure emmêlée.

— J'étais vraiment certain de te retrouver, confirma-t-il. Et j'allais tout faire pour m'assurer que tu sois en sécurité.

Dakota déglutit bruyamment en sentant ses mains dans ses cheveux et elle dit simplement :

— D'accord.

— D'accord, lui fit-il écho en commençant à lui tresser les cheveux.

— Pourquoi fais-tu ça ? demanda-t-elle doucement.

— Parce qu'on a un long chemin devant nous. Et ils continueront à s'emmêler si je ne le fais pas. Et puis…

Il marqua une pause dramatique et elle le sentit se pencher contre elle.

— Ça me donne une bonne excuse pour passer les mains dans tes cheveux.

Elle ricana, mais ne protesta pas. Il finit rapidement la simple tresse et l'attacha avec un élastique. Puis il la fit tourner vers lui et prit son casque qu'il plaça délicatement sur sa tête avant de le faire un peu jouer.

— C'est comment ? Trop serré ? Trop lâche ?

— Non, ça me semble bien. Cela étant, je ne sais pas comment un casque de moto est censé aller.

— Dis-le-moi si tu sens que ça pince quand on repartira.

Et sur ce, Slade referma la boucle sous son menton et baissa les yeux vers elle pendant un long moment.

— Quoi ? demanda-t-elle nerveusement. Ça me donne l'air stupide ?

— Non, Dakota. Tu n'as pas l'air stupide. C'est super. *Tu* es super. Je n'arrive simplement pas à croire que tu sois là. À l'arrière de ma moto. Je sais que la situation craint, mais je n'en suis pas désolé. Je suis trop heureux d'être là avec toi.

— Moi aussi, je suis heureuse que tu sois là avec moi, lui dit-elle doucement.

Puis il lui tapota le bout du nez avec le doigt et lui sourit.

— On doit repartir. Cette fois, tu dois garder les yeux ouverts, la taquina-t-il avant de s'installer à califourchon sur sa Harley, la regardant d'un air impatient.

Ignorant sa taquinerie, elle s'installa et lui demanda :

— Tu es certain qu'on ne sera pas suivis ?

Elle lui passa délicatement les bras autour de la taille. À présent qu'ils n'étaient pas en mouvement, elle n'était pas certaine de savoir où les placer.

Sans une seule seconde d'hésitation, Slade se pencha, lui prit les deux mains et les serra encore plus fort autour de sa taille. Il lui fit nouer les doigts et les pressa contre son ventre, lui intimant l'ordre de les garder là.

Elle se retrouva à nouveau plaquée contre lui, mais à présent qu'elle portait un blouson en cuir, il faisait plus chaud et elle était en mesure d'apprécier la façon dont ses muscles se mouvaient sous ses mains et sa poitrine.

Il alluma le contact et tourna la tête afin qu'elle puisse l'entendre par-dessus le bruit du moteur.

— Suivis par le type que j'ai assommé, non. Mais je n'en dirais pas autant de ses compères. J'ai pris le temps d'aller percer le réservoir d'essence de la seule autre voiture qui n'était pas là quand on était entrés dans la caravane, dit-il d'un ton neutre. S'ils étaient plusieurs, ils n'iront pas très loin dans cette voiture pourrie. Je nous ai fait gagner un peu de temps pour arriver à San Diego avant eux.

Les bras de Dakota se contractèrent involontairement.

— On retourne en Californie ? C'est vraiment une bonne idée ?

Les yeux de Slade croisèrent les siens et le réconfort qu'elle y lut la fit se détendre avant même qu'il n'ait prononcé une seule parole.

— J'ai envie que tu sois sur mon terrain. J'ai des amis là-bas qui veilleront sur toi. Je peux communiquer avec mon ami, Tex, qui m'informera de ce qui se passe du côté de Fourati. Je sais que c'est effrayant, mais je pourrai mettre un terme à tout ça plus rapidement en étant là-bas.

— Tu ne vas pas m'utiliser comme appât, quand même ? demanda doucement Dakota, d'une voix à peine audible par-dessus le grondement du moteur.

Cela l'inquiétait. Elle se disait que c'était vraiment lâche de sa part, mais elle n'était pas exactement GI Jane. Elle était simplement directrice d'école élémentaire ! La dernière chose qu'elle aurait souhaitée était de revoir Aziz Fourati, même si Slade et ses amis veillaient sur elle. Elle en avait une peur bleue.

— Certainement pas, cracha Slade en secouant la tête. Je ne te laisserai jamais te mettre en danger de la sorte. Et même s'il y n'avait qu'une marge d'erreur d'un pour cent, je ne le ferais pas. Et vu que ce Fourati est clairement dérangé, on ne peut pas prévoir ce qu'il fera s'il met les mains sur toi. Alors non, tu ne seras pas un putain d'appât.

Dakota se dit que c'était amusant que plus Slade se laissait submerger par ses émotions, plus il jurait. Voulant le calmer, elle fit courir ses mains le long de son ventre.

— D'accord, Slade. C'est bon.

— C'est bon, répéta-t-il avant de se retourner vers le guidon.

Mais avant de s'en saisir, il prit la main de Dakota et lui déposa un baiser sur la paume avant de la replacer sur son ventre.

Le propre ventre de Dakota se serra devant la tendresse de ce geste. Elle n'avait pas pu sentir ses lèvres à cause du gant, mais quelque part, elle avait l'impression que sa main s'était réchauffée.

Alors qu'ils prenaient le large, Dakota se rendit compte qu'elle n'était toujours pas certaine de la direction vers laquelle ils se dirigeaient, mais elle se dit que c'était vers le nord. Ils pourraient redescendre par la route 95 qui traversait Goldfield et menait à Vegas, avant de rejoindre la route interétatique 15. Mais pour l'instant, peu lui importait. Elle était à l'arrière d'une moto en compagnie d'un homme en qui elle avait entièrement confiance, et qui lui inspirait un sentiment de sécurité qu'elle croyait avoir perdu depuis longtemps.

Dix minutes plus tard, Dakota sentit la moto ralentir. Il était encore tôt dans la matinée, mais le soleil s'était levé, faisant perdre son mordant à l'air automnal. La chaleur de Slade, le blouson en cuir et le casque lui permettaient également de conserver sa chaleur corporelle.

— Pourquoi est-ce qu'on s'arrête ? demanda-t-elle d'une voix sonore pour qu'il l'entende par-dessus le bruit du moteur.

Slade était penché au-dessus d'un gadget électronique et il ne lui répondit pas immédiatement.

Lui donnant de l'espace, Dakota regarda autour d'elle. Devant eux, à l'horizon, s'étirait une chaîne de montagnes. Elle ne savait pas à quelle distance elles se trouvaient, car les perspectives étaient faussées dans le désert. Cela aurait pu être à 3 kilomètres ou bien 30. Se repérer dans l'espace n'était pas son fort.

De gros nuages gonflés parsemaient le ciel, et cela aurait été beau s'ils n'étaient pas en train d'essayer d'échapper à des malfrats qui voulaient lui faire du mal.

— Tu tiens le coup ? demanda Slade.

— Ça va, répondit-elle du tac au tac.

— Non. Tu tiens le coup ? répéta fermement Slade.

Elle plissa un front confus.

— Je ne sais pas ce que tu es en train de me demander.

— C'est la première fois que tu montes sur une moto. Il fait froid. Tu as été tendue pendant tout le trajet. La matinée a été stressante et j'aimerais que ton stress reste minime pendant aussi longtemps que possible. Je suis certain que tu commences probablement à avoir mal aux jambes après être restée assise à califourchon et à cause des vibrations de la moto. Je te demande comment tu te sens pour pouvoir déterminer quel trajet on va prendre pour rejoindre Tonopah.

— Quelles sont nos options ?

Dakota ignora cette description très fidèle de la matinée. Elle était certaine qu'elle aurait mal aux jambes plus tard. La Harley de Slade était immense... C'était un homme grand, après tout. Au début, les vibrations l'avaient excitée, un peu comme un gros vibromasseur, mais au bout d'un moment, ça avait commencé à l'irriter. Elle avait l'impression que ses dents claquaient toujours même s'ils n'étaient plus en mouvement. Et ses parties intimes n'étaient plus excitées, mais plutôt engourdies.

Mais elle commençait à comprendre Slade un peu mieux. C'était fou, puisqu'elle ne le connaissait pas depuis très longtemps. Mais elle savait sans l'ombre d'un doute qu'il ferait passer son confort en premier... même si ce n'était pas la meilleure décision d'un point de vue tactique. Elle n'était peut-être pas la femme la plus forte du monde, mais elle refusait d'être un fardeau.

— On peut continuer sur le bitume. Tonopah est encore à environ soixante kilomètres. La route va vers le nord, puis elle donne à l'ouest directement dans la petite ville. C'est direct. Sans possibilité de se mettre à couvert.

Dakota comprenait son inquiétude. Le désert était magnifique, mais si elle parvenait à y voir à des kilomètres à la ronde, leurs poursuivants en seraient capables aussi. S'ils parvenaient à les rattraper, ils n'auraient absolument nulle part où se réfugier.

— Et notre autre option ? demanda-t-elle, appréciant le fait que Slade ne la traite pas comme une enfant.

Il poursuivit alors son explication et pointa l'index vers sa gauche :

— Cette route de terre battue mène à l'aéroport de Tonopah Test Range. Elle continue jusqu'à Tonopah elle-même. Elle est vraiment défoncée. *Vraiment*. On ne pourra pas rouler très vite à cause de la condition probable de la route.

— Mais c'est plus sûr, en conclut Dakota.

— Effectivement. Personne ne pourra nous suivre... pas dans une voiture normale. Il faudra qu'ils fassent le grand tour, lui dit Slade.

— Mais ils sont capables d'aller plus vite, non ? D'arriver à Tonopah avant nous ?

— C'est une possibilité, en convint Slade. Ils ne seront pas en mesure de réparer leur réservoir d'essence. J'y ai vraiment fait un gros trou. Mais s'ils ont été capables de trouver un autre véhicule, ils pourraient filer à fond de cale et y arriver avant nous. Cela dit, ce sera plus facile pour nous de nous dissimuler – au besoin, une fois qu'on aura rejoint la route 95. Elle passe à travers plein de petites villes jusqu'à Vegas.

— Prenons la route de campagne, dit fermement Dakota. Si c'est plus sûr, c'est ce qu'on devrait faire.

Slade se tourna vers elle pour mieux la voir.

— Ça ne va pas être confortable, la prévint-il. Il y aura beaucoup de poussière et je peux te garantir qu'on n'aura même pas fait la moitié du voyage sur cette route merdique que tu souhaiteras être restée sur le bitume.

— Probablement, en convint-elle. Mais j'ai souhaité beaucoup de choses au cours des mois qui viennent de s'écouler. J'aurais aimé avoir eu une panne d'oreiller et ne pas être arrivée à l'aéroport à l'heure. J'aurais aimé que la queue soit plus longue pour ne pas avoir pu attirer l'attention d'Aziz. J'aurais aimé vérifier qu'il soit vraiment mort avant de prendre mes jambes à mon cou. Alors prendre la plus courte me paraît être une évidence. Je n'ai vraiment pas envie de nous faire surprendre au milieu du désert, sans nulle part où nous mettre à l'abri.

— Je n'ai jamais dit que je serai incapable de te protéger, Dakota, dit doucement Slade. Je te protégerai toujours.

Elle déglutit avant de dire :

— Je prends ça comme une aventure. Je n'étais jamais montée sur une moto, et j'en ai à présent l'occasion. C'est comme le fait de n'avoir jamais embrassé d'homme barbu avant... ça s'est plutôt bien passé.

— Juste « plutôt bien » ? demanda Slade avec un sourire.

— Peut-être un peu mieux. J'ai besoin de réitérer l'expérience avant d'émettre un jugement final, le taquina-t-elle.

Sa réponse le fit sourire puis il se pencha.

— Si tu as besoin de faire une pause, n'hésite pas à me le faire savoir. On a le temps. On peut s'arrêter pour te laisser te dégourdir les jambes.

— Ça va aller, lui dit-elle sans aucune certitude, mais voulant paraître forte. Slade ?

— Oui, ma belle ?

— Tu crois qu'on sera capables de trouver un hôtel qui a un jacuzzi ? Quitte à se choper des courbatures, ce serait bien de pouvoir prendre un bon bain chaud.

— Compte sur moi, promit Slade.

Elle sut qu'elle pouvait lui faire confiance sur ce point. Même s'ils étaient au milieu de nulle part, dans le Nevada, Slade s'assurerait de lui trouver un hôtel pourvu d'un jacuzzi pour qu'elle puisse détendre ses muscles endoloris.

— Tiens, dit Slade, interrompant ses réflexions. Enroule ça autour de ton visage. Ça protégera ton nez et ta bouche de la poussière.

Il lui tendit un mouchoir.

Dakota ne savait pas d'où il venait de le tirer, mais peu lui importait. Elle déboucla son casque et enroula le tissu autour de son visage. Il sentait bon. Il sentait Slade. Elle serait peut-être mal à l'aise et misérable, mais au moins, elle aurait son odeur dans les narines. Un point positif. Alors qu'elle fixait à nouveau son casque, elle remarqua que Slade aussi avait passé un bandana sur son visage, et même si elle ne voyait plus sa bouche, elle vit qu'il souriait à cause des ridules qui entouraient ses yeux.

— Je vais te transformer en biker, la taquina-t-il avant de faire courir ses doigts sur sa joue puis de se tourner à nouveau vers son guidon. Prête ?

— Ouais, dit Dakota en essayant de réprimer sa nervosité. En route, chauffeur.

Slade lui fit à nouveau passer les doigts autour de lui, prenant le temps de lui soulever à nouveau une main, de faire descendre son bandana et de placer un baiser au milieu de sa paume. Une fois de plus, elle fut incapable de sentir ses lèvres à travers le gant, mais ce geste tendre ne la fit pas moins frissonner.

— On y va, dit-il en appuyant sur l'accélérateur. Accroche-toi.

· · ·

Une heure plus tard, Dakota se dit qu'elle allait mourir, mais elle s'accrochait toujours, déterminée à ne pas passer pour une mauviette. Slade l'avait prévenue, il lui avait dit que ça allait être dur. Elle avait cru qu'elle serait capable de supporter, mais il était devenu très clair au bout de quelques minutes sur la route de campagne qu'elle avait surestimé sa capacité à « s'y faire ».

Elle ne voulait pas être faible. Elle ne voulait pas que Slade voie à quel point elle était pathétique. Mais faire de la moto n'était certainement pas pour les petits joueurs. Elle voulait descendre. Elle en était arrivée à être prête à faire le reste du trajet vers San Diego à pied tant qu'elle n'aurait plus à rester sur cette terrible machine.

L'intérieur de ses cuisses lui faisait mal à force de serrer le siège. Le bruit du moteur lui donnait la migraine. Ses doigts se serraient si fort que c'en était douloureux. Ses bras lui faisaient mal à force d'avoir pressé les côtes de Slade. Et enfin, même ses yeux lui faisaient mal d'avoir tant pressé les paupières pour essayer d'empêcher la poussière et le vent d'y pénétrer.

Elle en avait marre et était quasiment prête à laisser Aziz la trouver et faire ce qu'elle voulait d'elle juste pour la tirer de ses présentes souffrances.

Dakota ne s'était même pas rendu compte que Slade avait ralenti avant qu'il ne coupe le moteur et que le silence du désert s'abatte sur elle. Soulevant la tête de son épaule, où elle l'avait posée plusieurs kilomètres auparavant, elle cligna des paupières et regarda autour d'elle d'un air confus.

— On est arrivés ?

— Non, ma belle. Mais tu as besoin de faire une pause.

— Mais il faut qu'on continue.

Il était descendu de la moto, avait ouvert la boucle de son casque et avait retiré le bandana de son visage. Il fit la même chose pour elle et lui dit :

— Tu as super bien tenu le coup, mais si on veut arriver jusqu'à Goldfield ce soir, il faut que tu te dégourdisses les jambes. Fais une pause.

— Je suis capable de continuer, protesta Dakota, même si cette pensée la fit grimacer.

Slade baissa son bandana pour qu'il reste autour de son cou, puis il accrocha son casque près du sien au guidon alors qu'il se penchait sur elle.

— J'ai la sensation que tu es capable de faire tout ce que tu as décidé de faire. Mais tu n'as pas à me mentir. Pour être honnête, je préférerais que tu ne le fasses pas. J'apprécie ton entêtement, mais je sais sans l'ombre d'un doute que tu as besoin de t'arrêter un moment.

— Comment ça ?

Elle détestait savoir qu'elle était aussi transparente.

— Tu te contractais après chaque nid-de-poule. Tu me serrais tellement fort que je sais que tu dois aussi avoir des courbatures... et on n'a même pas fait la moitié du chemin jusqu'à Tonopah. Tu grimaces, alors je vois bien que tu as mal à la tête, et je vois tes jambes trembler d'ici.

— Bon sang, murmura Dakota en baissant les yeux vers ses genoux.

Effectivement, ses jambes tremblaient alors même

que ses pieds étaient posés sur les cale-pieds à l'arrière de la moto.

— Fais passer ta jambe droite vers l'avant de la moto et tourne-toi vers moi. Comme ça, tu pourras te laisser glisser du siège tout en gardant les deux pieds au sol. Accroche-toi à moi. Je ne te laisserai pas tomber.

— Ça va être dur, n'est-ce pas ? demanda rhétoriquement Dakota à mi-voix tout en suivant ses instructions.

Elle voulut se laisser glisser à bas du siège, mais Slade l'arrêta en plaçant les deux mains de part et d'autre de son cou et en lui faisant lever la tête vers lui.

— Je suis fier de toi, ma belle.

— Pourquoi ? Parce que je ne peux pas tenir plus d'une heure sur une moto sans avoir envie de pleurer comme un bébé ? Parce que je me sens si faible que je sais que je ne vais pas être en mesure de rester debout toute seule ? Ou bien parce que la pensée d'avoir à remonter sur cette machine et à poursuivre notre route me donne envie de m'allonger ici et là sur la terre battue et d'éclater en sanglots ?

— Parce que tu ressens toutes ces choses, mais que tu ne les laisseras pas te retenir. Tu n'es pas la première débutante à avoir des courbatures après un trajet, mais je ne pense pas que les autres aient tenté d'échapper à des connards ni fait un trajet d'une heure sur la pire route que j'aie jamais vue. Tu n'as pas à t'inquiéter de ne pas pouvoir tenir debout toute seule, parce que je suis là et que je ne te laisserai pas tomber. Et même si tu n'as pas envie de remonter sur cette moto, tu vas le faire. Et c'est la raison pour laquelle je n'ai eu besoin de regarder ta photo qu'une seule fois pour savoir que je te voulais pour moi.

Toute chose, Dakota plaisanta :

— Et pour la crise de sanglots ?

— Lâche-toi, lui dit Slade. Je n'ai pas peur de quelques larmes. Ça m'attriste de les voir parce que ça veut dire que tu souffres, mais si ça peut t'aider à exprimer tes émotions, alors vas-y.

Dakota ferma les paupières et inspira profondément à plusieurs reprises. Elle ne se sentait pas très forte pour le moment, mais le fait que Slade le pense l'aidait vraiment à se sentir mieux.

Il retira ses mains de son cou pour les poser sur sa taille et la souleva lentement du siège, la posant à terre devant lui. Dès que ses pieds touchèrent la terre battue, elle sentit ses genoux céder. Elle se serait écroulée s'il ne l'avait pas soutenue.

— Prends le temps, Dakota. Reste immobile un moment. Laisse la circulation revenir dans tes pieds.

— Je n'arrive pas à croire que tu fasses ça pour le fun, se plaignit-elle alors qu'elle sentait le sang qui revenait dans ses orteils faire palpiter ses jambes.

Il émit un petit rire près de son oreille.

— Je ne dirais pas que conduire une Harley sur des routes comme celle-ci est amusant. Ce serait plutôt ce que je ferais en moto-cross.

— Oh, non, ne me dis pas que tu as un garage plein de motos dans ta maison.

— Non.

— Dieu merci !

— J'habite en appartement. Elles sont dans le garage

d'un pote, lui dit Slade avec un large sourire.

— Tu es méchant, lui dit Dakota en reculant légèrement pour essayer de se tenir debout toute seule.

— Viens, dit Slade en passant un bras autour de sa taille et en les faisant tourner sur le côté. Marcher te fera du bien. Ça améliorera ta circulation et tes muscles recommenceront à travailler.

— Je crois que rester assise me plairait mieux, ou même peut-être rester allongée et ne plus jamais bouger, lui dit Dakota en plissant les narines de douleur quand elle se mit en mouvement.

Elle savait qu'elle marchait les jambes arquées, mais Slade ne lui dit rien et ne se moqua pas d'elle. Un point positif en plus.

Il l'aida à remonter en boitillant jusqu'en haut d'une petite butte. Ça ressemblait plus à une montagne pendant leur ascension, mais quand ils parvinrent au sommet, Dakota se rendit compte que c'était simplement une minuscule colline comparée à la chaîne de montagnes qui s'étirait devant eux.

Slade l'aida à s'asseoir puis s'installa derrière elle, plaquant son dos contre le sien et soutenant son poids. Dakota tendit les jambes et les posa à plat sur le sol devant elle, se relaxant contre Slade.

Il désigna les montagnes.

— Le sommet le plus élevé est Kawich Peak. Il est à environ 2 800 mètres.

— Il y a des gens qui montent là-haut ? demanda Dakota sans véritable intérêt, mais ayant besoin de parler de quelque chose pour détourner son attention de la douleur qui habitait son corps.

— Pas vraiment. On est un petit peu au milieu de nulle part, répliqua-t-il.

— C'est vrai, ricana Dakota.

— Mais plus encore, tu vois toutes ces broussailles autour de nous ?

Elle hocha la tête.

— J'ai entendu dire que plus on monte, plus c'est horrible. Au-delà d'une certaine hauteur, c'est très difficile de continuer.

— Tu as parlé à des gens qui ont fait l'ascension ? demanda Dakota, surprise.

— Non, mais j'ai effectué des recherches sur la zone avant de venir. Je voulais savoir quelles options s'offraient à nous si on avait besoin de se cacher.

Elle tourna le cou pour lui adresser un regard incrédule.

— Tu voulais qu'on monte en haut de cette montagne ?

Il lui rendit son sourire.

— Je ne dis pas que ça aurait été amusant, mais j'aurais été bien bête de te suivre au milieu de nulle part sans avoir de plan au cas où les choses tourneraient mal.

— Alors tu savais que cette route existait.

— Je savais que cette route existait, confirma-t-il en la plaquant à nouveau contre lui.

Dakota se détendit tout en regardant le magnifique paysage qui s'étendait devant elle.

— J'ai l'impression que nous sommes les deux seules personnes sur cette terre. C'est tellement calme et tranquille.

— Hum, répondit Slade.

— Tu sais, la nuit, les étoiles semblent bien plus brillantes ici. Je n'ai jamais rien vu d'aussi magnifique de toute ma vie.

— J'ai visité des endroits isolés aussi, et tu as bien raison.

— Parfois, je m'allongeais sur le capot de ma voiture, quand les températures étaient meilleures, pour lever les yeux vers les étoiles et m'émerveiller du fait que nous soyons aussi insignifiants. Tellement petits. Mais plus encore, j'étais réconfortée par le fait que mon père levait la tête vers les mêmes étoiles au même moment que moi. Ça me donnait l'impression d'être plus proche de lui.

— J'ai fait ça aussi, admit Slade. Quand mon équipe et moi étions au milieu d'un désert du Moyen-Orient, je regardais les étoiles et me demandais qui les regardait au même moment. Seul le gouvernement savait où nous nous trouvions, mais quelque part, grâce à ces étoiles, je me sentais moins seul.

— Oui, c'est exactement ça, en convint Dakota. Même si elles sont à des millions de kilomètres, elles me permettent de me rapprocher de mon père. De mon ancienne vie.

Slade lui répondit en lui embrassant le sommet du crâne.

Au bout de quelques minutes, Dakota demanda doucement :

— Qu'est-ce qu'il va se passer quand on sera rentrés ? Je n'ai nulle part où aller. Je n'ai littéralement que les vêtements que j'ai sur le dos, pas de nourriture et même plus ma voiture. Je me sens perdue, Slade.

Il la serra fort, puis il fit courir ses mains le long de ses bras.

— Je ne m'imagine pas ce que tu ressens, lui dit-il honnêtement. Mais comme tu l'as dit toi-même... les possessions matérielles peuvent être remplacées. Mon plan pour le moment est de rester chez mon ami Wolf. Il fait partie des forces spéciales et sa femme et lui n'ont pas d'enfants. Ils ont un appartement dans leur sous-sol qui est quasiment indépendant.

— Tu m'appelleras pour m'informer de ce qu'il se passe ? demanda Dakota, étrangement déçue que Slade ne la ramène pas chez lui.

— Tu crois vraiment que je vais te déposer dans la maison d'un inconnu et poursuivre ma vie tranquillement ? répliqua Slade.

— Euh, je...

— Dakota, je serai là avec toi. Je te ramènerais chez moi sans hésiter, mais j'ai été compromis. Après ce matin, ils sauront que tu n'es pas seule, et que tu as probablement quelqu'un de compétent pour t'aider. Ils ne mettront pas longtemps à découvrir qui je suis et où j'habite.

— C'est vrai, marmonna Dakota.

— J'ai vraiment envie de t'avoir dans mon espace. À cuisiner dans ma cuisine. À manger à ma table. À dormir dans mon lit. À regarder les vagues, assis sur mon balcon ensemble. Mais je ne te mettrais jamais en danger volontairement. Je t'ai déjà dit que tu ne seras jamais un appât, et te ramener chez moi signifierait ça. Caroline et Wolf seront ravis de t'accueillir chez eux.

— Ce ne sera pas dangereux pour eux ? demanda-t-elle.

— Non.

— Pourquoi non ?

— Parce que Wolf commande une équipe des forces spéciales. L'une des meilleures équipes que j'aie jamais rencontrées. Peu importe le danger, il protégera sa femme et te protégera toi.

Dakota ferma les yeux et inspira profondément. Elle entendait le vent souffler à travers les broussailles qui les entouraient, et c'était tout. Il n'y avait littéralement rien avec eux ici, que la nature et le ciel.

— J'ai l'impression d'être un poids pour tous ceux que je rencontre.

— Tu n'es pas un poids.

Il avait l'air tellement certain.

— Qu'est-ce que tu serais en train de faire si tu n'avais pas dû me retrouver ? demanda-t-elle.

— Je serais assis à mon bureau à la base navale, à lire des rapports super chiants et à essayer de justifier nos dépenses au gouvernement. Je rentrerais à la maison le soir, me préparerais à manger, puis mangerais tout seul. Je regarderais peut-être un film, ou bien je resterais assis sur mon balcon à regarder les surfeurs ou bien les étoiles pendant un moment. Puis j'irais me coucher dans mon grand lit tout seul. Si le désir m'en prend, je pourrais me branler un peu en pensant à la femme qui m'attend j'espère quelque part. Puis je me débarbouillerais, irais dormir, et me réveillerais le lendemain matin pour recommencer la même chose. Ma vie est agréable, mais depuis que j'ai pris ma retraite, c'est ennuyeux. C'était bien au début, mais maintenant, pour être honnête, je me sens seul.

Dakota essaya d'ignorer la vague de désir qui balaya son corps en s'imaginant Slade allongé sur son lit, à se caresser jusqu'à l'explosion... mais c'était vraiment difficile, particulièrement puisqu'elle était pratiquement assise sur ses genoux.

— Mais tu as été marié, non ?

— Si tu veux appeler ça comme ça, oui. J'ai rencontré Cynthia à la supérette, tu t'imagines ? On s'entendait bien, mais elle ne tolérait absolument pas mon travail.

— Qu'est-ce que tu veux dire ? demanda Dakota. Elle savait que tu étais un soldat d'élite quand elle t'a épousé, non ?

— Oui, mais ça ne veut pas dire qu'elle comprenait vraiment ce que ça signifiait d'être marié à un soldat. Je crois que l'*idée* lui plaisait mieux que la réalité. J'étais souvent parti en mission. Et je ne pouvais pas discuter avec elle de ce que je faisais. La plupart des missions étaient top secrètes. Je crois qu'elle pensait qu'elle serait capable de pouvoir se vanter auprès de ses copines que j'allais sauver le monde ou quelque chose comme ça. Au lieu de ça, elle pouvait simplement savoir que j'étais dans un endroit secret pendant une période indéterminée à faire quelque chose de top secret.

— Comment ça s'est terminé ? Si ma question ne te dérange pas.

— Ça ne me fait rien du tout. Et ça me plaît que tu veuilles en savoir plus sur moi. Ce n'était vraiment pas si dramatique que ça. Je suis rentré d'une mission. Elle avait bouclé tous ses bagages, m'a dit qu'elle ne m'aimait plus et passait à autre chose.

— Aïe, dit Dakota en grimaçant. Quelle connasse !

— Non, on n'était simplement pas compatibles, lui dit Slade, qui ne semblait pas le moins du monde affecté par les actions de son ex-femme. Ça faisait des années que je n'étais plus amoureux d'elle. J'agissais simplement par habitude. En moins d'un an, elle s'est mariée à un informaticien d'une université du coin. Aux dernières nouvelles, elle a deux enfants et vit à Seattle.

— Elle te manque ?

— Pas comme tu le penses. Ça me manque d'avoir quelqu'un à qui parler, ou bien le bonheur tout simple de préparer un repas avec une autre personne, ou d'être assis sur le canapé à regarder la télé en se tenant la main.

— Je vois, dit Dakota qui comprenait exactement ce qu'il voulait dire.

— Et toi ? s'enquit Slade.

— Quoi, moi ?

— Tu ne t'es jamais mariée, n'est-ce pas ?

— Non.

Dakota n'était pas certaine de vouloir en parler, mais elle lui devait bien cela.

— Je suis sortie avec quelques hommes avec lesquels j'ai cru être heureuse, mais en fin de compte, j'ai décidé que ce n'était pas ce que je voulais.

— Être heureuse ? demanda Slade.

— Me poser, dit-elle. J'ai aimé être avec eux, mais je ne ressentais pas le besoin urgent de les voir. Je ne pensais pas à eux en plein milieu de la journée. Je voulais la même relation que mes parents avaient. Même si ça me dégoûtait un peu, mon père était constamment en train d'étreindre et d'embrasser ma mère. Ils se tenaient la main quand ils le pouvaient.

Tout le temps. Ils n'avaient pas peur de se dire « je t'aime ».

— Qu'est-il arrivé à ta mère ?

Dakota haussa les épaules.

— Elle a eu un cancer. Le temps qu'on s'en rende compte, il était trop tard pour faire autre chose que de lui donner des médicaments pour la soulager. Elle est morte quasiment quatre mois jour pour jour après avoir reçu le diagnostic. Ça fait dix ans maintenant.

— Je suis désolé, ma belle.

Dakota déglutit.

— Moi aussi, mais j'étais encore plus désolée pour mon père. Il a perdu l'amour de sa vie. Son âme sœur. Il m'a dit une fois, peu de temps après la mort de ma mère, qu'ils croyaient fermement tous les deux qu'ils avaient été ensemble durant une vie antérieure.

— Il croit en la réincarnation ? demanda Slade.

— Je pense, oui. Je ne peux pas dire que je n'y crois pas. C'était déroutant de voir toutes les choses qu'ils savaient l'un sur l'autre avant de se rencontrer. Maman disait souvent des choses par hasard qu'elle n'aurait littéralement jamais dû savoir sur lui. C'était vraiment cool. Mon père a été vraiment fort depuis sa mort, mais je vois qu'une partie de lui a disparu. Chaque jour est un combat pour lui.

Elle se tourna dans les bras de Slade et leva les yeux vers lui.

— C'est ce que je veux, et je n'ai jamais ressenti ça pour aucun des hommes avec lesquels je suis sortie. Je n'avais pas envie de me poser.

— Tu ne devrais pas te poser, lui dit Slade doucement

en lui caressant la joue du bout des doigts. Mes parents sont toujours ensemble, et même si je sais qu'ils s'aiment, je ne pense pas qu'ils ressentent la passion que tu décris chez tes parents.

— C'est tellement rare que la plupart des gens ne la trouvent jamais.

Slade la regarda avec des yeux qui donnaient l'impression de pouvoir percer son âme à jour.

— J'ai vu ce genre de passion chez mes amis et leurs épouses. J'en ai envie. Je suis prêt à tout céder pour l'avoir aussi. Je me battrais et tuerais pour l'avoir.

— Slade, murmura Dakota, secouée par la vérité qu'elle lisait dans ses yeux.

Il ignora sa supplique silencieuse et poursuivit :

— Je vois et ressens la même passion avec toi, Dakota. Je ne sais pas ce qu'il se passera demain, ou même plus tard dans la journée. Mais je sais sans l'ombre d'un doute que le temps est précieux. Chaque seconde à tes côtés fait de moi un homme meilleur. Tes bras autour de moi pendant qu'on roule sur cette putain de route sont ce qui me permet d'avancer. Le désir de retrouver Fourati et de neutraliser cette menace qui pèse sur toi est ma motivation. Pas l'amour de mon pays. Pas l'envie de protéger des inconnus. Je suis un mec intense, je le sais, mais je n'ai pas attendu presque cinquante ans de te rencontrer pour perdre mon temps maintenant.

Il s'arrêta de parler, mais ne détourna pas son regard du sien. Son expression était à la fois tendre et féroce. Dakota savait sans l'ombre d'un doute qu'il mesurait toutes ses paroles. Aucun mot n'aurait su exprimer le dixième de ce qu'elle ressentait, alors elle le lui montra.

S'humectant nerveusement les lèvres du bout de la langue, elle se mit prestement à genoux et se tourna pour lui faire face. La terre battue était pleine de petits cailloux qui s'enfonçaient dans sa peau à travers son jean, mais elle ignora la douleur. Se tournant vers lui et réprimant un grognement quand ses muscles la firent souffrir, elle l'embrassa.

Slade passa immédiatement les bras autour de sa taille et la serra contre son corps, les faisant basculer en arrière jusqu'à ce qu'il soit dos à terre et qu'elle se retrouve allongée sur lui. Dakota pouvait sentir tous ses muscles bouger et se contracter sous elle alors qu'elle s'installait au-dessus de lui. Il écarta les jambes et laissa celles de Dakota s'installer entre elles. Elle se sentait entourée et protégée.

Elle l'embrassa avec toute la passion féroce qu'elle avait engrangée dans son âme. La passion qu'elle n'avait jamais ressentie pour un autre homme se déversa hors d'elle comme si elle venait d'ouvrir un robinet à fond. Elle n'en avait pas assez de son goût, de sa bouche sur la sienne, de la façon dont les poils de sa barbe caressaient ses propres joues satinées. Elle aurait voulu le dévorer et se blottir contre sa poitrine tout à la fois.

Slade la laissa prendre le contrôle de leur baiser. Il resta allongé sans bouger sous elle alors que ses mains parcouraient sa poitrine, qu'elle taquinait sa lèvre inférieure, qu'elle descendait jusqu'à son cou et se mettait à mordiller la peau tendre. Ce n'est que lorsque les mains de Dakota descendirent vers le bouton de son jean qu'il réagit.

Lui attrapant les doigts, il l'arrêta puis se rassit, la

faisant asseoir à califourchon sur lui. Il posa les mains sur ses fesses et la plaqua contre lui, ne laissant pas le moindre centimètre d'espace entre eux. Puis il fit remonter ses mains sous son blouson et son chemisier, jusqu'à ce que ses doigts glacés touchent la peau chaude de sa taille.

Il ne s'arrêta pas quand elle pouffa et se trémoussa sous la froideur de son contact, puis quand elle inspira profondément lorsqu'il frôla le dessous de ses seins. Une main alla à sa poitrine et il saisit un sein dans une de ses grandes paumes, tandis que l'autre pressait contre son dos, l'encourageant à s'arquer contre lui.

Dakota respirait difficilement. Elle ne parvenait pas à détacher les yeux de ceux de Slade. Elle sentit son pouce effleurer son mamelon en une douce caresse. Elle pressa alors son pelvis et son sein contre lui en même temps. En désirant plus. En voulant davantage.

— Tu es tellement belle, dit Slade doucement. Je savais que tu serais comme ça.

Dakota ferma alors les yeux, perdue dans la joie de sentir ses mains sur elle.

— Tu m'as marqué ? demanda-t-il.

— Quoi ? demanda-t-elle en ouvrant brusquement les yeux.

— Tu m'as marqué ? redemanda-t-il calmement. Quand tu m'as sucé le cou. Tu m'as fait un suçon ?

Dakota pouffa et baissa les yeux vers le col de son chemisier. En effet, il y avait un petit bleu sur le côté de son cou, pile à un endroit où tout le monde serait capable de le voir.

— Non, répondit-elle, sachant qu'il devinerait qu'il s'agissait d'un mensonge.

Il sourit et fit redescendre la main le long de son corps pour venir se poser sur sa taille. Puis il se pencha et fit courir son nez sur le côté de son cou. Dakota inclina la tête, lui donnant de l'espace.

— Tu sens tellement bon, lui dit-il avant de s'abattre sur son cou et d'aspirer... fort.

Cette sensation fit gémir Dakota. Elle aurait dû se scandaliser. Ils se comportaient comme des adolescents, mais elle ne pouvait pas nier le fait qu'elle aurait voulu que Slade la marque tout comme elle venait de le faire pour lui. Pendant qu'il suçotait, sa langue lécha et caressa sa peau, laissant à nouveau de la chair de poule sur son passage. Quand il s'écarta enfin, Dakota leva les yeux au ciel en voyant son air de satisfaction.

Elle le regarda en plissant le nez.

— C'est énorme, n'est-ce pas ?

— Absolument, dit-il immédiatement d'un air suffisant et fier.

— Je n'arrive pas à croire qu'on vient de faire ça.

La main qui était restée posée sur son dos remonta alors qu'il lui caressait tendrement la tête.

— Moi si. Et j'espère qu'on pourra en faire davantage quand on arrivera à Goldfield ce soir.

Se rappelant soudain qu'ils avaient encore beaucoup de chemin à parcourir, Dakota grogna.

— Je vais te proposer quelque chose, dit Slade. Pour t'encourager, quand on arrivera à Tonopah, tu auras un autre baiser. Et quand on arrivera à Goldfield, mes mains te feront autre chose.

Les yeux de Dakota pétillèrent. C'était une belle promesse et un très bon encouragement, c'était certain.

— Et quand on arrivera à San Diego ? s'enquit-elle.

— Tu auras tout ce que tu veux, lui rétorqua Slade.

— J'ai envie de tout ça, murmura Dakota. J'ai peur, mais j'ai envie de tout ça.

— C'est tout à toi, dit-il sans la moindre taquinerie. Tout ce que tu veux. Tout ce que j'ai. C'est entièrement à toi.

— Je suis prête à repartir, lui dit Dakota sans cesser de murmurer.

— D'accord.

Mais au lieu de se redresser, Slade passa les bras autour d'elle et l'écrasa contre lui. Ils restèrent assis sur le sol pendant plusieurs minutes, s'immergeant dans les vestiges de la passion, du respect et de la confiance qu'ils avaient développés durant le court laps de temps depuis qu'ils se connaissaient.

Enfin, Slade se recula, l'embrassa fort sur les lèvres et se releva. Il aida Dakota à se redresser sur des jambes tremblantes et ils descendirent la petite pente main dans la main pour revenir à sa moto.

De retour sur la route, Dakota sentit à peine les nids-de-poule et ses muscles douloureux. Elle avait pris une décision sur cette petite colline au milieu de nulle part, au Nevada. Elle allait tenter sa chance avec Slade Cutsinger. La plus belle opportunité de sa vie. Si elle survivait à ce qu'Aziz avait prévu de lui faire subir, elle obtiendrait peut-être la récompense de connaître un amour comparable à celui de ses parents.

Elle sourit jusqu'à leur arrivée à Goldfield.

CHAPITRE SEPT

— Ce n'est pas génial, dit honnêtement Slade à Dakota.

Ils se tenaient devant le vieil hôtel du centre-ville de Goldfield. Il avait cru que la petite bourgade serait plus grande. Il n'y avait littéralement qu'un seul endroit où passer la nuit : le motel et saloon Santa Fe. Il avait songé à regagner Tonopah, mais il savait que Dakota n'en pouvait plus.

Elle avait tenu le coup mieux qu'il ne l'avait espéré après leur court répit. Ils étaient parvenus jusqu'à Tono-pah, où ils avaient déjeuné rapidement. Elle lui avait dit qu'elle attendrait qu'ils soient arrivés à Goldfield pour avoir sa récompense.

Pendant qu'ils roulaient en direction du sud vers la célèbre ville minière, Slade n'avait repéré personne de suspicieux. Il appellerait Tex quand ils se seraient posés pour la nuit. Pour le moment, il se disait avec un opti-misme prudent qu'ils ne couraient pas de danger.

Dakota venait de passer une demi-heure à lui souffler à l'oreille tout ce qu'elle savait de l'hôtel hanté de Goldfield. C'était la première fois qu'il en entendait parler, mais maintenant, à cause de Dakota, il était un expert.

— Viens, jetons un œil à l'intérieur, le pressa Dakota en le tirant par la main.

Il avait garé sa Harley au coin de la rue, essayant de rester discrets le plus longtemps possible. Il sourit en laissant Dakota le « mener » vers la grande vitrine à l'avant du bâtiment. « Mener » était un grand mot, puisqu'il la soutenait pour l'aider à marcher.

Elle marchait en canard, et chaque pas semblait terriblement douloureux, mais elle conservait sur le visage un sourire magnifique et faisait de son mieux pour faire semblant que tout allait bien. Elle ne se croyait peut-être pas forte, mais Slade pensait le contraire. Plus il passait de temps avec elle, plus elle lui rappelait Caroline. Elle était d'une beauté discrète, faisait passer les autres en premier et ne se laissait pas faire.

Il avait effectué beaucoup de missions durant sa vie où les femmes qu'on l'avait envoyé récupérer s'étaient complètement effondrées au moindre signe de danger. D'autres étaient tellement traumatisées qu'elles pouvaient à peine avancer. Ce n'était pas juste de comparer certaines des situations dans lesquelles il s'était trouvé à ce que traversait Dakota, mais il ne doutait pas qu'en cas de catastrophe, elle ne plierait pas l'échine et s'en sortirait à corps défendant.

Ils s'arrêtèrent devant une des larges vitrines à l'avant du bâtiment et Dakota le lâcha, boitilla jusqu'à la vitre et mit ses mains en coupe pour pouvoir regarder à l'intérieur. Elle expliqua alors ce qu'elle voyait d'une voix étouffée :

— Oh, mon Dieu, Slade. C'est fascinant ! C'est comme si le temps s'était arrêté. Il y a deux sofas ronds en cuir noir. J'imagine que les gens s'asseyaient là pour attendre leurs amis. Et la réception est toujours là. Il y a des petits casiers derrière où je pense qu'on mettait les clés. Oh ! Et des escaliers au tapis rouge montent vers quelque chose. Je n'arrive pas à voir quoi. Et il y a des doubles portes avec ce qui ressemble à des ananas gravés sur le verre. C'est poussiéreux, oui, mais on dirait que l'endroit attend simplement que les portes s'ouvrent pour que les invités arrivent.

Elle leva la tête et lui sourit.

— Tu veux regarder ?

— Oui, ma belle. Je veux bien, lui dit Slade.

Il se plaça derrière elle et se pencha en avant, emprisonnant son corps entre le sien et la vitrine en verre devant eux. Il sentit le moindre centimètre carré du corps de Dakota contre le sien alors qu'il jetait un œil à l'intérieur. Pour lui, ça ressemblait à une vieille pièce abandonnée, mais il ne voulait pas doucher la joie de Dakota.

Quand il s'écarta, elle lui saisit à nouveau la main et l'entraîna un peu plus loin sur le trottoir vers une autre vitrine. Elle réitéra la même routine, regardant à l'intérieur, lui faisant le détail de ce qu'elle voyait. Cette fois, elle inclut également d'autres informations.

— Le propriétaire ne veut laisser entrer personne parce qu'il a peur que les fantômes leur fassent du mal. Une équipe de télé est venue en 2007 ou 2008, et ils se sont reçu une brique en pleine tête ! Ça a même été filmé. C'était effrayant, mais trop cool. J'aimerais vraiment qu'on puisse entrer !

— Tu plaisantes ? lui demanda Slade.

— Quoi ? Non ! Ça serait génial ! s'extasia Dakota. On raconte qu'il y a le fantôme d'une femme appelée Elizabeth qui a été menottée à un radiateur. Elle a eu un bébé, et le père de l'enfant les a tués tous les deux. Et il y a eu plusieurs personnes qui se sont suicidées ici, et ils sont aussi censés hanter cet endroit.

— Tu es la seule personne que je connaisse qui essaye d'échapper à des terroristes, mais qui n'a pas peur des fantômes, dit Slade en secouant la tête.

Les mains sur les hanches, Dakota se tourna vers lui.

— Regarde-moi dans les yeux, ordonna-t-elle, et dis-moi que tu ne serais pas fasciné en voyant des preuves d'activités paranormales.

Slade se pencha en avant jusqu'à ce qu'elle fasse un pas en arrière, l'emprisonnant contre la vitrine. Il posa les mains de part et d'autre de sa tête et se rapprocha suffisamment pour que leurs nez se frôlent.

— J'ai vu des fantômes, ma belle. Et je ne peux pas dire que c'était une expérience phénoménale.

— Tu as vu des fantômes ? souffla-t-elle en écarquillant les yeux, ses mains remontant pour lui serrer les côtes. Sérieusement ?

— Malheureusement, oui. On ne peut pas passer le temps que j'ai passé à l'étranger et l'éviter. Même si ceux que j'ai vus étaient principalement des femmes et des enfants. Je ne sais pas comment ils ont été tués. C'étaient peut-être leurs maris, ou peut-être des bombes. Mais les voir errer dans les rues à trois heures du matin, appelant les gens qu'ils aiment, n'est pas quelque chose que j'ai envie de refaire de toute ma vie.

— Je comprends, oui, dit Dakota en lui caressant machinalement les flancs.

— Tu en as vu suffisamment ? Tu es prête à aller à l'hôtel pour te reposer un peu puis aller manger un morceau ?

Elle grimaça et hocha la tête.

— Merci de m'avoir donné du temps. J'ai eu envie de voir cet endroit de mes propres yeux depuis que les présentateurs ont vu une brique voler à travers la pièce. On pourra peut-être regarder l'épisode ensemble quand on sera rentrés à la maison... enfin, je veux dire... un jour.

Se tournant pour passer un bras autour de la taille de Dakota et l'aider à retourner à sa Harley, Slade répondit :

— J'aimerais bien regarder ça avec toi quand on sera rentrés à la maison, lui dit-il, appuyant sur le mot *maison*.

La perspective qu'ils puissent avoir une maison ensemble lui plaisait.

Ils regagnèrent la moto sans croiser le moindre spectre, à la grande déception de Dakota, mais au soulagement de Slade. Il aimait passer du temps avec elle, mais il détestait lire la douleur sur son visage quand elle remonta vaillamment sur sa moto. Il faudrait qu'il s'en occupe pour elle.

— Accroche-toi, ma belle. Je te plongerai dans un bon bain chaud dès que j'en aurai l'occasion.

Elle lui pressa la taille et Slade sourit tout en parcourant la courte distance qui les séparait du motel. Ça lui manquerait de ne plus avoir ses bras autour de lui vingt-quatre heures sur vingt-quatre quand ils arriveraient à San Diego et qu'il remiserait sa moto pour utiliser sa voiture. Il s'étonnait de la vitesse avec laquelle il s'était habitué à sentir son poids et sa chaleur derrière son dos ainsi que ses bras autour de lui.

Le motel avait huit chambres, qui n'étaient guère plus impressionnantes que les caravanes à Rachel. Mais elles étaient propres et avaient des baignoires, ce qui était l'exigence de Slade la plus importante. Il voulait mettre Dakota à tremper dès qu'il le pourrait. Elle avait tenu le coup mieux qu'il ne l'aurait cru, mais cela ne voulait pas dire qu'elle ne souffrait pas.

Il demanda une chambre en bout de couloir et gara sa Harley à l'angle du bâtiment, afin qu'elle soit difficilement repérable depuis le trottoir. Il ouvrit la porte et jeta un œil à l'intérieur, s'assurant que le champ soit libre avant de faire signe à Dakota d'entrer.

— Pourquoi as-tu fait ça ? demanda-t-elle.

— Quoi donc ?

— Regarder dans la pièce. Pendant une seconde, j'ai cru que tu allais m'écarter de force pour pouvoir rentrer en premier, le taquina-t-elle.

Slade ne sourit même pas. Il referma la porte derrière eux et se tourna vers elle.

— Je sais que les gens ont été conditionnés à penser que c'est gentleman d'ouvrir les portes et de laisser les dames entrer en premier, mais ça n'a aucun cours dans mon monde.

— Mais la politesse ne l'exige-t-elle pas ? demanda Dakota en laissant tomber son sac à dos sur le lit et en inclinant la tête d'un air interrogateur.

— C'est peut-être poli, mais ce n'est pas sûr, lui dit Slade. Si quelqu'un nous attend dans la pièce, je ne veux absolument pas que *tu* sois la première à passer la porte.

C'est toujours moi qui vérifierai la pièce avant de décider qu'elle est sûre et que tu peux y entrer. Pendant nos missions, j'ai trop souvent vu des hommes pousser des femmes et des enfants devant eux avant d'entrer. En cas de danger, ils les utilisaient comme boucliers humains ou s'enfuyaient en les entendant se faire descendre dès qu'ils avaient mis le pied à l'intérieur. Alors non, ma belle, ça ne me fait rien de passer pour un mufle. Je ne te permettrai pas d'entrer la première dans aucune circonstance où il y aurait le moindre risque que tu puisses être blessée ou te faire prendre dans un tir croisé.

— Je n'y avais jamais pensé, dit Dakota en boitant jusqu'à lui.

Puis elle passa les bras autour de lui et le prit dans ses bras. Fort.

L'enlaçant automatiquement, Slade lui demanda alors qu'ils restaient collés l'un contre l'autre dans la petite chambre de motel :

— Pourquoi tu me serres comme ça ?

— Pour toutes les femmes et tous les enfants que tu as dû voir se faire tuer, lui dit-elle doucement. Je suis désolée.

La gorge de Slade se resserra et il pinça fort les lèvres. Les choses qu'il avait vues et faites pour son pays pendant qu'il était à l'étranger faisaient partie de son passé. Il avait appris à l'accepter, il avait parlé avec des conseillers et n'y avait plus beaucoup pensé après avoir pris sa retraite. Mais il aurait bien eu besoin de la sympathie de Dakota et de son inquiétude quand il était rentré de certaines de ces terribles missions.

— Merci, dit-il enfin d'une voix rauque.

Ils se tinrent ensemble pendant un long moment avant que Dakota ne dise :

— Si je ne bouge pas, je vais m'endormir debout.

Reconnaissant de sa tentative pour détendre l'atmosphère, Slade ricana et se recula, gardant les mains sur ses hanches pour la soutenir.

— Allons. Plonge-toi dans la baignoire. Je vais aller chercher de la pizza, puisqu'apparemment, c'est le seul choix de disponible au bar, et on pourra manger quand tu auras fini. D'accord ?

— Fantastique. Tu crois que cet endroit a de l'eau chaude ? plaisanta Dakota.

— S'ils n'en ont pas, on rentre à Tonopah, rétorqua immédiatement Slade.

— Je plaisantais.

— Je ne plaisantais pas, lui répondit Slade. Je t'avais promis un jacuzzi, et même si je dois revenir dessus, je ne céderai pas sur la question du bain chaud. Tu en as besoin. On aura un long trajet à moto demain et je veux être certain que tu seras capable de le tolérer.

— Je m'en sortirai, s'entêta Dakota.

Il fit courir une main sur ses cheveux et dit doucement :

— Alors laisse-moi reformuler : je veux m'assurer que tu t'en sortes avec le moins de difficulté possible. Et ça sera plus facile si tu baignes tes muscles dans l'eau ce soir. J'ai des antidouleurs dans mon sac et entre ça et l'eau, ça devrait aller pour demain. Alors si cet endroit n'a pas d'eau chaude, je te ramène illico à Tonopah vers une de ces chaînes hôtelières où je suis certain de pouvoir en trouver.

Il vit les larmes qui se formaient dans ses yeux et fronça les sourcils.

— Qu'est-ce que j'ai dit pour te faire pleurer ? demanda-t-il.

— Rien. C'est simplement que ça fait très longtemps que personne n'a pris soin de moi comme ça. Quand je suis malade, je gère toute seule. Une fois, j'ai glissé dans mon appartement et me suis cogné la tête contre le comptoir. J'ai perdu connaissance et me suis réveillée environ quinze minutes plus tard avec une mare de sang sous ma tête. C'est simplement que... c'est bien de ne plus être seule.

Slade serra les dents en se la représentant étendue par terre, inconsciente et ensanglantée sans que personne ne sache qu'elle était blessée. Il inspira profondément par le nez et l'embrassa sur le front.

— Habitue-toi, lui ordonna-t-il avant de l'aider à s'asseoir sur le côté du lit.

Il se rendit dans la petite salle de bain et ouvrit les robinets. Heureusement pour tous les deux, de l'eau chaude se mit immédiatement à remplir la baignoire. Essayant de contrôler la température pour la rendre aussi chaude qu'elle pourrait le tolérer, Slade retourna dans la pièce et vit Dakota allongée sur le dos sur le lit. Ses jambes pendaient au bout du matelas et elle semblait endormie.

— Tu es toujours là ?

— Oui, marmonna-t-elle.

Slade avait déniché une chambre avec deux lits, ne voulant pas être trop présomptueux, et Dakota n'avait même pas commenté le fait qu'il n'ait loué qu'une seule chambre ou bien qu'elle ait deux lit. Il avait été prêt à soutenir, arguments à l'appui, qu'ils ne pouvaient pas dormir dans des chambres séparées à cause du danger, mais en fin de compte, il n'avait pas eu besoin de le faire. Elle avait accepté ces arrangements comme s'ils ne la dérangeaient même pas. Et il était évident que non.

— Allez, lève-toi, dit Slade en lui prenant la main pour la faire asseoir.

Elle grogna et fit tourner la tête sur son cou comme pour dénouer ses muscles engourdis.

— J'en déduis qu'il y a de l'eau chaude ? demanda-t-elle.

— Oui. Et elle t'appelle.

— C'est ça que j'entends ? Je pensais que les marmonnements que j'entendais étaient l'eau qui se moquait de moi pour en avoir trop fait aujourd'hui.

Slade ricana, mais ne réagit pas. Il se contenta de la faire se redresser et l'aida à se rendre à la salle de bain. Il la posa sur le siège des toilettes et retourna chercher son sac à dos. À son retour, il vit qu'elle n'avait pas bougé.

— Tu as besoin d'aide ?

Elle leva la tête et demanda d'un air timide :

— Pour retirer mes vêtements ? Oui.

Sa taquinerie le fit sourire, mais il dit d'un ton sérieux :

— Tu ne devrais pas me taquiner à propos de quelque chose comme ça.

— Qui a dit que je te taquinais ? répliqua-t-elle doucement.

Inspirant à nouveau profondément, ce qu'il faisait souvent ces derniers temps, Slade dit :

— Si je pensais que tu en avais la force, je te déshabillerais et t'étendrais sous moi avant de te donner le temps de cligner des paupières. Mais même si j'ai envie de voir et d'étreindre ton corps nu, c'est d'eau chaude que tu as besoin pour le moment. Et de nourriture. Et j'ai besoin d'appeler mon ami pour qu'il me dise ce qu'il s'est passé depuis que j'ai été déconnecté.

— Tu as raison, acquiesça Dakota.

— Bien entendu.

— Mais ça ne veut pas dire que j'ai oublié ce que tu m'avais promis quand on arrivera à Goldfield, dit-elle avec un grand sourire.

— Et qu'est-ce que tu accepteras comme récompense ? demanda Slade sans pouvoir s'en empêcher.

— J'ai envie qu'on dorme ensemble.

Il faillit s'étrangler et elle se dépêcha d'achever sa pensée, comme si elle s'attendait à des protestations.

— Je sais que tu as choisi une chambre à deux lits, et c'est gentil de ta part. Mais ce dont j'ai envie est de dormir près de toi. Ça fait longtemps que je ne me suis pas sentie autant en sécurité qu'aujourd'hui, avec toi. Je ne dis pas que je n'ai pas envie qu'on couche ensemble... mais je suis restée collée à toi toute la journée. Je... j'en ai juste envie pour ce soir aussi.

— Alors tu l'auras, lui dit Slade en sachant qu'une longue nuit de torture l'attendait.

Rester étendu avec Dakota dans les bras allait le tuer. Mais ce serait un enfer bien doux.

— Va prendre ton bain. Je reviens avec la pizza. Prends autant de temps que tu veux. J'appellerai Tex une fois qu'on aura mangé.

— Pourquoi ne profites-tu pas de mon absence pour l'appeler ? Je suis certaine que tu veux lui parler en privé.

— Je n'ai rien à te cacher, Dakota, dit Slade. Tu as tout autant le droit que moi de savoir ce qu'il se passe... et même encore plus. En plus, j'ai envie de te le présenter.

— Tu vas lui parler de nous ?

— Si tu veux dire que je vais lui avouer que tu comptes pour moi et que je nous imagine avoir une relation quand la menace qui pèse sur toi sera neutralisée... la réponse est oui.

— Oh... euh... très bien.

Elle était mignonne quand elle rougissait. Slade se pencha et lui déposa un baiser sur les lèvres avant de se redresser.

— Et vérifie la température avant de faire trempette. Je ne veux pas que tu t'ébouillantes.

Puis il se tourna et quitta la petite salle de bain avant d'accepter sa proposition et de l'aider à retirer ses vêtements. Il referma la porte derrière lui et se dirigea vers la sortie pour aller leur acheter à manger.

CHAPITRE HUIT

Une heure et demie plus tard, Slade était allongé sur le lit, Dakota blottie contre lui. Elle avait posé la tête sur son épaule, un bras passé en travers de son ventre, l'autre replié contre son corps, et elle s'amusait avec la manche de son T-shirt. Elle s'était reposée dans la baignoire jusqu'à ce qu'elle se soit transformée en pruneau – comme elle l'avait dit – puis elle avait enfilé un pantalon de jogging et un T-shirt. Ils avaient dévoré la pizza à la viande que Slade avait achetée dans le petit bar restaurant du motel et maintenant, il était temps de parler à Tex.

— Tu es certain que cette ligne est sécurisée ? demanda-t-elle quand il prit son téléphone.

— Qu'est-ce que tu connais des téléphones sécurisés ? rétorqua Slade avec une lueur taquine dans le regard.

Dakota leva les yeux au ciel.

— On est au vingt et unième siècle, Slade. Il suffit d'avoir regardé la télé ou d'être allé au cinéma pour savoir que les lignes sécurisées existent.

Cela le fit ricaner.

— Certes. Pour répondre à ta question, oui. Mon téléphone est bel et bien sécurisé. Il m'a été fourni par la Marine, et je te garantis que les lignes de Tex sont plus que sûres.

— Je peux te demander quelque chose ?

— Bien sûr.

— Comment fait-on pour sécuriser une ligne ? Je veux dire, je comprends de façon abstraite, mais pas exactement.

— Une ligne sécurisée avec un chiffrement de bout en bout. Ça va empêcher qu'on puisse s'y connecter pour écouter. Tant que les deux interlocuteurs utilisent une ligne sécurisée, tout ce qu'ils diront restera entre eux.

— Hum, c'est un peu comme de parler en code. Ce que tu dis est brouillé quand tu parles, puis c'est inversé pour que l'autre personne puisse te comprendre.

— En gros, oui, lui dit Slade en souriant de la simplicité avec laquelle elle l'avait exprimé.

— Super.

— Oui. Bon, tu as d'autres questions, ou bien je peux appeler Tex ?

Elle rougit, mais dit simplement :

— J'ai fini... pour le moment.

Slade sourit. Sa curiosité lui plaisait beaucoup. Le fait qu'elle ne soit pas roulée en boule, absolument terrifiée, en disait long sur sa fortitude. Et il aimait cela.

Se penchant en avant, il l'embrassa sur le front pour la rassurer avant de composer le numéro de Tex. Il cliqua sur le bouton du haut-parleur afin que Dakota puisse entendre la conversation. Il avait été honnête plus tôt, quand il lui avait dit qu'il ne voulait rien lui dissimuler.

— Salut, Tex.

— Cutter. Où est-ce que tu te cachais ? s'exclama Tex d'un ton maussade.

— Je t'ai dit où j'allais, lui répondit Slade sans la moindre rancœur. Malheureusement, je n'avais pas pensé que je n'aurais pas de réseau dans le désert.

— Tu l'as retrouvée ? Dis-moi que tu l'as retrouvée.

— Affirmatif.

— Dieu merci !

Quelque chose dans le ton de sa voix fit tiquer Slade.

— Pourquoi ? Qu'est-ce qui ne va pas ?

— Fourati sait où elle est. Il faut que vous partiez. Tout de suite.

— On est déjà en route, et oui, j'ai compris qu'il l'avait retrouvée quand un de ses hommes a pénétré dans la caravane où on était. Mais ce que j'aimerais bien savoir est *comment* Fourati l'a retrouvée. Tex, elle était au milieu de nulle part. il n'y avait pas de réseau téléphonique et Rachel ne compte que 50 habitants environ. Comment a-t-il fait pour la retrouver ? C'était moi ? C'est moi qui les ai menés là ?

— Je n'en suis pas certain, lui dit Tex. Elle n'a pas de portable ?

— Non.

— On aurait pu remonter jusqu'à sa voiture ?

— C'est peu probable. Ça faisait un bout de temps qu'elle était là. Sans quoi ils seraient venus la récupérer plus tôt.

— Une radio ? Elle a utilisé ses cartes de crédit ? Elle a envoyé des lettres à quelqu'un chez elle ?

Slade sentit Dakota secouer la tête contre son épaule.

— Elle dit que non.

Il y eut une pause avant que Tex ne demande :

— Elle est là ?

— Je suis là, répondit Dakota d'une petite voix. Ravie de te rencontrer, Tex. Slade ne m'a dit que du bien de toi.

— Eh bien, il a menti ! rétorqua immédiatement Tex avec une pointe d'humour. Ça va, ma belle ?

Slade ne put contenir un sourire. C'était bien Tex d'interrompre un interrogatoire en plein milieu pour s'assurer qu'une femme allait bien.

— Ça va. Mais je crois que la Harley de Slade essaye de me tuer.

— Donne-lui le temps, ricana Tex. Tu auras des jambes de biker en un rien de temps.

— Sans vouloir te vexer, je n'ai pas envie d'avoir des jambes de biker, lui répondit-elle.

— Tu vas rester avec Cutter ? lui demanda Tex.

— Si Cutter est Slade, alors oui, ça me plairait, répondit Dakota en rougissant.

Slade sourit. Il était ravi de l'entendre quasiment confesser à Tex qu'il lui plaisait. C'était une chose qu'elle le lui dise directement, et une tout autre de l'entendre dire à quelqu'un d'autre.

— Cutter est Slade, effectivement, confirma Tex avant d'ajouter : alors tu vas te choper des jambes de biker. Bon... tu as parlé à quelqu'un que tu connaissais pendant que tu te planquais à Rachel, Dakota ? Tu as appelé quelqu'un ? Écrit une lettre ?

— Pas vraiment. J'ai envoyé des cartes postales à mon père, mais je les ai données à des touristes qui les ont postées pour moi quand ils sont rentrés chez eux.

— C'est comme ça que j'avais compris qu'il fallait que je commence à Vegas, les interrompit Slade. Deux personnes n'ont pas attendu d'être rentrées pour les poster.

— Hum. Son père a-t-il eu d'autres visites ?

— Deux ou trois personnes qui ont dit travailler pour le gouvernement. Mais il a refusé catégoriquement de leur parler. Il s'est montré extrêmement prudent avec moi et a refusé de me dire quoi que ce soit sur Dakota avant d'être certain de savoir qui j'étais.

— Alors la question est : quelles infos possède Fourati ? Avait-il des hommes à Vegas pendant des mois qui ont fait la même connexion à Rachel que tu as faite, Cutter ? Ou bien est-il parvenu à obtenir des infos de son père après ton passage ? Tu as pu être suivi ? Ou bien certains de ses hommes t'ont vu à Vegas et t'ont suivi ?

— Bon sang... il y a trop de questions sans réponse, dit Slade en secouant la tête.

La ligne resta silencieuse un moment alors qu'ils réfléchissaient tous ensemble à ce mystère.

— Je ne sais franchement pas comment ils auraient pu être au courant pour moi, songea Slade. Lambert ne m'a confié cette mission que récemment. Il n'a aucune raison de m'avoir sur son radar ou de me lier à Dakota.

— Peut-être pas toi, contra Tex, mais il l'a peut-être surveillée pendant tout ce temps. Il est possible qu'il ait eu besoin de mettre des choses en place dans son organisation et n'était pas encore prêt à aller la récupérer. Mais quand tout a été en place, il a envoyé quelqu'un la chercher.

— Pat et Connie, les propriétaires d'A'Le'Inn, ont le wifi, dit Dakota, rompant le silence. Je ne me suis pas connectée hier soir parce que je n'avais pas accès à un ordinateur, mais je l'avais déjà fait. J'ai cherché des sites de nouvelles de San Diego et des infos sur les attentats à la bombe. Il aurait pu me retrouver comme ça ?

— C'est possible, se dit Tex à haute voix. Même s'il n'a pas de traqueur sur toi, il sait qu'à partir de San Diego, tu n'as pu aller qu'au nord ou à l'ouest. Tu aurais pu descendre jusqu'au Mexique, mais c'était peu probable. Alors il a probablement prêté attention à tes cartes de crédit ou à toute activité suspecte sur Internet. Je crois que tes recherches ont pu lui donner une idée. Il aurait été capable de remonter les adresses IP jusqu'à Rachel. Simplement, il a mis deux mois pour trouver les recherches et déterminer ton emplacement. On a eu de la chance.

— Je suis désolée, murmura Dakota. Je ne pensais sincèrement pas qu'il serait en mesure de me retrouver si je cherchais des nouvelles en général. J'avais conscience d'être restée là-bas trop longtemps, mais j'avais envie d'économiser un peu d'argent avant de reprendre la fuite.

— Ce n'est pas de ta faute, dit Tex avant que Slade ne puisse la rassurer. Tu n'utilisais pas tes cartes, tu t'es contentée de liquide, c'était bien.

— Bon, au moins je saurai quoi faire la prochaine fois, dit-elle doucement.

— Il n'y aura *pas* de prochaine fois, dit férocement Slade, carrant davantage les épaules.

Il la regarda dans les yeux pour la convaincre de le croire. De compter sur lui pour la protéger.

— Qu'as-tu prévu de faire, Cutter ? s'enquit Tex, interrompant ce moment d'émotion.

— Aller à San Diego le plus vite possible, dit Slade.

— Dakota, tu vas être capable de tenir sur la moto sur un aussi long trajet ? demanda Tex.

Avant que Dakota ne puisse répondre, Slade grommela :

— Tu me crois capable de la pousser au-delà de ses limites, Tex ?

— C'est bon, je peux..., dit Dakota.

— Je voulais simplement être certain d'avoir bien compris, l'interrompit Tex.

— C'est bon, dit Slade à son ami.

— Bon. Et quand vous serez rentrés ?

Slade sentit que Dakota le regardait, mais il l'ignora pour le moment.

— Je vais appeler Wolf ce soir. J'espérais pouvoir utiliser son sous-sol. Je ne veux pas retourner chez moi au cas où ce connard m'ait repéré aussi.

— Tu vas expliquer à Wolf ce qu'il se passe ?

— Oui. Je ne suis pas censé le faire, mais je m'en fiche complètement. Il a le droit de savoir, puisque j'ai besoin de lui pour m'aider à protéger Dakota, dit Slade.

— Il couvrira tes arrières.

Et c'était vrai. Slade le savait. C'était la raison pour laquelle il n'avait pas hésité à prendre la décision d'habiter chez lui pendant qu'il cherchait une solution pour neutraliser Fourati.

— Et mon père ? Il est en sécurité ? demanda Dakota.

— Je parlerai à Wolf pour voir s'il peut garder en œil sur lui. Au besoin, on le cachera le temps que Fourati soit mis hors d'état de nuire, lui dit Slade.

Elle le regarda avec de grands yeux.

— Vous pouvez faire ça ?

— Si c'est important pour toi, oui, bien sûr. Je ne vais pas rester sans rien faire et laisser des gens lui faire du mal, parce que s'il souffre, *tu* souffres. Alors oui, Dakota, je vais faire tout ce qui est en mon pouvoir pour le protéger.

— Merci, murmura-t-elle, clairement bouleversée.

— Tu me préviendras quand tu auras découvert quelque chose ? demanda Tex à Slade, tout en gardant les yeux sur Dakota.

— Bien sûr. Tu auras ton téléphone demain ?

— Oui, mais si je suis à moto, je ne pourrai pas te répondre.

— Je te laisserai un message au besoin, le rassura Tex. Fais attention. Je n'ai pas d'information sur les mecs qui se sont pointés pour escorter Dakota jusqu'à leur boss. Je verrai ce que je peux faire pour remonter jusqu'à eux, mais si Fourati est doué pour la technologie, comme il paraît l'être, ce ne sera peut-être pas aussi aisé que je l'aimerais.

— D'accord. Aux dernières nouvelles, l'un d'entre eux est probablement en route vers la prison, du moins jusqu'à ce qu'on vienne payer la caution, et s'il y en a d'autres, ils sont restés en rade à Rachel, même si je les crois parfaitement capables de voler une voiture.

— Ils improviseront, c'est certain, dit Tex d'un ton

sec. Dakota, c'était un plaisir de te rencontrer. Et pour ton information, tu n'aurais pas pu trouver de meilleur compagnon. Cutter m'a sauvé la vie plus de fois que je ne saurais le dire. Si ma femme et mes enfants avaient des problèmes, c'est lui que j'appellerais en premier pour veiller sur eux.

— D'accord, murmura-t-elle.

— On se parle plus tard, dit Tex avant de raccrocher.

Slade raccrocha aussi et prit Dakota dans ses bras.

— Ne t'inquiète pas pour cette histoire de wifi. Tu as fait tellement de choses correctes au cours des derniers mois que je suis impressionné de la compétence avec laquelle tu as été capable de rester discrète.

Elle soupira.

— Je sais que j'aurais bien fini par me faire repérer. Je suis soulagée que ça se soit passé quand tu étais là. Sans toi, ils m'auraient retrouvée.

— Regarde-moi, ma belle.

Slade attendit qu'elle croise son regard avant de poursuivre.

— Mais si ça vire au FUBAR, je veux que tu...

— FUBAR ? demanda-t-elle avant qu'il ne puisse terminer.

— Pardon. J'oublie que tu ne sais pas grand-chose du jargon militaire. Ça veut dire si ça part en sucette.

Elle pouffa, mais lui fit signe de continuer.

— S'il arrive quelque chose et que tu te retrouves entre les mains de Fourati, n'abandonne pas, dans n'importe quelle circonstance. Quoi qu'il fasse ; quoi qu'il arrive. N'abandonne pas. Ne l'antagonise pas ; il te ferait du mal. Ne prends pas des risques inconsidérés pour essayer de t'échapper. Parce que je viendrais te chercher. Je m'assurerais que toute la Marine vienne te chercher si c'est nécessaire. Mais j'ai besoin que tu t'accroches et fasses ce que tu as besoin de faire pour rester en vie jusqu'à mon arrivée. C'est compris ?

Dakota se mordit la lèvre.

— Je ne suis pas vraiment courageuse.

— Balivernes, contra immédiatement Slade. Tu es l'une des femmes les plus courageuses que je connaisse. Tu n'es pas restée terrée chez toi à t'apitoyer sur ton sort quand il t'est arrivé une merde. Tu n'es pas partie te planquer en pleurant dans la maison de ton père. Tu n'es pas restée à ton boulot alors que tu savais que des enfants étaient en danger. Et sans aucune expertise, tu as réussi à éviter de te faire capturer pendant super longtemps.

— Je me suis enfuie. Ce n'est pas courageux, insista Dakota.

— On s'en fiche. Parfois, s'enfuir est la chose la plus sensée qu'on puisse faire. Tu t'es tirée de la situation dans laquelle tu étais, ce qui t'a permis de gagner du temps. Où crois-tu que tu serais si tu ne l'avais pas fait ?

— Probablement enchaînée dans un lit dans un sous-sol, forcée de faire ce que ce connard voulait que je fasse, marmonna Dakota.

— Exactement, dit Slade d'une voix radoucie. Je t'ai fait la promesse de faire tout ce qui est en mon pouvoir pour te protéger. Et je tiendrai absolument cette promesse. Mais il arrive parfois des merdes. Malheureusement, je le sais mieux que beaucoup de gens. Tout ce que je te demande est que si cette merde t'arrive, *nous* arrive, essaye de rester calme. N'antagonise pas Fourati, mais ne te laisse pas marcher dessus non plus. Quoi qu'il puisse arriver, tiens le coup jusqu'à ce que je puisse te sortir de là. C'est d'accord ?

— D'accord. Mais tu… tu ne mettras pas trop de temps, n'est-ce pas ? Je peux faire semblant d'être courageuse pendant un moment, mais je finirais forcément par craquer.

— Je ferai tout ce qui est en mon pouvoir pour venir te chercher le plus vite possible et pas une seconde plus tard.

Dakota hocha la tête puis baissa les yeux vers sa poitrine. Son doigt y effectuait des petits cercles et elle demanda :

— Et… Cutter ?

Il sourit et décida de lui donner la version édulcorée de son surnom. Elle n'avait vraiment pas besoin d'être au courant de ses talents d'égorgeur.

— Mon nom de famille.

— Ah, je comprends, dit-elle.

Slade se relaxa, n'ayant pas réalisé qu'il s'était tendu, quand il la sentit à nouveau se fondre contre lui.

— Je vais appeler Wolf, maintenant, c'est d'accord ?

— D'accord.

Il composa le numéro de Wolf et attendit que ça sonne.

— Allô ?

— Salut, Wolf. C'est Cutter.

— Quand est-ce que tu reviens ? demanda l'autre soldat, omettant les politesses habituelles.

— Pourquoi ? Je te manque ? le taquina Slade.

— Tu parles ! Le mec qui a pris ta place est lent comme un escargot. Je te jure qu'aujourd'hui, j'ai dû lui expliquer comment changer les marges dans un document Word. Je ne sais absolument pas comment il a pu obtenir un poste dans une administration gouvernementale. Je t'en prie, dis-moi que tu vas revenir. Et où étais-tu, de toute façon ? J'ai entendu dire que tu étais allé à Vegas ?

Slade sentait Dakota sourire sur son épaule. Wolf semblait vraiment dégoûté. C'était plutôt rigolo.

— J'espère être revenu en ville demain soir.

— Dieu merci !

— Mais je ne reprends pas mon travail tout de suite. Je suis encore très pris par ce qui a motivé mon congé.

— Et merde.

Cette fois, Dakota pouffa.

— Tu n'es pas en mesure de discuter ? demanda Wolf, qui avait manifestement entendu le petit rire discret.

Voir qu'il essayait d'être professionnel et curieux à la fois fit sourire Slade.

— Si, si. Dakota, voici Wolf. Wolf, voici Dakota.

— Bonjour, dit-elle doucement. Ravie de te rencontrer... si on peut dire ça comme ça.

— Moi, de même, ma belle, dit Wolf. Mais pourquoi ai-je l'impression que ça risque de prendre du temps avant que tu ne reviennes au travail, Cutter ?

— J'ai besoin d'une faveur, dit Slade en réponse à la question de son ami.

— Laquelle ? répondit immédiatement Wolf.

— J'ai besoin d'un endroit où rester avec Dakota pendant plusieurs jours.

— C'est bon.

— On ne sait pas combien de temps on va rester, le prévint Slade.

— Le sous-sol est à vous aussi longtemps que vous en aurez besoin, dit Wolf.

— Merci. C'est gentil.

— Tu sais que tu peux compter sur moi quelles que soient les circonstances. Mais je dois te demander... est-ce que ce dans quoi tu es impliqué risque d'avoir des retombées sur ma femme ?

Slade hésita. Il aurait voulu dire non, mais tout bien pesé, c'était parfaitement possible. Tant que Tex n'aurait pas découvert plus d'informations sur la façon dont Fourati avait retrouvé la trace de Dakota, il n'en était pas certain.

— On peut rester à l'hôtel, dit Slade à Wolf.

— Ce n'est pas ce que je sous-entendais et tu le sais, Cutter, dit Wolf d'une voix basse et rude, très éloignée du ton plaisant dont il s'était servi jusque-là.

— Peu m'importerait qu'Oussama Ben Laden soit à tes trousses, je t'ouvrirais quand même ma porte à bras ouverts.

— Il n'est pas mort ? murmura Dakota quand Wolf eut fini de parler.

Slade ne sourit pas même si elle était vraiment mignonne.

— Oh, mon Dieu ! s'exclama Wolf. C'est elle, n'est-ce pas ?

Slade savait ce qu'il voulait dire. Ils avaient discuté plusieurs fois depuis qu'ils s'étaient rencontrés, du fait qu'au moment où Caroline avait contribué à lui sauver la vie, il avait su qu'elle était la femme avec laquelle il espérait passer le reste de sa vie, même s'il avait beau le dénier. Il était même allé jusqu'à dire que malgré son âge, Slade le ressentirait aussi quand il verrait sa propre femme.

— Oui.

— Je suis vraiment content pour toi, Cutter, dit Wolf à son ami. Et pour répondre à ta question, Dakota, Ben Laden est bien mort. Une équipe des forces spéciales s'en est débarrassée. Mais même s'il était un fantôme sorti de sa tombe pour venir hanter Cutter, je laisserais quand même l'homme qui est à tes côtés rester chez moi. J'ai simplement besoin de le savoir à l'avance.

— Je comprends, souffla Dakota avant d'ajouter : Je parie que Wolf n'a pas peur des fantômes. Il serait ravi d'explorer l'hôtel de Goldfield avec moi.

— Ma belle, je n'ai pas peur des fantômes. Je préférerais simplement qu'on ne me jette pas une brique en plein visage, lui dit Slade en lui pressant la taille en même temps.

Il la sentit sourire contre sa poitrine, mais il s'éclaircit la gorge et raconta à son ami ce qu'il se passait.

— Tu te souviens de cet attentat à l'aéroport de Los Angeles ? Apparemment, il va y en avoir d'autres.

— On le sait déjà, Cutter.

— Dakota y était. Elle peut reconnaître Aziz Fourati.

Wolf poussa un long sifflement bas.

— Il sait où elle se trouve ?

— Je l'ignore.

— Bon. Je vais en parler à l'équipe. On instaurera des patrouilles autour de la maison. J'enverrai Caroline chez

Cheyenne. Elle a besoin de passer du temps avec la petite Taylor de toute façon.

Slade déglutit et ferma les yeux, essayant de se reprendre. Wolf et lui avaient toujours été en de bons termes. Ils discutaient souvent des aspects non confidentiels de ses missions et Slade lui avait toujours offert ses conseils au besoin. Mais le fait que cet homme accepte aussi volontiers de les abriter dans sa propre maison et s'arrange également pour que ses camarades des forces spéciales gardent un œil sur eux pendant qu'il mettait sa femme en sécurité ailleurs, et tout ceci sans sourciller, le dépassait légèrement. Slade avait conscience que faire partie d'une équipe lui avait manqué, mais avant ce moment-là, il n'avait pas compris à quel point.

— Merci, Wolf. Si cela peut te consoler, Tex est sur le coup. Je ne m'attends pas à ce que ça dure des plombes. Je préfère qu'on en finisse le plus vite possible.

— Tant que ça te permettra de revenir au bureau plus vite, je suis d'accord à cent pour cent, plaisanta Wolf. Je ne tolérerais pas que ton remplaçant reste un jour de plus qu'il n'est nécessaire.

— Je t'appellerai quand on sera arrivés, dit Slade.

— Très bien. Je te donnerai le code de l'alarme quand tu appelleras.

— Wolf ? dit Dakota.

— Oui, ma belle ?

— Merci.

— J'ai hâte de te rencontrer. Et quand les choses se seront calmées, je sais que ma femme et ses amies te tomberont dessus. Je préfère te prévenir.

— J'ai hâte.

— Ah ! On verra si tu dis toujours la même chose après. Prends soin de Cutter pour moi. Le bureau ne fonctionne pas sans lui. À plus tard.

Et comme Tex, Wolf avait clôturé l'appel téléphonique sans attendre que Slade lui réponde.

— Je crois que tes amis t'apprécient, dit Dakota à Slade une fois qu'il se fut penché pour reposer le téléphone sur la table près du lit.

Il haussa les épaules.

— Qu'est-ce que tu fais dans ce bureau pour que Wolf soit aussi dithyrambique ?

— Des papiers.

— Ça doit être plus que ça, insista Dakota. Il n'arrive pas à supporter la personne qui te remplace.

— Je suis doué pour ce que je fais, lui dit Slade sans la moindre vanité. J'ai un don pour ça. C'est peut-être à cause des années que j'ai passées au sein d'une équipe, ou le fait que je ne tolère pas le moindre bullshit de personne. Mais je m'assure pour que les choses soient faites. D'une façon ou d'une autre.

— Je vois que c'est important.

— Oui, bon. Est-ce qu'on peut arrêter de parler de mon travail ? Tu as besoin de dormir. Demain va être une longue journée.

— Je peux te dire encore une chose ?

Slade soupira, faisant semblant d'être exaspéré, mais il serra Dakota dans ses bras, s'assurant qu'elle comprenne que c'était pour plaisanter.

— J'aime le fait que tu aies des gens qui te soutiennent.

— Tu n'as pas ça.

Ce n'était pas une question. Sans quoi, Slade savait qu'elle serait plutôt auprès d'eux.

— Non, pas vraiment. Je veux dire… je suis copine avec la secrétaire de l'école, et on va parfois dîner ou se prendre un verre avec certains des enseignants. Mais ce sont plutôt des relations de travail, si tu vois ce que je veux dire.

— Parfaitement, lui répondit Slade.

— Certes, toi et les hommes à qui on vient de parler êtes également collègues de travail, mais c'est différent.

Et cela l'était. Quand on mettait sa vie dans les mains d'un autre, des liens se formaient. Incassables. Ajoutez à cela des situations de vie ou de mort, et vous obtiendrez des amitiés qui durent toute une vie.

— Oui, dit-il doucement.

— Je suis soulagée que tu m'aies retrouvée, dit Dakota d'une petite voix. Je suis contente que ce soit toi.

— Moi aussi. Maintenant, ferme les yeux. Dors, lui ordonna Slade.

— Ça ne te fait rien de dormir comme ça ? demanda-t-elle en plaquant davantage le bras sur son ventre, indiquant leur proximité.

— Certainement pas. J'ai envie de t'avoir près de moi. Ça a failli me tuer d'être assis près de toi dans ta voiture ce matin sans pouvoir te toucher. Tu avais l'air tellement mal à l'aise sur ce siège.

— J'ai mis combien de temps à remarquer ta présence ? demanda Dakota.

— Deux heures.

Sur ce, elle leva brusquement la tête de son épaule et le dévisagea avec incrédulité.

— Deux heures ? Comment ne me suis-je pas réveillée quand tu as refermé la portière ? Et tu es resté là pendant tout ce temps ?

— Tu étais fatiguée. Et oui, je suis resté pendant deux heures, dit Slade.

— Qu'est-ce que tu as fait ?

— Je t'ai regardée dormir.

Il ne fit même pas semblant de ne pas comprendre de quoi elle parlait.

— Je suis resté assis là pendant deux heures à te regarder respirer, à me dire que j'aurais aimé avoir l'autorisation de te prendre dans mes bras. Et puis j'ai réfléchi à un plan pour te protéger.

— Waouh, dit-elle en reposant la tête sur son épaule. Je ne savais pas.

— Si j'avais été une menace, tu aurais repéré ma présence, lui assura Slade. Mais parce que je ne l'étais pas, ton corps t'a permis de rester endormie.

— Je crois que tu me prends pour beaucoup plus compétente que je ne le suis, dit Dakota. Je ne suis pas aussi futée. Même si Aziz faisait exploser une porte pour venir me kidnapper, je suis capable de ne pas me réveiller.

— Ce n'est pas vrai. Tu es en cavale depuis des mois. Tu m'as fait confiance dès le début.

— C'est vrai, en convint-elle.

— Bon... tu veux bien fermer les yeux et t'endormir ?

— Tu vas rester allongé là à me regarder si je m'endors ?

Slade sourit. Elle le comprenait constamment par son humour décalé.

— Peut-être.

— Comme tu veux. Mais c'est toi qui vas conduire et qui devras peut-être tirer sur des gens demain s'ils nous retrouvent. Tu ferais mieux de dormir aussi.

Il savait qu'elle plaisantait, mais s'il y était forcé, il n'hésiterait pas à se servir du pistolet qu'il gardait dans le holster à sa cheville afin de la protéger.

— Chut, murmura-t-il en passant la main sur l'arrière de sa tête en une douce caresse.

Quand elle poussa un soupir de contentement et se blottit davantage contre son épaule, il le refit.

— C'est tellement bon, murmura-t-elle. Personne ne m'a touché les cheveux comme ça depuis que ma mère est morte.

Cette révélation serra le cœur de Slade et il continua de faire courir sa main du sommet de son crâne jusqu'au bout de ses cheveux en un mouvement rythmé.

Au bout de quelques minutes, elle se détendit complètement contre lui. Elle était profondément endormie, mais en sécurité entre ses bras.

Slade était étendu sous Dakota, la caressant d'une main alors qu'il essayait de se détendre suffisamment pour dormir. Tous ses sens semblaient accrus, comme ils l'étaient quand il faisait partie d'une équipe et était parti en mission. Et ceci était une mission ; la plus importante de sa vie.

Et comme si toutes les fois où il avait été envoyé à l'étranger pour son pays n'étaient que des répétitions générales, Slade passa en revue autant de scénarios que possible pour ce qui allait arriver au cours des journées qui allaient venir. Et chacun se terminait par la mort d'Aziz Fourati, tandis que Dakota se sentait libre de vivre une vie sans peur... à ses côtés.

CHAPITRE NEUF

— Ça va ? demanda Slade pour ce qui lui parut être la centième fois de la journée.

Dakota n'allait *pas* bien. Elle venait de passer huit heures à l'arrière de sa moto et avait vraiment hâte de descendre de cette stupide machine. Ses fesses étaient engourdies et cela faisait une heure que ses pieds la démangeaient. Seule la météo jouait en sa faveur. Il ne faisait plus aussi froid que dans les hauteurs du Nevada et elle était plutôt à l'aise avec le blouson en cuir que Slade lui avait donné.

Elle s'était réveillée ce matin-là raide et atrocement courbatue, mais également extrêmement à l'aise. Slade et elle avaient changé de position durant la nuit et elle s'était retrouvée devant lui, sur le flanc, son grand corps recourbé autour d'elle. Il avait passé le bras autour de sa taille et quand elle se décala, elle sentit sa très grande érection matinale qui pressait contre ses fesses.

— Bonjour, marmonna-t-il alors que son bras se resserrait pour la presser contre lui.

Elle ne dit pas un mot, prise dans un état de demi-conscience entre le sommeil et l'éveil. Mais Slade ne parut pas se formaliser qu'elle ne lui rende pas sa salutation du matin. La main à sa taille se décala et glissa sous son T-shirt. Il caressa son ventre, qu'elle essaya de rentrer, mais elle oublia rapidement les quelques kilos en trop qu'elle avait sur le ventre quand sa main ne cessa de se diriger vers ses seins.

Il vint se positionner derrière elle, posant la tête sur sa main libre. La lumière du matin filtrait à travers les rideaux diaphanes, conférant à la pièce une étrange lueur orange. Quand les doigts de Slade entrèrent en contact avec son sein nu, Dakota inspira profondément, ce qui cala sa poitrine contre la main aventureuse de son compagnon.

En tirant parti, il lui effleura un mamelon du bout des doigts. Dakota le sentit immédiatement durcir, comme si elle implorait le contact de Slade. Il ne la déçut pas. Pendant une seconde, il testa le poids de sa main, puis ses doigts revinrent jouer paresseusement sur son mamelon à présent dur comme du roc.

Il continua pendant plusieurs minutes, avant que Dakota ne finisse par gémir son nom.

— Pas de panique. Je ne vais pas aller plus loin, dit-il doucement. J'ai juste besoin de te toucher. Je m'arrêterai si tu es mal à l'aise. Tu n'auras qu'à me le dire.

Dakota secoua la tête, n'aimant pas l'idée qu'il puisse s'écarter d'elle.

— Non. Je suis d'accord. Plus que d'accord.

Elle pouvait sentir son érection, pleinement gorgée de sang, pulsant contre ses fesses, et elle ne put s'empêcher de se reculer contre lui quand il lui pinça le mamelon. L'érotisme de ses mouvements la submergeait.

— Ça te plaît, dit-il en répétant l'action sur son autre mamelon.

Dakota hocha la tête, incapable de parler pour le moment.

Slade se recula, et alors elle s'apprêtait à ouvrir la bouche pour se plaindre de l'avoir perdu, il appliqua une pression sur sa hanche et elle se tourna pour se retrouver allongée sur le dos à ses côtés. Le visage de Slade n'était qu'à quelques centimètres du sien et il murmura à nouveau « bonjour », avant de pencher la tête et d'entamer ce qui était jusque-là le matin le plus extraordinaire de sa vie.

Il l'embrassa sur le front, puis sur le nez. Négligeant ses lèvres, il goûta le lobe de son oreille. Puis il lécha le côté de son cou et embrassa à loisir le moindre centimètre carré de sa peau qu'il était en mesure d'atteindre. En attendant, ses doigts continuèrent à tourmenter ses seins, qui lui étaient bien plus accessibles à présent qu'elle était étendue sur le dos.

Dakota ne savait pas quoi faire de ses mains, alors elle attrapa le drap au niveau de ses hanches et s'y accrocha. Ce n'est que lorsque Slade descendit le long de sa poitrine afin d'aspirer un mamelon dans sa bouche à travers le coton de son T-shirt qu'elle retrouva sa voix :

— Slade, mon Dieu ! C'est tellement bon. Je n'ai jamais ressenti ça avant. Jamais.

Elle posa une main à l'arrière de sa tête et essayait de le presser à nouveau contre sa poitrine, quand il leva la tête et murmura :

— Pour moi aussi, ma belle. Je te jure que je pourrais jouir rien qu'en suçant ces beautés.

— Moi aussi, lui dit-elle, étourdie mais souriante.

Il embrassa son mamelon, à présent clairement visible à travers le tissu humide de son chemisier, puis il commenta :

— J'ai dormi comme une souche.

— Quoi ?

L'esprit de Dakota mit du temps à décoder ce qu'il disait. Elle était toujours perdue dans la sensation de sa bouche et de ses doigts sur son corps.

— Ça fait très longtemps que je n'ai pas dormi comme ça.

— Ça fait longtemps que je n'ai pas dormi aussi bien. Généralement, je me réveille deux ou trois fois par nuit... en me souvenant de toutes les horreurs que j'ai vues dans ma vie. La nuit dernière, je ne me suis pas réveillée une seule fois. J'ai dormi comme un bébé. Toute la nuit.

Il gardait toujours la main sous sa chemise et son pouce caressait doucement le dessous d'un de ses seins. La matinée avait commencé sur de l'érotisme et s'était transformée en une douce intimité. Elle n'avait jamais rien connu de la sorte et elle savait qu'à partir de ce moment, elle en aurait envie constamment.

Dakota leva une main vers son visage et lui caressa la barbe du bout des doigts. Elle n'était ni longue ni courte. Elle lui allait bien. Elle se demanda alors brièvement ce que cela ferait de la sentir contre la peau délicate de ses seins ou de l'intérieur de ses cuisses, mais elle interrompit ses pensées avant qu'elles ne puissent aller plus loin. Songer à sa barbe entre ses jambes pendant qu'il s'abreuverait d'elle était trop pour le moment.

— Cette nuit, c'est la première fois depuis l'attentat que je n'ai pas rêvé d'Aziz, dit-elle doucement.

— De quoi as-tu rêvé ? demanda Slade.

— De quoi n'ai-je *pas* rêvé ? contra Dakota. Il me viole, fourre sa langue dans ma bouche, rit alors qu'il tire sur un enfant devant moi. Il me raille, me dit que personne ne me retrouvera jamais, que je porterai ses enfants qu'il élèvera pour détester les femmes et être des tueurs.

— Seigneur Dieu, souffla Slade avant de baisser la tête jusqu'à ce que son nez se blottisse contre la peau derrière son oreille.

— Mais je n'ai pas rêvé de *lui* hier soir.

— De quoi as-tu rêvé ? demanda Slade d'une voix étouffée.

— De toi. De nous. De ça.

Ces mots étaient simplistes, mais étaient lourds d'un sens plus profond. Slade inspira brusquement.

— J'ai envie de toi, dit-il en levant la tête. Dans ma vie. Dans mon lit. Je veux être la raison pour laquelle tu te sens en sécurité dans tes rêves.

— C'est fou, mais j'en ai envie aussi, répondit Dakota dans un murmure, effrayée, mais avec une certitude telle qu'elle n'en avait jamais ressenti de toute sa vie.

Ils s'observèrent pendant un long moment et Dakota se dit qu'ils allaient faire l'amour, mais Slade souffla alors :

— Il faut qu'on y aille.

Elle devait avoir émis un bruit pathétique, car il lui rendit un sourire résigné :

— Je sais, ma belle. J'ai vraiment envie de te retirer ton T-shirt et de me délecter de tes seins ravissants... plus que tout. Quoique, j'ai envie de goûter ton essence intime. J'ai envie de m'en gorger et de la laisser me marquer. Tu vas me faire oublier que d'autres femmes existent, et j'ai vraiment hâte. Je veux que tu me fasses tout oublier. Mais il faut qu'on soit arrivés chez Wolf ce soir. C'est l'endroit le plus sûr pour toi, et je ne ferais rien qui puisse te mettre plus en danger que tu ne l'es déjà. Alors, au lieu de rester là au lit et de te pénétrer tellement profondément qu'on ne sait plus où l'un commence et l'autre finit, je vais te bourrer d'antidouleurs puis on repartira vers le sud.

Dakota aimait tout ce que venait de lui dire Slade. Et elle sentait à quel point elle l'aimait à l'intérieur de ses cuisses. Elle mouillait pour lui et voulait sa bouche et ses doigts sur elle. Elle voulait le regarder – et le sentir – se déverser en elle... mais il avait raison. Ils ne savaient pas où se trouvaient les hommes qui l'avaient poursuivie jusqu'à Rachel ni si Aziz en avait envoyé davantage pour les intercepter.

— D'accord, Slade. Mais est-ce qu'on pourrait peut-être...

Elle laissa sa voix mourir, ne sachant soudainement pas ce qu'elle avait voulu demander. C'était trop tôt.

— Quoi ? Tu peux me demander n'importe quoi. Dis-moi ce que tu veux et je te le donnerai, dit doucement Slade.

— Tu peux dire non, ou que tu y réfléchiras, mais tu

crois que... une fois que toute cette histoire sera derrière nous... est-ce qu'on pourrait revenir ici ? Peut-être passer du temps à Rachel juste en tant que personnes normales ? Est-ce qu'on pourrait revenir à Goldfield et refaire ça, mais sans avoir besoin de se dépêcher de rentrer ?

— Absolument, dit Slade avec un petit sourire. On prendra une semaine ou deux, peut-être pour trouver une de ces géocaches. On fera l'amour avant de nous endormir, et je te réveillerai avec ma langue sur ton clitoris, et on commencera tous les matins avec une bonne séance de pelotage. Je m'assurerai que tu sois entièrement satisfaite avant de me lever pour aller te chercher un moka à la menthe poivrée et un donut à l'érable.

Dakota le regarda un moment, et le désir qu'il avait implanté dans son esprit était quasiment physique. Ayant besoin d'apaiser le feu qui coursait dans ses veines ainsi que l'intimité de la situation, elle le taquina :

— Tu penses que Wolf t'autorisera à prendre des vacances ? Je ne suis pas certaine qu'il soit disposé à t'accorder un congé aussi vite après être revenu au travail.

Slade ricana. Sa main, qui avait reposé sur son sein, glissa le long du ventre de Dakota et se posa sur son flanc, son pouce lui caressant l'os de la hanche.

— Wolf n'est pas mon patron, ma belle. Et j'ai économisé pas mal d'heures de vacances, dit-il en haussant les épaules. Mais je n'ai jamais eu nulle part où je voulais aller pour m'en servir.

— Alors c'est d'accord.

— C'est d'accord, répondit-il.

Puis il se pencha et l'embrassa légèrement sur les lèvres avant de se reculer et de dire :

— Je t'embrasserais volontiers, mais pas avec mon haleine du matin. Va te doucher. Je vais voir si je parviens à nous trouver à manger. Tu pourras manger pendant que je me doucherai puis on reprendra la route.

— Super !

— Ne t'habitue pas à prendre ta douche toute seule, lui dit-il d'un ton sévère, les yeux pétillants. Quand on sera le « nous » que j'ai envie qu'on devienne – et je l'espère, bientôt –, j'ai envie de commencer ma journée avec toi toute nue, mouillée et te tortillant entre mes bras.

La sensualité de ses paroles fit frissonner Dakota des pieds à la tête. Oui, elle en avait envie aussi. Elle n'avait même pas assez de mots pour répondre.

— Allez. N'oublie pas de prendre tes antidouleurs avant de te doucher.

Malheureusement, tu en auras bien besoin d'ici ce soir.

Sur ce, Slade lui pressa la taille et sortit du lit.

Dakota le regarda alors qu'il se dirigeait paresseusement vers la chaise sur laquelle il avait déposé ses vêtements la nuit dernière. Les muscles de ses longues jambes se contractaient pendant qu'il marchait. Il portait un caleçon qui ne faisait rien pour dissimuler son cul musclé à son regard.

Elle regardait toujours Slade alors qu'il remontait son jean. Il se tourna alors vers elle, son pantalon déboutonné, son érection clairement visible contre le tissu.

— Dakota ? On a vraiment besoin de mettre les voiles.

— J'y vais, j'y vais, marmonna-t-elle sans retirer les yeux de lui.

Slade avait peut-être près de 50 ans, il n'en restait pas moins l'homme le plus sexy qu'elle ait jamais vu. Il avait conservé sa musculature malgré sa mise en retraite. Elle se dit qu'il devait continuer à s'entraîner, car les muscles de sa poitrine et de ses bras semblaient solides, et ils roulaient quand il se déplaçait.

Il ricana et se pencha afin de prendre son T-shirt. Réprimant un soupir, Dakota le regarda l'enfiler au-dessus de sa tête.

— Je vais y aller. J'adore avoir tes yeux sur moi, mon amour, mais je n'arriverai pas à débander assez pour pouvoir conduire ma moto si tu n'arrêtes pas de me dévorer du regard.

Dakota cligna des paupières puis rougit. Elle détourna les yeux de lui et dit :

— Ne fais pas attention à moi. Vas-y, pars me trouver du café et du sucre. Je serai prête quand tu seras de retour.

Elle l'entendit revenir rapidement jusqu'au lit, qui se creusa quand il posa les mains sur le matelas pour se pencher vers elle.

— Ça me plaît, déclara-t-il sans lui donner le temps de demander quoi. J'adore te voir incapable de détourner les yeux de moi. Je n'ai jamais connu ça. Mon ex n'a jamais été aussi éprise de moi au point de me regarder comme tu le fais. Comme si tu voulais me dévorer vivant. Et pour ton information, c'est mutuel. La seule chose qui me retient de te culbuter jusqu'à ce qu'on ne puisse plus bouger est que j'ai les pétoches. Ces connards se tapissent quelque part, attendant que je fasse un faux pas. Et ça n'arrivera pas. Va te doucher. Je vais revenir.

Puis il l'embrassa fort sur les lèvres, la bouche fermée, avant de sortir de la pièce.

Le souvenir de cette matinée l'avait tenue occupée pendant presque tout le trajet hors du Nevada. Se retrouver à l'arrière de la moto avait été effrayant quand ils s'étaient engagés dans la circulation de Las Vegas, mais Slade était parvenu à sentir sa nervosité, avait passé le bras derrière lui et lui avait crié :

— C'est bon, ma belle. Ferme les yeux et fais-moi confiance.

C'est ce qu'elle avait fait.

Mais la longue route qui s'étirait entre la frontière californienne et la petite ville militaire de Barstow avait été brutale. Le paysage n'était pas très passionnant et Dakota ne cessait de s'imaginer les sbires d'Aziz les prendre par derrière en voiture pour les renverser.

Le temps qu'ils descendent Cajon Pass et soient parvenus à San Bernardino, Dakota en avait ras la casquette d'être à moto. Tout ce qu'elle aurait voulu était de s'allonger et d'étirer ses muscles noués. Elle ne trouverait plus jamais cool de rester assise sur un siège à massage. Elle avait l'impression que son cerveau avait été secoué pendant des journées entières et pas seulement quelques heures.

— Dakota, ça va ? demanda Slade alors qu'ils passaient devant la ville d'Escondido.

Elle soupira et lui répondit :

— Ça va !

Cela sortit d'un ton plus irritable qu'elle ne l'aurait

désiré, mais peu importe. Il était trop tard pour ravaler ses paroles.

— Vingt minutes maximum, lui dit-il en pressant ses mains qu'elle avait posées sur son ventre.

Dakota hocha la tête, même si elle savait que Slade mentait pour lui faciliter la dernière partie du trajet. Elle savait qu'Escondido se trouvait à environ cinquante kilomètres de San Diego. Elle posa sa tête casquée sur le dos de Slade et ferma les yeux, laissant son esprit vagabonder alors qu'ils parcouraient les derniers kilomètres qui les séparaient de la maison de Wolf.

Elle aurait dû être nerveuse de se retrouver dans la ville où son appartement avait brûlé et où elle avait été menacée par Aziz, mais pour le moment, elle ne pensait qu'à Slade.

Elle essayait d'analyser pourquoi elle était tombée amoureuse de lui aussi vite. Cela tenait probablement au fait qu'elle était en danger... même si quand elle avait posé les yeux sur lui pour la première fois, elle ne s'était pas *sentie* en danger. Elle était à Rachel depuis si longtemps qu'elle était simplement devenue plus prudente, ne s'effrayant plus de tous les gens qui pénétraient dans le petit bar restaurant.

Cela tenait peut-être aussi au fait qu'elle n'avait plus couché avec quelqu'un depuis si longtemps... des années entières. Mais elle ne croyait pas non plus que ce soit la raison pour laquelle elle était tombée amoureuse de Slade. Elle aimait le sexe, mais elle n'en avait pas *besoin*. Avant d'avoir perdu toutes ses possessions dans les flammes, elle avait eu un vibromasseur dans sa table de chevet dont elle se servait régulièrement. Ce n'était pas comme de connaître l'intimité que lui offrait un homme, mais ça marchait pour elle. Alors non, elle ne pensait pas être attirée par Slade simplement parce qu'il était chaud.

Il y avait quelque chose en lui qui la faisait se sentir... équilibrée. Oui, elle était en sécurité avec lui. Oui, elle avait envie de lui. Mais il y avait autre chose. Dakota savait qu'il n'était pas parfait. Il avait vécu quasiment un siècle ; il devait certainement avoir ses propres petites habitudes, ses idiosyncrasies, et des manières bien à lui de faire les choses qui la rendraient probablement folle. Elle-même n'était pas parfaite non plus. Mais elle aurait volontiers négligé ses petites manies si le contentement qu'elle ressentait en sa présence perdurait.

Était-elle folle de s'imaginer passer le reste de sa vie avec lui ? De savoir au bout de seulement deux jours qu'elle voulait *passer* le reste de sa vie avec lui ? Probablement. Dakota sourit. Mais on s'en fichait, non ? Ce n'était pas comme si elle allait se marier. Mais elle avait été prudente toute sa vie. Il était temps d'être spontanée et de suivre son cœur et plus sa tête. Si elle était folle, Slade ne l'était pas moins. Et être fou ensemble semblait bien plus agréable que d'être folle toute seule pendant le reste de sa vie.

Ses pensées furent brusquement interrompues quand Dakota sentit la machine entre ses jambes gronder avant de ralentir. Elle ouvrit les yeux et leva la tête pour regarder autour d'elle. Elle vit qu'ils étaient parvenus dans un quartier constitué de ravissantes petites maisons. Slade finit par s'engager dans l'allée d'une maison grise dotée d'un petit porche sur le devant. Il y avait déjà deux voitures garées. Il arrêta sa Harley et éteignit le moteur.

Dakota poussa un soupir de soulagement. La prochaine fois que Slade voudrait chevaucher ce bolide, elle exigerait au moins qu'il lui fournisse des boules Quies.

Comme il l'avait fait la dernière fois qu'ils s'étaient arrêtés, Slade sauta immédiatement à bas de la moto et se tourna vers elle. Il avait déjà ouvert la sangle de son casque et tendait la main vers celui de Dakota qui le laissa le lui retirer. Elle avait essayé plus tôt de lui dire qu'elle était parfaitement capable de prendre soin d'elle, mais il s'était contenté de sourire en disant :

— Je sais, mais ça me fait plaisir de t'aider.

Comment aurait-elle pu lui refuser quoi que ce soit alors qu'il lui disait quelque chose d'aussi gentil ?

Il déboucla son propre casque et l'accrocha à l'une des poignées du guidon. Puis il massa le crâne de Dakota, repérant comme par magie les endroits où le plastique lui était rentré dans le cuir chevelu. Comme la veille, il lui avait tendrement tressé les cheveux ce matin-là avant de partir, et elle se dit qu'il avait vraiment des doigts magiques.

— Tu es prête ?

Dakota savait qu'il lui demandait si elle était prête à descendre de moto. Et elle ne l'était pas, car elle savait que ça allait être douloureux, comme cela l'avait été toutes les autres fois où il s'était arrêté et l'avait fait marcher. Mais elle se contenta de hocher la tête, essayant de lui dissimuler son inconfort et son anxiété.

Apparemment, elle n'y parvint pas, car il soupira et dit :

— Je suis désolé, ma belle. Je sais que tu as mal, mais

tu t'en es super bien sortie aujourd'hui. Je suis fier de toi. J'aurais pu croire que tu avais fait de la moto toute ta vie.

— Ah oui, aurais-je oublié de mentionner que mon père est membre des Hell's Angels et que j'ai fait des tours de bécane avec le gang depuis que je suis toute petite ? Quelle erreur de ma part.

Il sentit ses lèvres trembler, mais ne rit pas.

— Merci de plaisanter et d'essayer de me rassurer. Mais ça ne marche pas. Je me sens vraiment coupable de t'avoir fait du mal.

Dakota voyait bien que Slade se sentait mal et son cœur fondit. Hormis ses parents, personne ne s'était jamais préoccupé d'elle de la sorte... Jamais. Elle posa la main sur son bras et dit doucement :

— Tu ne m'as pas fait mal, Slade. Je vais bien. Certes, j'ai un peu mal, mais ce n'est pas comme si on avait le choix. Tu m'aides, et c'est quelque chose que je n'oublierai jamais. Jamais.

— Je ne le fais pas pour obtenir ta gratitude, répondit-il sèchement.

— Je le sais, rétorqua-t-elle. Mais tu dois arrêter de t'énerver à chaque fois que je te remercie. Je sais mieux que personne ce qu'Aziz me réserve parce qu'il me l'a expliqué jusque dans les moindres détails. Je ne peux pas m'empêcher de t'être reconnaissante de m'avoir aidée, alors te mettre en colère contre moi ne nous servira à rien, à l'un comme à l'autre. Mais juste parce que je te suis reconnaissante ne signifie pas que je ne ressens pas autre chose pour toi. Je n'ai pas sauté à l'arrière de la moto de tous les autres mecs qui sont passés par Rachel, et crois-moi il y a beaucoup de passage. Je suis montée sur *ta* moto. Alors du balai avec tes conneries machos quand je te remercie, ravale-moi ta fierté et dis-moi « de rien ».

Elle ne se serait probablement pas emportée si elle n'avait pas été aussi fatiguée et endolorie, mais les deux dernières journées avaient été longues et Dakota aurait tout donné pour être en mesure de se débarbouiller et aller dormir. Dans cet ordre-là. Elle n'était pas d'humeur à subir les lubies de Slade.

— Tu as raison. Je suis désolé, répondit-il immédiatement. Et... de rien.

Dakota cligna des paupières. Bon. Tout s'arrangeait. Elle avait mentalement enlevé un point à cet homme pour avoir refusé ses remerciements, mais elle le lui rendit rapidement après ses excuses aussi sincères et promptes.

— Super.

— Bon... tu es prête à te remettre sur tes pattes ?
Dakota grimaça.

— Non.

Mais elle fit passer une jambe par-dessus la moto et se prépara tout de même à le faire.

Comme il l'avait fait toutes les autres fois, les mains de Slade se posèrent sur sa taille et la maintinrent en équilibre pendant qu'elle se mettait sur ses pieds. Elle mit quelques instants à retrouver son équilibre, comme d'habitude, et elle resta immobile dans les bras de Slade jusqu'à ce qu'elle se sente capable de marcher toute seule.

— Je suis prête, lui dit-elle alors que les secondes

s'écoulaient sans qu'il se recule comme il le faisait d'ordinaire.

— Tu es tellement belle, souffla-t-il.

Dakota renifla.

— Je suis en sueur, couverte de poussière, ébouriffée par le vent et je marche comme si on m'avait collé un machin dans le cul. Je crois que tu as besoin de lunettes.

— Tu es en sueur, couverte de poussière et tu marches bizarrement, mais je te vois parfaitement clairement, ma beauté. Et ce que je vois est une femme qui se retrouve au beau milieu d'une situation tragique, sans autres possessions que son vieux sac à dos, mais qui parvient quand même à accepter de nouvelles expériences, à être ouverte à une relation avec un vieux con de la Marine, et qui ne se plaint même pas une seule fois de se sentir horrible après un trajet à moto de huit heures.

— Euh... d'accord. Si tu le dis.

— Et *toi*, tu dois apprendre à accepter un compliment, lui dit Slade en souriant.

Son sourire prit Dakota aux tripes. Elle aimait le voir sourire. Elle avait l'impression d'avoir des papillons dans le ventre, particulièrement de savoir qu'il lui souriait à *elle*.

— Est-ce que mon con de la Marine va m'aider à entrer à l'intérieur pour que je puisse prendre cette douche ? demanda-t-elle d'un ton taquin.

Pour toute réponse, Slade se pencha et l'embrassa. Ce n'était pas un baiser court, mais il n'était pas long non plus. Sa langue passa sur sa lèvre inférieure, et lorsqu'elle s'ouvrit pour lui, elle plongea à l'intérieur, la caressa une fois puis se retira. Dakota oscilla vers lui quand il se recula, et elle cligna des paupières.

— Viens, ma beauté. Allons rencontrer Wolf – qui nous observe depuis cinq bonnes minutes – et les autres qui sont probablement à l'intérieur.

— Oh, non. Il attendait qu'on rentre ? demanda Dakota en fronçant les sourcils. C'est vraiment impoli de notre part.

Slade ne répondit pas, mais il la fit tourner afin qu'elle se retrouve blottie contre son flanc, ce dont elle était reconnaissante, car elle n'était pas certaine de pouvoir marcher toute seule, puis il les dirigea vers une porte située sur le côté de la maison.

Qu'elle soit prête ou pas, elle allait bien devoir rencontrer les amis de Slade. Jetant un bref coup d'œil au ciel, Dakota envoya une petite prière. *Faites que la folie qui s'est emparée de ma vie cesse bientôt. J'ai vraiment envie de pouvoir passer du temps avec cet homme sans qu'une menace terroriste me pèse sur les épaules.*

CHAPITRE DIX

Il s'était écoulé une heure et Dakota avait pris sa douche, avalé d'autres antidouleurs, et était présentement blottie contre Slade sur le canapé de Wolf alors qu'ils discutaient tous de sa situation.

— Alors, Fourati est américain ? demanda Wolf.

— Oui, j'en suis quasiment certaine, répondit Dakota.

— Bon sang, jura le soldat en se passant la main dans les cheveux. Pas étonnant que le gouvernement n'ait pas réussi à le retrouver. Pas s'ils recherchaient un étranger. Ça ne fait que rendre les recherches plus difficiles.

— Je sais, confirma Slade.

— Mais comment t'es-tu retrouvé mêlé à cette histoire, exactement ? demanda Cookie à Slade.

Cookie était un soldat de l'équipe de Wolf, avec lequel Slade travaillait tout le temps. Il était venu à la demande de Wolf afin qu'ils puissent discuter de la sécurité de Dakota. Le reste de l'équipe serait également rapidement informés, mais pour le moment, la discussion restait entre Dakota et les trois hommes.

— Je ne peux pas le dire, lui dit Slade. Tout ce qui compte est que c'est une question de sécurité nationale de neutraliser Fourati. Et pas seulement parce qu'il est à la poursuite de Dakota. Même si pour le moment, c'est ma motivation principale.

— Mais pourquoi les journaux n'ont-ils pas fait état que tu étais la seule survivante de cette explosion ? demanda Cookie, changeant aisément de sujet. Personne d'autre ne trouve ça bizarre ?

— Ce n'est pas bizarre, répondit Dakota d'une petite voix. J'avais peur et même si j'espérais qu'Aziz soit mort, je n'en étais pas certaine. J'ai attendu un jour ou deux pour voir un médecin pour mon bras, juste pour être sûre. Et ses paroles, quand il m'avait dit qu'il voulait que devienne la mère de ses futurs enfants qu'il élèvera en tant que terroristes, me trottaient encore dans l'esprit. Le chaos était absolu tant à l'intérieur qu'à l'extérieur de l'aéroport, et j'avais simplement envie de rentrer chez moi. Je n'ai dit à personne que je m'étais trouvée là-bas, alors la presse n'en a tout simplement rien su.

Slade resserra son étreinte sur Dakota et fusilla Cookie du regard. Il n'aimait pas voir que cette question l'avait perturbée.

— Je comprends... mais toi, tu savais qu'elle s'était trouvée sur les lieux de l'attentat ? demanda Wolf en regardant Slade.

— Oui, mais je ne l'ai appris que récemment. Mon... contact m'a parlé d'elle. Il a dit que sur le Net, des vidéos de recrutement parlaient d'elle, et il y avait même une photo d'elle prise ce jour-là, les informa Slade, détestant sentir Dakota se raidir encore davantage à ses paroles.

— Alors tout le monde dans son réseau est au courant pour elle, en conclut Wolf.

— Apparemment, confirma Slade.

— Alors il faut qu'on retrouve ce Fourati et qu'on le neutralise avant que ça n'aille plus loin, dit Cookie.

— Non, le contredit Slade. *Je* dois retrouver ce Fourati et le neutraliser. Toi et ton équipe, Wolf, n'avez rien à faire là-dedans. C'est complètement non officiel, et vous ne devez pas être impliqués au-delà de la protection que vous lui fournirez pendant que je réglerai cette situation ici. Je suis à la retraite. C'est la raison pour laquelle on m'a demandé spécifiquement de m'occuper de ça.

— Ce sont des balivernes et tu le sais parfaitement, gronda Wolf. Les soldats d'élite ne travaillent pas seuls. Impossible ! Nous sommes une équipe.

— Ce n'est pas autorisé. Mais ce que je peux vous dire est que ce boulot découle des niveaux les plus élevés du gouvernement. Vous ne pouvez pas être impliqués.

— Mais nous *sommes* impliqués, contra Cookie.

— Je devrais peut-être m'en aller, dit Dakota. Si ça risque de vous poser des problèmes, je devrais simplement partir.

— Tu ne vas nulle part, dit Wolf, alors que les deux autres hommes disaient « non » en même temps.

Slade plaça un doigt sous le menton de Dakota et la força à lever les yeux vers lui. Il n'aimait pas l'incertitude et la peur qu'il lisait sur son visage.

— Je vais arranger ça pour toi, mon amour. Je neutraliserai Fourati et il ne te fera plus jamais le moindre mal. Bientôt, ce ne sera plus qu'une histoire qu'on racontera à nos amis et à notre famille quand on sera vieux et fripés. Tu comprends ?

— Mais...

— Non, il n'y a pas de « mais ». Tu n'iras nulle part.

La peur céda le pas à l'irritation.

— Tu es contrariant.

— Je sais. Mais je suis un vieux con de la Marine contrariant qui va s'assurer que tu puisses reconstruire ta vie en sécurité... et je l'espère, avec moi à tes côtés en permanence.

— Très bien.

— Très bien, répéta-t-il avant de se tourner vers Wolf et Cookie. Ce que j'attends de toi est que tu gardes un œil sur Dakota quand je ne serai pas en mesure de le faire.

— C'est ce qu'on va faire de toute façon, lui dit Wolf. Mais tu as besoin de...

— Sans vouloir te vexer, non. Je ne veux pas vous impliquer plus que vous ne l'êtes déjà. Cela dit, si ça peut te rassurer, Tex est sur le coup.

— Merde ! Pourquoi tu ne nous l'as pas dit tout de suite ? demanda Cookie. Si Tex est sur le coup, c'est comme si Fourati était déjà capturé. Fiona et moi avons envie que tu viennes dîner avec Dakota la semaine prochaine.

Il sourit avec l'assurance naturelle et inattaquable d'un homme qui était certain du succès de son ami.

— D'accord.

Slade sentit que Dakota tournait brusquement la tête pour les regarder successivement, et cela le fit sourire. Les membres des forces spéciales pouvaient parfois se montrer grossiers et un peu frustes, mais ses amis avaient un cœur en or.

— Caroline est bien installée chez Dude ?

— Ouais, acquiesça-t-il.

— Et vous n'avez toujours pas envie d'avoir d'enfants… même si elle a désespérément envie de passer du temps avec leur fille ? demanda Slade à Wolf.

Celui-ci secoua la tête.

— Caroline adore les enfants, mais on n'a pas vraiment envie d'avoir les nôtres, dit-il en haussant les épaules. C'est dur à expliquer.

— Pas besoin, le rassura Slade. Autrefois, j'avais envie d'une maison pleine de petits monstres, mais au fond de moi, je savais que Cynthia n'était pas celle avec qui je voulais les avoir, dit-il en haussant lui aussi les épaules. Et maintenant, je suis trop vieux pour y penser, poursuivit-il avec une terreur feinte. J'aurai presque 70 ans quand ils passeront leur bac. Vous vous imaginez ?

Les yeux de Wolf se posèrent sur la femme assise à côté de lui, et Slade se raidit. Merde, est-ce qu'il venait de la blesser ? Dakota avait-elle envie d'avoir des enfants ? Ils ne se connaissaient pas depuis assez longtemps pour coucher ensemble, alors encore moins parler de bébés. Il avait fait une connerie ?

Il se tourna pour baisser les yeux vers Dakota, et vit qu'elle regardait dans le vide d'un air mélancolique.

— Ça va, ma belle ? J'espère que je ne viens pas de dire quelque chose qui te fera reconsidérer de passer le reste de ta vie avec moi, lui demanda Slade avec une certaine nervosité.

Elle afficha un demi-sourire.

— Non, Slade, ça va. Je ne suis pas exactement une jeunesse non plus. Il y a environ douze ans, j'ai abordé ce sujet avec ma mère. Je songeais à la fécondation in vitro. J'étais célibataire, mais j'en étais arrivée à cette époque de ma vie où je me disais que si je n'avais pas d'enfants tout de suite, je n'en aurais jamais.

Elle détourna le regard de lui avant de poursuivre :

— Mais une fois qu'elle m'a raconté tout ce qu'elle avait dû traverser avec moi et ce qu'elle avait dû laisser de côté, j'ai décidé qu'être mère célibataire n'était pas une chose que j'avais envie de faire. J'aimais mon travail et je travaillais parfois jusqu'à la nuit tombée. Ça n'aurait pas été juste pour un enfant d'avoir d'aussi longues journées, et ça n'aurait pas été juste de mettre mon travail de côté pour rester à la maison avec un enfant. Comprenez-moi bien, ma mère n'a pas regretté que tout ait changé après ma naissance, mais ça m'a simplement fait comprendre que ma vie serait complètement tourneboulée si j'avais un enfant, et je n'étais pas sûre d'en avoir envie.

Elle regarda à nouveau Slade.

— Alors tu peux te détendre, tu ne m'as pas vexée et je ne m'attends certainement pas à ce que tu deviennes papa à 50 ans.

— Dieu merci, souffla-t-il avant de se pencher pour l'embrasser sur le front.

— Mais je n'ai rien contre l'idée de m'occuper des enfants des autres, poursuivit-elle en regardant Wolf. Tes amis ont des enfants ?

— Oui, lui répondit-il. Jessyka t'aimera jusqu'à la fin de ses jours si tu apprécies les siens. Elle en a une pleine maisonnée et elle est constamment à la recherche d'une bonne poire… euh… d'une baby-sitter.

Tout le monde rit de la plaisanterie amicale de Wolf.

— Sur ce… il faut que je parle à Tex et Dakota est épuisée, dit Slade à ses amis. Tu es prête à aller au lit, ma beauté ?

— Absolument, acquiesça-t-elle.

— Ça ne te fait rien si je reste à discuter avec mes amis pendant un moment ? demanda Slade.

Il ne voulait pas avoir le moindre secret pour elle, mais il ne voulait pas non plus l'inquiéter inutilement. Il avait besoin de parler d'emploi du temps et d'informer Wolf et Cookie de ses plans et du moment où il avait prévu de quitter la maison.

— Bien sûr que non, lui répondit Dakota. Mais tu… euh, demanda-t-elle en rougissant, tu descendras plus tard, n'est-ce pas ?

Slade se pencha et caressa du bout du nez la peau derrière son oreille en murmurant :

— Oui, ma beauté. Je descendrai plus tard. Garde-moi de la place dans le lit, d'accord ?

Elle hocha la tête et rougit davantage.

Wolf et Cookie avaient eu la politesse de détourner le regard d'eux pendant qu'ils parlaient. Mais puisqu'ils souriaient tous les deux, Slade savait qu'ils avaient entendu leur brève conversation.

Il aida Dakota à se redresser, sachant qu'elle ne serait pas capable de le faire gracieusement. Plus tôt, il avait déjà pris ses affaires sur sa moto et les avait descendues au sous-sol avec son sac à dos. Il avait besoin de passer à son appart pour prendre d'autres vêtements, ainsi que de faire quelques achats au magasin. Mais pour ce soir, ils se débrouilleraient.

Il lui fit descendre les escaliers – lentement, parce que les muscles de ses jambes étaient visiblement douloureux – et l'embrassa longtemps et fort avant de rejoindre ses amis.

Ils passèrent l'heure suivante à discuter de la logistique afin de s'assurer que Dakota reste en sécurité dans la maison, et aussi de ce que ferait Slade au cours des jours à venir. Quand ils eurent fini, Slade essaya à nouveau de remercier ses amis :

— J'apprécie tout ce que vous faites. Je pourrais emmener Dakota avec moi, mais je crois que ce serait plus sûr pour elle si elle restait hors de vue. Si Fourati ne sait pas qu'elle est revenue en ville – ce qui est une possibilité, aussi improbable qu'elle soit –, il vaut mieux pour elle qu'elle se fasse discrète.

— Tu commences à m'irriter, dit carrément Wolf. Si la même chose arrivait à Caroline, Alabama, Fiona ou la moindre de nos femmes, tu nous aiderais sans hésiter.

— Certes, confirma Slade.

— On prend soin les uns des autres, s'immisça Cookie. Tu n'as peut-être pas combattu au sein de notre équipe, Cutter, mais tu en fais tout autant partie que nous.

— Merci, dit Slade. Je suis sérieux.

— Encore une fois, ce n'est pas nécessaire. Plus vite on réussira à te faire revenir au bureau, mieux ça vaudra, grommela Wolf.

— Le nouveau mec ne vaut toujours rien ? demanda Slade.

— C'est un idiot. Aujourd'hui, il ne savait pas comment configurer un navigateur sécurisé. Je suis passé devant son bureau et il était en train de se servir de Google pour faire une recherche. J'ai cru que Hurt allait péter un plomb. Il l'a renvoyé chez lui plus tôt et lui a dit de ne pas se pointer demain s'il ne se sortait pas la tête du cul.

Slade sourit. Le commandant Hurt était plutôt cool, mais quand cela concernait les membres des équipes dont il avait la charge, il n'acceptait rien de moins que la perfection. C'était littéralement la vie des membres des forces spéciales qui en dépendaient. Il savait que Greg Lambert avait probablement les meilleures intentions du monde, mais il leur avait clairement envoyé cet intérimaire sans savoir à quel point cet homme était une brêle en termes de gestion administrative. Il ne mâcherait pas ses mots à ce sujet la prochaine fois qu'il parlerait à Lambert.

Songer que l'équipe de Wolf ou n'importe lequel des autres hommes avec lesquels il travaillait à la base risquaient d'être mis en position de vulnérabilité à cause d'un intérimaire incompétent lui faisait bouillir les sangs. Cela faisait moins d'une semaine qu'il était parti, mais cela lui manquait. C'était fou. Qui aurait cru qu'un travail de bureau lui manquerait ? Mais il *aimait* travailler dans les coulisses afin de veiller sur la sécurité des hommes au front. Parfois, il devait simplement s'assurer que leurs batteries soient chargées avant de partir en mission, mais ce point était une question de vie ou de mort.

Certes, il était assez vieux et avait assez d'expérience pour réaliser ce que l'excitation de faire partie d'une équipe était pour les hommes jeunes et enthousiastes. Cette période-là de sa vie était derrière lui depuis longtemps, et la seule qu'il désirait était de participer à la sécurité de ses camarades des forces spéciales et retrouver une femme aimante quand il rentrerait chez lui. Retrouver Dakota.

Cette perspective le fit sourire.

— Et sur ce, je vide les lieux, dit Cookie avec un sourire narquois. Je parlerai à Abe et les autres pour les informer de la situation.

— N'oublie pas le père de Dakota. Je crois Fourati parfaitement capable de se servir de lui afin de parvenir jusqu'à elle, dit Slade pendant qu'ils se redressaient tous les trois.

— Considère que c'est fait. Et Dakota pourrait peut-être parvenir à convaincre son père d'emménager avec Benny et Jess. Je ne sais pas ce qu'il pense des enfants, mais leur tribu suffirait à occuper n'importe qui. On les charrie constamment, mais leurs gosses comptent parmi les enfants les plus sages que j'aie jamais rencontrés. Ils adoreraient avoir un autre adulte pour les distraire.

— Ça me semble bien, dit Slade à Cookie. Si vous pensez que c'est nécessaire, c'est ce qu'on fera. Je parlerai à Tex pour voir s'il a entendu quoi que ce soit suggérant que monsieur James est en danger.

— D'accord, à plus tard, dit Cookie.

Et en les saluant du menton, il se dirigea vers la cuisine et la sortie latérale de la maison.

— Tu vas appeler Tex ? lui demanda Wolf.

— Oui.

— D'accord. Je te laisse t'en occuper. Je vais à l'étage et j'allumerai l'alarme, dit Wolf à Slade.

Il leur avait déjà montré avec Dakota comment elle marchait et leur avait donné le code.

Slade hocha la tête.

— Je vais essayer de me glisser hors du lit pour aller faire des courses tôt. J'aimerais que Dakota puisse faire la grasse matinée, mais avec la façon dont elle me grimpe dessus pendant la nuit, je ne suis pas certain d'y arriver, dit-il à Wolf avec un sourire.

— On aimerait tous avoir genre de problèmes.

— Ouais, en convint Slade. Je te vois demain matin ?

— Affirmatif. J'ai la permission de sauter l'entraînement physique demain. Je resterai ici avec ta femme le temps que tu reviennes.

Slade, soulagé, se détendit.

— Merci.

Wolf répondit d'un geste de la main.

— Oh, une autre question. Il y a un coffee shop dans le coin ? Et un endroit qui vend des donuts ?

— Oui. À environ trois pâtés de maisons d'ici. Ta femme a des petites envies ?

— Oh oui. J'appellerais plutôt ça une addiction. Et ça fait longtemps qu'elle n'a pas bu de moka à la menthe poivrée. Je me suis dit qu'elle n'aurait rien contre une petite surprise au réveil.

— Elle va parfaitement s'entendre avec nos femmes, lui dit Wolf. J'ai essayé de dire à Ice qu'elle peut préparer du café ici, mais elle soutient que ce n'est vraiment pas la même chose.

Les hommes s'adressèrent un sourire de commisération puis Wolf salua son ami du menton en disant :

— À plus tard.

— À plus, Wolf.

Dès que l'autre homme eut disparu au sommet des marches, Slade appela Tex. En attendant que celui-ci décroche, il considéra avec émerveillement la vitesse avec laquelle son monde avait changé. Une semaine auparavant, il ne connaissait même pas Dakota. Et voilà qu'à présent, il s'imaginait en train de réarranger sa vie tout entière pour l'y intégrer. Il prévoyait de se réveiller tôt juste pour passer au café lui acheter un moka à la menthe poivrée. Mais c'était la réalisation qu'il avait hâte de savoir ce que l'avenir lui réservait qui lui fit pousser un soupir de contentement.

Il avait vécu toute sa vie en autopilote. Il faisait exactement la même chose tous les jours, mangeait la même nourriture, voyait les mêmes gens. Non, pourchasser un terroriste n'était pas exactement le chamboulement qu'il aurait aimé avoir dans sa vie, mais Dakota l'était. Il savait sans l'ombre d'un doute que chaque seconde passée avec elle serait excitante, et il avait vraiment hâte de commencer sans attendre. Tout cela à cause d'elle.

— Cutter, dit Tex quand il décrocha enfin.

— Tex, lui répondit Slade.

— Tu es chez Wolf ? demanda Tex sans tourner autour du pot.

— Oui. On est arrivés il y a quelques heures. Cookie vient de partir.

— Je vais te faire parvenir un traqueur pour Dakota, l'informa Tex.

— Je ne pense pas que..., commença Slade avant que Tex ne l'interrompe.

— C'est nécessaire. Fiona n'envisageait pas de se faire kidnapper par des trafiquants sexuels. Benny ne s'attendait pas à se faire assommer et à ce que sa femme soit contrainte de s'offrir à son ravisseur. Melody n'avait pas prévu...

— J'ai compris, cracha Slade, mettant un terme à la tirade de Tex.

— Ce sont des boucles d'oreilles. J'en ai fait faire quelques-unes pour l'enfant d'une amie. Je les trouve plutôt jolies. Je t'en enverrai aussi plusieurs autres pour les placer dans ses vêtements, au cas où. Mais ils mettront deux ou trois jours à arriver.

— Pas de problème. En attendant, on fera attention. Qu'as-tu découvert sur Fourati ?

— Pas grand-chose. J'ai essayé de rechercher un homme blond d'une vingtaine d'années qui a montré un intérêt pour des idéologies terroristes, mais je n'ai rien trouvé. Ou bien il est complètement nouveau sur la scène terroriste et a beaucoup de chance, ou alors il est incroyablement intelligent.

— Qu'a-t-on posté d'autre sur Dakota ? demanda Slade, qui sentit son ventre se serrer devant l'hésitation de Tex.

— Il est de plus en plus déterminé à la retrouver. Il y a des nouvelles photos postées quasiment toutes les heures sur le dark web. Des posters de recrutement disant que la femme de Fourati sera le salut d'Ansar al-Shari'a, et que les bébés qu'elle offrira à la cause seront célébrés et vénérés pour les années à venir.

— Quelles sortes de photos ? cracha Slade en ignorant pour le moment la dernière partie de son commentaire.

Fourati pouvait bien dire ce qu'il voulait, cela ne signifiait pas que cela arriverait, mais les images étaient une tout autre histoire.

— Elles ont l'air photoshoppées, dit calmement Tex. Des images d'elle vêtue d'une tenue tunisienne traditionnelle, un bustier, un pantalon en soie, un foulard beige. Debout à côté d'un homme dont le visage est effacé. À genoux, levant la tête vers un homme.

— D'accord, alors il trouve des photos sur Internet et les modifie.

— Oui, sauf que...

La voix de Tex mourut.

— Quoi ? demanda impatiemment Tex.

— Il y en a une, postée il y a quelques heures, de Dakota à l'arrière d'une moto. La légende est : « Si vous voyez cette femme, prenez-en possession jusqu'à ce que le leader d'Ansar al-Shari'a puisse se l'approprier. »

— Merde, dit Slade. Tu sais où elle a été prise ?

— C'est pixelisé, comme si elle avait été prise de très loin, dit Tex sans répondre à la question.

— Ce n'est peut-être pas Dakota.

— Si, Cutter. C'est ta moto. Je suis bien placé pour le savoir ; j'étais là quand tu l'as achetée. C'est vraiment elle.

— Alors il a lancé un véritable avis de recherche contre elle, en conclut Slade.

— On dirait, oui, répondit Tex en silence.

— Il faut que je retrouve ce Fourati et que je neutralise ses canaux de communication.

Slade ne faisait que confirmer ce que Tex pensait déjà.

— Ça devrait être facile. Il faut simplement pirater le site principal dont il se sert pour communiquer avec ses sbires et poster un démenti en faisant croire qu'il vient de lui. Je peux être créatif et le rédiger de telle façon que ses recrues potentielles penseront que ça vient de lui. Mais il faut le mettre hors d'état de nuire pour que ça marche, sans quoi il créera simplement un nouveau site. Mais c'est le retrouver qui va être difficile.

— Et si je lui tendais la perche ? demanda Slade.

— Tu veux faire l'appât ? demanda Tex.

— Oui. Je crois qu'il a conscience qu'elle est avec moi. Et s'il sait effectuer des recherches, il comprendra qui je suis. Il aura envie de se débarrasser de moi afin de mettre plus facilement les mains sur elle. On ne va pas se mentir, si je disparaissais de la circulation avec elle, personne ne pourrait nous retrouver si je n'en ai pas envie. Mais je ne veux vraiment pas couper Dakota de sa vie. Elle ne le mérite pas. Je préférerais le descendre tout de suite pour qu'elle soit libérée de toutes ces conneries. Si je me positionne comme cible facile, il s'en prendra à moi pour me descendre et je pourrai m'en débarrasser.

— C'est risqué, commença Tex.

— Ouais, mais je n'ai pas vraiment le choix, si ? Même si je le croisais dans la rue, je ne saurais pas qui il est. Mais si je suis en mesure de contrôler où et comment on se rencontrera, j'aurai au moins l'opportunité de l'arrêter et de veiller sur Dakota.

— Et d'éviter une autre attaque sur le sol américain, ajouta Tex.

Slade resta silencieux un moment avant d'admettre :

— Tu risques de me prendre pour un connard, Tex, mais je n'en ai absolument rien à faire pour le moment. Il a envie de faire de Dakota son esclave sexuelle. La mettre enceinte et lui voler son enfant. Il veut l'utiliser pour ses propres perversions tordues. Ça n'arrivera jamais.

— Tu pourrais te servir d'elle pour…

— Non, dit Slade sans laisser à Tex le temps de terminer. Elle ne va pas poser comme appât. Cet homme la terrifie, Tex. Je ne vais pas lui faire subir ça, même si ça nous permettrait de le capturer dès demain.

— D'accord, c'était seulement une suggestion, dit calmement Tex.

— Une suggestion merdique.

— Il y a quelque chose qui m'échappe, dit Tex en changeant de sujet. Je ne sais pas quoi, mais c'est important. Fais attention, Slade. Ça ne me plaît pas. Mon détecteur de catastrophes bipe à mort.

— Moi aussi.

— Je sais que tu as plein de choses à faire, mais essaye de garder un œil sur elle en permanence, lui dit Tex.

— Encore deux jours, maximum, et je ne m'éloignerai pas d'elle d'un pas. Mais fais vite, Tex. Aide-moi à mettre un terme à tout ça.

— Compte sur moi. Si j'arrive à mettre le doigt sur ce qui nous a échappé, je t'appellerai. À plus tard.

Tex raccrocha, visiblement plus accaparé par la poursuite de ses recherches que par la politesse.

Slade ne s'en vexa pas. Il jeta un œil à sa montre. Il était tard, mais il avait un autre appel à passer. Il était encore plus tard sur la côte est, mais ça ne lui faisait rien.

Il composa le numéro spécial qu'on lui avait donné et il attendit.

— Lambert.

— C'est Cutsinger.

— Vous avez retrouvé Fourati ? demanda l'ancien commandant sans tourner autour du pot.

— Pas encore. Mais j'ai trouvé le témoin. Elle est à présent sous ma protection.

— C'est bien. Elle vous a décrit à quoi il ressemblait ?

Slade répéta alors à Greg Lambert tout ce que Dakota lui avait dit sur cette journée à l'aéroport, incluant sa description de Fourati. Quand il eut fini, Greg resta silencieux un moment.

— Alors il est américain, dit-il enfin.

— Apparemment, monsieur.

— Vous savez, je n'aurais jamais pensé voir le jour où je devrais me battre pour empêcher les citoyens de notre propre pays de s'envoyer des bombes. La guerre des gangs est une chose. Les drogues, les armes à feu et les conflits passionnels... en sont une autre. Mais les gens comme Timothy McVeigh et Aziz Fourati – si c'est son vrai nom –, c'est vraiment autre chose. Je ne comprendrai jamais comment quelqu'un peut décider que tuer ses propres compatriotes soit juste et correct.

Slade était d'accord avec lui, mais il s'abstint de répondre.

Greg soupira.

— Bon. Je passerai cette description à nos experts. Je leur dirai que j'ai une source qui a déniché cette information. Si je découvre quelque chose de nouveau, je vous le ferai savoir. En attendant, si vous avez besoin de quoi que ce soit, dites-le-*moi*. Je ne vais pas vous dire comment faire votre travail, mais il est possible que la seule façon d'attraper ce connard soit d'utiliser le témoin pour...

Slade refusa de l'écouter. Pourquoi tout le monde croyait-il que la seule façon de capturer Fourati était de mettre une femme innocente, qui avait déjà connu l'enfer, encore plus en danger ?

Il réalisa que Lambert s'était arrêté de parler et il dit d'un ton forcé :

— J'y penserai, monsieur.

Il ne savait pas ce que cet homme venait de proposer, mais si cela impliquait Dakota, pas question !

— Je veux que vous restiez professionnel, le prévint Greg, ayant manifestement perçu que Slade était mécontent de sa suggestion. Une des raisons pour lesquelles je vous ai contacté est que vous êtes connu pour être posé et ne pas perdre la tête pour les demoiselles en détresse qu'on vous a envoyé secourir. Je peux faire du mec qui vous remplace à la base un employé permanent si les choses dérapent.

— J'en ai rien à foutre que vous me retiriez cette mission, dit Slade d'une voix basse et tranchante. Je vais capturer ce salaud et mettre un terme à sa misérable existence, même si ça doit me coûter la vie. Mais ne me menacez plus jamais ! Vous voulez me faire virer ? Allez-y. Votre intérimaire est nul. Avant la fin de l'année, il aura causé la mort de tous les soldats d'élite sous le commandement de Hurt. Mais je ne serai plus là. Je prendrai Dakota avec moi et on se planquera si bien que vous ne nous retrouverez plus jamais, et vous n'aurez plus jamais la moindre chance de retrouver Fourati. Je suis au courant pour votre femme, et je suis vraiment désolé que le cancer l'ait emportée, mais cela ne vous donne pas le droit de vous comporter comme un connard en ce qui concerne d'autres vies innocentes ou les relations que je pourrais avoir.

— Merde. Vous avez raison. Je suis désolé, dit Lambert d'une voix apaisée. Faites le nécessaire. Je compte sur vous pour accomplir cette mission, Cutter. Le pays aussi. Je ne voulais pas sous-entendre que la vie de mademoiselle James soit moins importante que celle des centaines ou des milliers de gens qui risquent de mourir si Fourati réussit à accomplir ses plans. Mais nos morts du 11 septembre hantent toujours mes cauchemars. À chaque fois que je ferme les yeux, je vois des gens qui sautent des tours en flammes. Je ne veux plus jamais que ça arrive. Je me battrai pour ça.

— Compris, dit Slade d'une voix légèrement moins stressée. Je vous rappellerai si je découvre autre chose.

— Soyez prudent, dit doucement Greg.

— Toujours, lui répondit Slade. À plus tard.

— Au revoir.

Slade raccrocha et se força à se détendre. Tout à coup, l'envie de voir Dakota s'empara de lui. Ayant fini de passer des coups de téléphone, Slade se rendit à la porte du sous-sol. Il jeta un dernier regard à la maison. Les lumières des alarmes étaient allumées, indiquant qu'elles étaient enclenchées. Tout paraissait être à sa place. Voyant que pour le moment, leur sécurité semblait assurée, Slade franchit rapidement la porte et descendit au sous-sol, allant rejoindre Dakota.

Il se tint près du lit deux places pendant un long

moment, contemplant le spectacle. Elle était étendue sur le flanc, un bras tendu comme si elle cherchait à l'atteindre et l'autre replié contre sa poitrine. Elle portait à nouveau un T-shirt. Slade ne voyait pas ce qu'elle portait d'autre parce qu'elle avait remonté les couvertures jusqu'à sa taille.

Taraudé par l'envie de se glisser dans le lit, Slade entra rapidement dans la salle de bain. Plus vite il se serait changé et se serait brossé les dents, plus vite il serait où il avait besoin d'être.

Quelques minutes plus tard, Slade se glissait sous les couvertures et se blottissait derrière le corps chaud de Dakota. À la minute où il mêla les jambes aux siennes, il réprima un grognement. Dakota aussi dormait les jambes nues. Soulevant le drap pour la regarder, il vit qu'elle portait un T-shirt et une culotte en coton blanc… et rien d'autre.

Sa verge se remplit immédiatement de sang, prête et disposée à remplir le rôle que Dieu lui avait donné. Slade serra les dents et ignora l'inconfort de son corps, se concentrant plutôt sur la sensation phénoménale d'avoir Dakota contre lui.

Dès lors qu'il passa les bras autour de sa taille, elle se blottit contre lui, à moitié éveillée.

— Tout va bien ? demanda-t-elle d'une voix traînante, visiblement plus endormie qu'éveillée.

Elle posa le front contre la poitrine de Slade, les bras repliés entre eux, alors qu'elle mêlait à nouveau ses jambes aux siennes.

Il se sentit entouré par sa chaleur et son odeur, et la

façon dont elle se blottissait contre lui avec tant de confiance remplit d'amour le cœur de Slade.

Il l'aimait. Entièrement. Et il ne l'avait pas encore vue nue. Il n'avait pas encore eu le privilège de faire l'amour avec elle. Il ne connaissait pas sa couleur préférée et ne savait même pas quand tombait son anniversaire. Mais il n'avait pas besoin de savoir tout cela pour avoir la certitude qu'elle était à présent la chose la plus importante de sa vie. Plus importante que son travail, sa maison, ses frères et sœurs, ses amis. Elle était tout pour lui.

— Chut, murmura-t-il. Tout va bien. Dors.

— D'accord, marmonna-t-elle.

Il la sentit alors se détendre entièrement quand elle se rendormit.

Son érection était lovée entre eux, dure contre son ventre, mais Slade ne le remarqua pas vraiment. Il songeait simplement à quel point il était bon de sentir Dakota entre ses bras.

CHAPITRE ONZE

Deux jours plus tard, Dakota crut qu'elle allait devenir folle. On ne l'avait pas laissé sortir de la maison depuis qu'elle était arrivée en compagnie de Slade et elle commençait à avoir l'impression d'être prisonnière. Elle sentait une pointe de culpabilité, puisqu'elle savait que Slade et Wolf essayaient simplement de la protéger, mais tout cela l'irritait terriblement.

Slade était parti ce matin-là pour une mission top secrète. Il n'avait pas voulu lui dire quoi, se contentant de l'embrasser sur le front en lui disant qu'il reviendrait bientôt. Non seulement se sentait-elle claustrophobe à se retrouver ainsi enfermée pour sa propre protection, mais elle était également à deux doigts de brûler de désir.

Cela faisait deux matinées d'affilée qu'elle s'était réveillée en sentant les mains de Slade sur son corps. Ce matin-là, elle avait pratiquement joui avant de se réveiller entièrement. Slade avait glissé la main dans sa culotte, recouvrant ses doigts de son humidité.

Elle n'avait eu qu'à se plonger dans ses yeux sombres

remplis de désir tandis qu'il caressait son clitoris de façon experte et délibérée jusqu'à ce qu'elle explose. À la seconde où ses cuisses avaient commencé à trembler et qu'elle s'était cambrée sous le coup de l'extase, il avait prolongé son plaisir en enfonçant un doigt à l'intérieur de son corps et en grognant à la façon dont ses muscles l'avaient compressé. Face à son excitation et sous la pression insistante de son doigt contre son point G, elle avait joui à nouveau, regrettant que ce ne soit pas sa verge au plus profond d'elle.

Puis il l'avait encore plus surprise quand il avait retiré sa main d'entre ses cuisses et s'était immédiatement mis à sucer le doigt avec lequel il l'avait pénétrée. Son goût lui avait tiré un grognement et une expression de plaisir.

Il avait alors croisé son regard en lui disant « c'est fantastique », puis l'avait embrassée jusqu'à lui faire perdre la tête. Entre sa propre saveur musquée sur sa langue et la sensation de sa barbe contre son visage, elle avait failli avoir un deuxième orgasme. Quand il avait interrompu leur baiser, elle avait essayé de lui rendre la pareille, désireuse de le voir de plus près, mais il avait arrêté sa main alors qu'elle descendait le long de son ventre vers l'érection qu'elle pouvait sentir le long de sa jambe, lui avait embrassé la paume et dit qu'il devait partir, mais qu'ils pourraient recommencer plus tard. Il lui avait promis de s'occuper d'une dernière chose, puis quand il reviendrait, il serait en mesure de passer davantage de temps avec elle. Il serait toujours à la poursuite de Fourati, mais ce serait avec l'assistance de Tex et il n'aurait pas autant à la laisser seule. Puis il l'avait laissée au lit, contentée et ensommeillée, et lui avait ordonné de se rendormir.

Sans surprise, Slade n'était plus là quand elle s'était enfin assez réveillée pour se lever, prendre sa douche et monter à la cuisine. Elle avait alors eu la surprise de trouver Caroline. Elles s'étaient rencontrées la veille quand Wolf était revenu avec elle. Apparemment, elle l'avait convaincu qu'elle serait en sécurité dans sa propre maison tant qu'un ou plusieurs des hommes de son équipe seraient avec elle.

Alors ce matin-là, elle trouva Caroline dans la cuisine en compagnie d'un autre soldat, qui s'appelait Benny.

Après avoir fait réchauffer le moka à la menthe poivrée que Slade lui avait laissé, Benny l'informa alors qu'ils petit-déjeunaient d'omelettes au fromage et de bacon qu'en cas de besoin, son père pouvait emménager avec lui et sa femme. Ils s'assureraient qu'il soit en sécurité, bien installé et occupé.

Dakota avait failli pleurer de soulagement et de reconnaissance, mais elle était parvenue à se contenir. Alors que sa vie avait été complètement chamboulée, elle avait fait de son mieux pour que son père reste en dehors de tout cela. Mais puisque Fourati était toujours en liberté, Slade ne voulait pas risquer que le terroriste se serve de lui pour atteindre Dakota.

— Qu'est-ce que tu veux faire aujourd'hui ? demanda Caroline de l'autre côté de la table.

Elles avaient appris à se connaître pendant le petit-déjeuner et Dakota l'appréciait. Elle avait les pieds sur terre, était sans prétention, et elles avaient vraiment bien accroché. C'était bien, pour une fois, de pouvoir parler avec une femme d'autre chose que des professeurs, du programme scolaire et des contrôles.

— Je ne sais pas, répondit Dakota en haussant les épaules. J'en ai assez de regarder la télé, je n'aime pas trop les jeux de société, et je ne cuisine pas très bien. Je suis ouverte à tout ce que vous voudrez bien proposer.

— On pourrait faire une blague à Wolf, suggéra Benny avec un grand sourire.

Caroline leva les yeux au ciel.

— C'est incroyable ! Vous en êtes encore à vous faire des blagues. C'est quoi la dernière en date ?

Benny ne cessa pas de sourire alors qu'il baissait les yeux vers son téléphone et cherchait quelque chose.

Dakota ne pouvait s'empêcher d'être amusée par cet homme. À plusieurs reprises durant la matinée, il lui avait paru être un petit garçon immature, mais quand il avait répondu au téléphone et parlé avec Wolf, elle avait vu un autre côté de lui. Un côté dangereux. Apparemment, Slade s'était inquiété parce que Tex avait appelé pour dire que Fourati avec posté sur son site de recrutement sur le dark web que sa femme tiendrait bientôt son propre discours devant leurs partisans. Wolf avait alors appelé pour en informer Benny.

Dakota trouvait que cela ne présageait rien de bon, parce que si c'était d'elle que parlait Aziz, il faudrait qu'il la capture afin qu'elle puisse tenir un discours. Mais Benny avait assuré à Wolf que Dakota était en sécurité et qu'ils n'avaient pas la moindre intention de quitter la maison.

La détermination sur le visage de Benny était évidente. Elle avait ôté toute gaminerie de son attitude.

Elle se détendit alors un peu et comprit que même s'il blaguait et faisait parfois le plaisantin, il était un soldat d'élite dur à cuire.

Cela dit, à présent, il était redevenu un hôte divertissant et essayait de trouver quelque chose pour la faire sourire et l'empêcher d'avoir l'impression d'être une prisonnière dans cette maison. Benny tourna d'abord son téléphone vers Caroline et lui expliqua ce qu'elle voyait entre deux ricanements.

— Vous êtes au courant que le nouveau gars est nul, n'est-ce pas ?

— Bien sûr, confirma Caroline. Wolf n'a pas arrêté de se plaindre depuis que Slade a pris son congé.

— Ce mec est peut-être super doué pour les maths, mais il ne sait pas se servir d'un ordinateur. On est sans cesse obligés de lui expliquer des choses qu'il devrait déjà savoir. C'est vraiment irritant. Alors, ce matin, Mozart et Cookie l'ont distrait et lui ont demandé de venir les aider dans un autre bureau, et Dude et Abe ont saboté son ordinateur. Ils ont connecté des fumigènes à certaines touches de son clavier. Apparemment, Dude avait déjà vu ça avant, mais il n'avait jamais eu l'occasion d'essayer. Il en avait préparé un chez lui et l'a interverti avec celui de Zach pendant qu'on le distrayait.

— Que suis-je en train de regarder, Benny ? demanda Caroline en inclinant la tête comme si cela allait l'aider à comprendre la photo qu'elle observait.

Benny se pencha et désigna l'écran pendant qu'il parlait.

— Zach est revenu de l'autre pièce en grommelant que Mozart et Cookie étaient des connards, il s'est assis et il a commencé à écrire. De la fumée a immédiatement commencé à sortir de son clavier. Il a paniqué et a enfoncé d'autres touches, ce qui a fait sortir plus de fumée ! Au lieu de se comporter intelligemment, c'est-à-dire d'aller chercher un extincteur ou d'appeler à l'aise, il a commencé à frapper le clavier comme un petit enfant. Voici la photo de toute la zone autour de son bureau couverte de fumée, informa-t-il Caroline.

Il fit défiler plusieurs autres photos, ricanant toujours.

— Tu vois ? Ça a empiré. Et on était tous tellement morts de rire qu'on n'a même pas pu lui dire d'arrêter. J'étais à peine capable de garder mon téléphone suffisamment en équilibre pour prendre des photos. Ça a tellement empiré que Hurt est sorti de son bureau en grommelant qu'on était tous des gamins. Puis il a pris le clavier de Zach, l'a jeté dans le couloir alors qu'il faisait toujours de la fumée, et a claqué la porte du bureau. C'était hilarant !

— Zach n'a pas l'air d'avoir trouvé ça drôle, fit observer Caroline avec un demi-sourire.

— C'est parce que c'est un con, déclara Benny avant de se tourner vers Dakota. Et un gros bébé. Il nous a fusillés du regard, a dit qu'on était nuls, puis il a quitté le bureau en coup de vent. Quand je suis venu ici pour prendre la relève de Wolf, il n'était toujours pas revenu. Je déteste les gens qui ne savent pas plaisanter. Allons, Dakota, ne me dis pas que ce n'est pas hilarant.

Dakota prit le téléphone que lui tendait Benny en souriant, impatiente de voir les résultats de la plaisanterie. Cela avait l'air tellement drôle.

La première photo montrait un homme de dos assis à

un bureau, tandis que de la fumée montait du clavier posé devant lui.

Sans qu'elle puisse se l'expliquer, Dakota sentit les poils de sa nuque se hérisser.

De l'index, elle fit rapidement défiler l'image suivante. La fumée était plus épaisse sur celle-ci, mais la caméra était plus proche de l'homme assis au bureau. Elle en regarda une autre, et elle sentit sa respiration s'arrêter.

— C'est drôle, non ? demanda Benny, se méprenant sur sa réaction.

— C'est Zach ? demanda Dakota. Le mec qui remplace Slade au bureau ?

— Affirmatif. Il n'a pas l'air d'un agent administratif, n'est-ce pas ? demanda Benny sans attendre de réponse. Il s'est fait transférer depuis un autre bureau, je ne sais pas lequel, mais il est vraiment nul. Hurt est à deux doigts de le foutre à la porte, et de voler dans les plumes du mec qui a fait jouer ses contacts pour lui obtenir le boulot. Avant l'incident des fumigènes, le commandant a prié Cutter de passer dans la matinée pour montrer au mec comment accomplir quelques tâches simples. Bien sûr, ton homme a accepté. Il est tellement perfectionniste à propos de son boulot, et il avait peur que Zach ne détruise tout.

Benny se leva pour remplir sa tasse de café, ne voyant pas le choc sur le visage de Dakota.

Celle-ci essaya de contrôler son expression. La dernière chose qu'elle aurait voulue était de paniquer devant Benny et Caroline. Elle était certaine à quatre-vingt-dix pour cent que ce Zach et Aziz étaient la même personne, mais elle ne voulait pas le dire avant d'en être absolument certaine.

Elle baissa à nouveau les yeux vers les photos devant elle.

Il y avait beaucoup de fumée qui obscurcissait les traits de « Zach », mais en se repenchant dessus, elle sut sans l'ombre d'un doute que l'homme qui occupait le poste de Slade n'était nul autre qu'Aziz.

L'homme qu'ils recherchaient avait été sous leur nez durant tout ce temps.

— Vous avez parlé de moi au bureau ? Avez-vous dit quoi que ce soit sur la raison du congé de Slade ? demanda Dakota à Benny d'une voix tremblante.

— Que veux-tu dire ? demanda-t-il.

Sa voix avait changé abruptement, passant du ton plaisant qu'il avait utilisé en parlant de la blague qu'ils avaient faite à Zach à une attention intense.

Dakota ne doutait pas que les soldats d'élite gardaient le secret de leurs missions, mais pour le reste ? Elle savait comment se comportaient les employés de son bureau ; ils comméraient sur beaucoup de choses, parfois même des informations confidentielles dont ils n'auraient pas dû parler.

— Hurt nous a tous rassemblés pour nous dire que Cutter prenait un congé, mais il ne nous a pas dit pourquoi. On ne parle jamais de nos missions quand on risque d'être entendus par quelqu'un qui n'est pas habilité à l'être, dit Benny d'une voix redevenue sérieuse, sans cesser de la scruter.

— Est-ce que quelqu'un a parlé de Las V-Vegas ? balbutia-t-elle.

Benny se rassit et se pencha vers elle, absolument sérieux, et il la regarda dans les yeux.

— Non. On est des commères entre nous, mais on ne partagerait jamais des infos protégées. Nos vies dépendent du secret. Que se passe-t-il, Dakota ? Parle-moi.

Dakota avait assez entendu Slade discuter avec Tex pour savoir qu'ils pensaient qu'Aziz devait être doué pour la technologie s'il avait repéré Rachel à travers ses recherches sur Internet, mais si ce n'est pas comme cela qu'il l'avait retrouvée ? Et s'il avait été capable de traquer *Slade* ? Ils n'avaient pas parlé de la possibilité qu'on ait posé une puce électronique sur la moto de Slade, ou sur son téléphone soi-disant sécurisé. Mais Slade et Tex auraient vérifié... non ?

Elle secoua la tête et essaya de contrôler la panique qui essayait de la consumer. Selon Wolf, Benny et les autres soldats, ils pensaient que ce Zach ne connaissait rien aux ordinateurs. Ou bien quelqu'un avait aidé Aziz à diffuser en ligne ses contenus antiaméricains et proterroristes, ou alors il était un sacré bon acteur quand il était à la base.

— Zach est Aziz, murmura-t-elle.

Heureusement, Benny ne lui répondit pas qu'il ne savait pas de quoi elle parlait, qu'elle se trompait. Il la contempla pendant un long moment, les yeux plissés, la mâchoire contractée, puis il baissa les yeux vers le téléphone qu'il tenait à la main.

Alors qu'il commençait à composer le numéro, la fenêtre au-dessus de l'évier de la cuisine vola en éclats.

L'alarme se mit immédiatement à hurler, un son déchirant et douloureux.

Comme au ralenti, Dakota vit Benny s'écrouler sur la table, inanimé, son téléphone tombant l'écran en l'air, alors que seuls trois numéros avaient été composés.

Dakota vit que Caroline ouvrait la bouche et devina qu'elle criait, même si elle ne pouvait pas l'entendre pardessus le bruit de l'alarme. Et elle vit son amie tourner brusquement la tête vers la vitre brisée.

Dakota n'avait pas entendu l'homme qui avait pénétré dans la maison en défonçant une fenêtre dans l'autre pièce. Elle ne l'avait pas entendu s'approcher d'elle parderrière.

Elle était debout, immobile, ayant renversé sa chaise en se redressant d'un bond, quand un bras s'enroula autour de son cou, la serrant fort contre un corps dur comme de la pierre, et une main tenant un chiffon imbibé de chloroforme vint recouvrir son nez et sa bouche.

La dernière chose que vit Dakota avant de perdre connaissance fut Caroline qui se débattait désespérément contre un homme masqué qui l'entraînait vers l'autre pièce.

CHAPITRE DOUZE

Slade parcourut son appartement du regard, voulant s'assurer qu'il n'aurait pas besoin de revenir dans les jours qui venaient. Il avait pris assez de vêtements pour s'habiller le temps qu'il avait besoin de passer loin d'ici. Tant qu'il avait l'opportunité de faire une machine, cela lui suffirait. Il prit un pistolet en plus, des balles et même quelques couteaux.

Quand il était en exercice, il était réputé pour son maniement expert des armes blanches, tant pour les lancer que pour s'en servir en combat rapproché. Cela faisait longtemps qu'il n'avait plus eu besoin de s'en servir, puisque travailler dans un bureau n'était pas nécessairement dangereux, mais quelque chose lui disait qu'il en aurait besoin aujourd'hui.

C'était en partie parce qu'il avait envie d'être préparé, mais c'était plus que cela. Ce que Tex lui avait rapporté sur la vidéo que Fourati avait postée, annonçant que sa « femme » tiendrait bientôt un discours, ne lui plaisait pas. Il savait que Benny et Caroline étaient à la maison avec Dakota, mais il ne serait pas satisfait avant de les avoir rejoints et de pouvoir s'assurer de ses propres yeux que tout allait bien.

Il balaya le salon du regard, se sentant réconforté par le poids des couteaux dans les holsters à ses chevilles, au creux de ses reins et à sa taille. Slade voyait les vagues qui léchaient doucement le rivage alors que les enfants jouaient et que leurs parents se faisaient bronzer au soleil. Il y avait quelques surfeurs dans l'eau. Ils étaient fous ! Il faisait super froid, et il savait d'expérience que l'eau était glaciale.

Il avait vidé son réfrigérateur et son placard de ce qui risquait de se gâter et avait placé des minuteries sur certains luminaires afin de donner l'impression que quelqu'un occupait l'endroit. Il ne se faisait pas livrer le journal et avait fait transférer son courrier chez Wolf. Celui-ci avait dit qu'il s'assurerait que les factures seraient payées et qu'il s'occuperait du courrier important si Slade avait besoin de prendre la poudre d'escampette avec Dakota à un moment donné.

Inspirant profondément, Slade jeta un dernier coup d'œil autour de lui. Il aurait voulu que Dakota soit là. Dans son espace. Dans sa cuisine. Dans son lit. Elle n'avait aucun appartement où retourner quand la menace que représentait Fourati serait neutralisée, aussi il espérait pouvoir la convaincre d'emménager avec lui. C'était fou, puisque leur relation était encore toute nouvelle, mais au plus profond de lui, Slade n'en avait rien à faire. Il voulait qu'elle reste auprès de lui.

Hochant la tête et se disant d'arrêter de perdre du temps, Slade se tourna abruptement et quitta l'endroit sans jeter un regard en arrière. Wolf était déjà en route vers chez lui et avait dit qu'il l'y rejoindrait. Il verrouilla sa porte et se hâta d'aller vers sa Harley. Il était pressé de voir Dakota.

* * *

Dakota reprit lentement conscience. Elle grogna et tourna la tête. Elle plissa les yeux et regarda autour d'elle, toujours groggy. Caroline était étendue sur le sol de béton à côté d'elle. Elle portait une longue robe noire qui la couvrait de son cou à ses orteils.

Voir son amie porter un vêtement aussi bizarre suffit pour que Dakota se remémore exactement ce qu'il s'était passé. Elle s'assit et grimaça. Elle avait mal à la tête, probablement un effet résiduel de ce dont on s'était servi pour l'endormir.

Elle baissa les yeux et fut choquée de voir qu'elle ne portait pas une longue robe noire comme Caroline. Au lieu de cela, elle était vêtue de ce qui ressemblait à une sorte de robe orientale traditionnelle. Non, ce n'était pas vraiment une robe.

Elle se redressa lentement, gardant une main sur le mur pour conserver l'équilibre, et elle baissa à nouveau les yeux vers son corps. Elle portait un pantalon large en soie beige, tellement large qu'on aurait quasiment dit une jupe. Dakota le toucha du bout du doigt. C'était doux et luxueux, et super glauque. Un bustier lui couvrait les seins – ses seins nus, réalisa-t-elle. Il était brodé de façon élaborée de fils rouges et dorés, et différents souverains d'or étaient cousus dans le motif. Elle portait un collier assorti avec une douzaine de pièces plus petites et quand elle tourna la tête, elle se rendit compte qu'elle avait également une paire de boucles d'oreilles.

En plus du collier et des boucles d'oreilles, chaque bras était orné d'au moins six bracelets de largeurs et de métaux variés, et en se déplaçant, Dakota sentit le poids d'autres ornements autour de ses chevilles. Elle était pieds nus et le béton était froid sous ses orteils. Il y avait aussi une longueur de soie sur le lit près de l'endroit où elle avait été étendue.

Dakota frissonna. Cela ne présageait rien de bon.

Caroline n'avait pas bougé et Dakota traversa le petit espace pour la rejoindre, ses pas faisant cliqueter ses bijoux en métal. Elle s'agenouilla près de son amie et la secoua doucement. Caroline ne réagit pas.

Dakota parcourut à nouveau la pièce du regard. Il n'y avait pas de meuble. C'était seulement une petite pièce, avec un sol en béton et une fenêtre rectangulaire. Les murs étaient blancs et même alors qu'elle tendait l'oreille, ils ne laissaient pas filtrer le moindre bruit.

Elle n'avait pas d'arme à sa disposition. Rien qui aurait pu les aider à s'échapper. Rien du tout. Commençant à paniquer, Dakota secoua Caroline, plus fort cette fois.

— Allez, réveille-toi, la pria Dakota dans un murmure. J'ai peur.

Comme si ces mots étaient tout ce que son amie avait attendu, elle ouvrit les yeux comme si elle avait fait semblant d'être endormie durant tout ce temps. Dakota lut un éclair de reconnaissance dans les yeux de Caroline, et elle fut particulièrement soulagée quand Caroline s'assit, posa une main sur sa tête comme si elle avait la migraine, et demanda :

— Qu'est-ce qu'il s'est passé ?

— Je n'en suis pas certaine. Je crois que quelqu'un a tiré sur Benny, puis ils ont dû nous droguer. Les garçons vont venir nous chercher, non ?

— Merde. Benny ? Mon Dieu, j'espère qu'il va bien. Jessyka va péter un plomb. Mais oui, je sais que les garçons vont venir nous chercher, dit Caroline d'un ton confidentiel. Et ils arriveront super vite parce que...

Sa voix mourut comme si elle avait réalisé quelque chose de crucial.

— Quoi ? Pourquoi ?

— Où sont mes vêtements ? demanda Caroline.

— Je ne sais pas. Quand j'ai repris connaissance, j'étais habillée comme ça, dit Dakota en désignant sa tenue élaborée et raffinée. Et tu portais cette robe.

— Je suis complètement nue dessous, dit Caroline à Dakota avant de se toucher le lobe des oreilles. Et ils ont pris mes bijoux.

Dakota ne voulait pas être mesquine, mais s'inquiéter pour des boucles d'oreilles était le cadet de leurs soucis.

— Moi aussi, dit-elle à l'autre femme. Enfin, j'en porte, mais pas les petits diamants que j'avais quand on a été capturées.

— Non, tu ne comprends pas, dit Caroline d'un ton sérieux. Je portais des traqueurs. Je les porte toujours parce qu'elles contiennent des puces électroniques. Dans mon soutien-gorge aussi.

— Quoi ? Pourquoi ? demanda Dakota, choquée.

— Parce qu'être la femme d'un soldat d'élite n'est pas

une partie de plaisir. Moi et mes amies avons souvent frôlé la catastrophe, et nos mecs ont demandé à Tex de les fabriquer pour nous. Comme ça, si on a des problèmes, ils nous retrouveront.

Elle n'avait pas vraiment compris jusque-là comment on pouvait *désirer* porter une puce, jusqu'à cette seconde.

— Alors personne ne sait où l'on est. Ils ne viennent pas.

— Si, contra Caroline. Mais ça va prendre plus longtemps que prévu parce que nous n'avons ni nos vêtements ni nos bijoux. S'ils ne nous ont pas changées ici, nos traqueurs n'aideront pas les garçons à nous retrouver.

— Oh, merde ! Caroline, pourquoi est-ce qu'on est habillées différemment ? demanda Dakota, n'aimant soudainement pas sa tenue.

— Je ne sais pas, mais ça ne me dit rien qui vaille.

Caroline exprimait exactement ce que Dakota avait pensé.

— Cette situation tout entière ne me dit rien qui vaille, en convint Dakota. Qu'est-ce qu'on va faire ?

— Ce qu'on ne va *pas* faire est de rester assises à rien faire comme des femmes sans défense, dit sévèrement Caroline en se redressant, secouant sa longue robe noire dans le mouvement.

Le vêtement oscilla sur son corps. Il n'avait pas de capuche, mais couvrait entièrement son corps à part son cou, son visage et ses mains.

— Écoute, c'est vraiment nul, mais je me suis déjà retrouvée dans ce genre de situation.

Dakota regarda Caroline d'un air incrédule.

— Vraiment ?

— Oui. Et si j'en ai retenu une chose, ou plutôt deux, c'est qu'on doit être courageuses, et qu'on doit faire tout ce qu'on peut pour s'en sortir.

— Mais il n'y a rien dans cette pièce, rien du tout, contra Dakota.

— Je le vois bien, dit Dakota d'un ton revêche en plissant le nez tout en regardant autour d'elle. Mais *nous* sommes dans cette pièce, dit-elle en regardant Dakota dans les yeux. Il faut qu'on se tienne prêtes à tout. Je devine qu'Aziz est derrière ces petites vacances.

Dakota hocha la tête.

— Je suis vraiment désolée. Il est obsédé par moi. Oh non ! dit-elle soudain.

— Quoi ?

— Il veut que je devienne sa femme, que je tombe enceinte et que j'aie un bébé qu'il élèvera pour devenir un terroriste.

— Merde, murmura Caroline. Tu portes une tenue de mariage ?

Dakota déglutit et confirma.

— Je crois, oui.

Caroline lui saisit le bras et se pencha, son ton clairement urgent.

— Tu connais mon histoire ?

Ne comprenant pas, Dakota se contenta de secouer la tête.

— Bon, on n'a pas beaucoup de temps, mais laisse-moi simplement te dire que j'ai traversé beaucoup de choses, mais je m'en suis sortie et on va se sortir de cette merde tous les deux. Matthew et Slade vont venir nous chercher. Il faut qu'on s'accroche pour eux, et on doit être intelligentes et les aider à nous retrouver si on en a l'opportunité.

— Je ne comprends pas.

— Une chose que j'ai apprise est que ces connards aiment provoquer nos hommes. Ils aiment se vanter d'avoir la main haute sur les soldats d'élite. Je ne sais pas ce qu'il va se passer, mais si Aziz nous a habillées comme ça, il va probablement vouloir enregistrer votre soi-disant mariage pour ses sbires. Et ça veut dire une vidéo, qu'il postera probablement en ligne pour qu'il puisse te faire valoir.

Dakota frissonna. Elle ne voulait être filmée et elle n'avait *vraiment* pas envie d'épouser Aziz. Elle ferma les yeux pendant un moment, désespérée, puis elle redressa les épaules. Si Caroline ne paniquait pas, alors elle non plus.

— C'est quoi le plan ?

Ne sachant pas combien de temps il leur restait avant que quelqu'un vienne les chercher, Caroline s'exprima rapidement. Elle donna à Dakota un bref historique de ce qui lui était arrivé et de ce qu'elle avait fait pour essayer d'aider Wolf à la retrouver. Aucune des femmes ne connaissait le plan d'Aziz, mais elles voulaient être prêtes à tout.

Le temps que la porte s'ouvre et que deux hommes entrent, elles avaient une sorte de plan. Elles avaient été capables de voir par la fenêtre et de faire quelques observations sur l'endroit où elles se trouvaient probablement. Elles n'avaient peut-être pas d'armes, mais elles avaient leur cerveau. Elles ne savaient pas quels mauvais coups elles allaient connaître, mais Dakota se sentait mieux à l'idée de savoir qu'elle n'allait pas simplement se recroqueviller dans un coin et pleurer. Elle ne s'en sortirait peut-être pas vivante, mais elle ne se laisserait pas non plus faire sans se battre.

* * *

Slade se gara devant la maison de Wolf, et il eut immédiatement la chair de poule. Après avoir rapidement retiré son casque, il courut vers la porte de la cuisine. Wolf était au milieu de la cuisine, agenouillé près de Benny qui était étendu sur le dos sur le carrelage beige, inanimé.

— Qu'est-ce qu'il se passe, putain ? lança-t-il en allant rejoindre Wolf aux côtés de leur camarade.

— Une fléchette, lui dit Wolf en désignant l'aiguille près du soldat d'élite inconscient.

Sans dire un mot, Slade se redressa et quitta la pièce. Il fouilla la maison de Wolf de fond en comble, appelant Caroline et Dakota. Il avait espéré que les femmes se dissimulaient quelque part, mais le temps qu'il revienne à la cuisine, il avait compris que ce qu'il craignait le plus était arrivé.

— Comment est-ce que ça a pu arriver ? demanda-t-il en faisant courir une main agitée dans ses cheveux.

Il n'avait pas été là pour Dakota. Il lui avait dit que rien ne pourrait lui arriver, qu'elle serait en sécurité, que Fourati ne lui mettrait jamais la main dessus. Et il avait eu entièrement tort.

— La fenêtre au-dessus de l'évier est cassée. Apparemment, on a tiré sur Benny à travers. Son téléphone était sur la table, et il avait commencé à taper mon numéro.

— Pourquoi l'alarme ne s'est-elle pas déclenchée ? demanda Slade, contrarié.

— Elle s'est déclenchée, répondit Wolf d'un ton qui révélait qu'il se contrôlait à peine. Mais quelqu'un a composé mon code d'annulation. C'est la raison pour laquelle je n'ai pas été prévenu.

— Qui connaît ton code ?

— L'équipe. Caroline. Et Dakota et toi. C'est tout.

— Il doit bien y avoir quelqu'un d'autre, insista Slade.

— Non, lui rétorqua Wolf.

— Et les voisins ? demanda Slade. Ils n'appellent pas les flics ?

— Pas nécessairement. Parfois, Caroline ne va pas vers le panneau assez rapidement pour l'éteindre. Au début, les voisins appelaient les flics, mais ils ont fini par prendre l'habitude de ne plus le faire.

— Merde ! jura Slade.

— Quoi qu'il se soit passé, les femmes ont été mises hors d'état de nuire rapidement. J'ai enseigné l'autodéfense à Ice. Elle ne se laisserait pas faire rapidement. Elle sait se défendre. J'appelle Tex.

Wolf pianota sur quelques boutons sur son téléphone et le porta à son oreille.

Quelque chose que Slade avait vu alors qu'il fouillait frénétiquement la maison fit un déclic dans son cerveau et il se précipita hors de la cuisine, dans le vestibule.

Sur le sol, il y avait deux piles de vêtements et d'accessoires.

Il reconnut le jean et le T-shirt qu'il avait achetés à

Dakota la veille. Elle avait été tellement contente des vêtements qu'il avait choisis pour elle. Slade entendit Wolf se glisser derrière lui et dire :

— Bon sang, décroche, Tex. Décroche.

Slade baissa les yeux vers les vêtements que la femme qu'il aimait avait probablement enfilés ce matin-là et sentit son cœur se glacer. Ils l'avaient déshabillée, lui avaient retiré tous ses vêtements et les avaient laissés par terre. Ils avaient aussi eu largement le temps de le faire, parce qu'apparemment, personne n'avait alerté les flics. Il ne savait pas pourquoi ils lui avaient enlevé ses vête-ments. Pour la violer ? Pour le provoquer ? Il sentit alors disparaître l'homme qu'il était devenu après avoir pris sa retraite, ainsi que toute la douceur qu'il avait développée après être resté éloigné de la mort et de la destruction que les hommes s'infligeaient entre eux. Il ne resta plus que le tueur super entraîné que la Marine avait créé.

Slade savait que Dakota était probablement blessée. En plus, Fourati avait touché ce qui lui appartenait, il le savait sans l'ombre d'un doute. Il était déjà déterminé à tuer cet homme avant, mais à présent, l'issue de leur rencontre était une certitude. Fourati allait crever. Cette pile de vêtements devant lui était le catalyseur.

— Tex ? C'est Wolf. Géolocalise Caroline tout de suite, ordonna Wolf sans tourner autour du pot.

Les secondes passèrent, donnant l'impression aux deux hommes d'être des heures.

La mâchoire de Slade se contracta alors qu'il conti-nuait à regarder les piles de vêtements disposés à terre. Il essaya de ne pas penser à ce que Dakota était en train de vivre, mais s'en trouva incapable. Slade avait vu trop de femmes brisées après s'être retrouvées entre les mains de terroristes. Il avait vu trop de victimes de viol regarder dans le vide, devenues de simples coquilles vides. La pensée que Dakota puisse devenir ainsi le dégoûtait. La haine dans son âme bouillonna et s'envenima.

— Elle est là, dans la maison, dit Tex dans le haut-parleur.

— Non, elle n'est pas là. On a vérifié, cracha Wolf.

— Tous les traqueurs indiquent qu'elle se trouve ici, insista Tex. Que se passe-t-il ?

Sans répondre à son ami, Wolf s'agenouilla près des vêtements de sa femme et, se servant seulement de son index, il les écarta un à un. Un haut, un pantalon, une culotte, un soutien-gorge… et tout au-dessous se trouvaient son alliance, un collier dont elle ne se séparait jamais et une paire de boucles d'oreilles.

— Ils sont là, dit Wolf en se redressant sans cesser de regarder les affaires de sa femme. Tous les traqueurs sont ici. Comment est-ce qu'ils étaient au courant ? demanda Wolf d'une voix étrange.

Elle était presque calme, mais Slade et Tex pouvaient sentir la fureur absolue qui la sous-tendait.

Au lieu de répondre, Tex demanda à Slade :

— Tu as reçu les puces électroniques de Dakota, Cutter ?

— Non, mais ça ne ferait pas la moindre différence, parce que ces connards lui ont non seulement retiré tous ses vêtements, mais aussi tous ses bijoux. Au cas où ce n'est pas clair, ils ont retiré à nos femmes tout ce qu'elles portaient avant de quitter la maison. Il faut que tu ailles sur ton ordinateur, que tu pirates tous les satellites, ordinateurs et téléphones dans un rayon de cent kilomètres pour les retrouver. Tout de suite !

Sa voix avait simplement gagné en intensité jusqu'à ce qu'il crie le dernier mot.

— Merde, il faut que j'appelle Lambert, ajouta Slade. Je sais que ce boulot est censé être non sanctionné, mais je jure devant Dieu que s'il n'implique pas le vice-président et le président, il va s'en mordre les doigts.

— Je m'en occupe, dit Tex pour rassurer Slade. *Je* vais appeler Lambert.

— Ce n'est pas ton boulot, dit Slade à son ami.

— Peut-être. Peut-être pas. Mais c'est moi qui ai donné ton nom à Lambert. Je vais l'appeler et l'informer de ce qui vient de se passer, pour être sûr que vous ayez tout le soutien dont vous avez besoin pour trouver Caroline et Dakota.

— Merde, répéta Slade, pas certain de pouvoir dire quelque chose de plus cohérent pour le moment.

— Si ça peut te rassurer, Fourati n'a pas l'intention de tuer Dakota, dit Tex pour essayer de rassurer son ami.

— Oui, dit amèrement Slade. Il a seulement envie de la violer à répétition jusqu'à ce qu'elle tombe enceinte.

— Et il n'a peut-être pas envie de faire du mal à Dakota, mais il n'a rien à faire d'Ice. Pourquoi est-ce qu'il l'a enlevée elle aussi ? ajouta Wolf.

En arrière-plan, les deux hommes pouvaient entendre les doigts de Tex pianoter sur les touches de son clavier. Le son était généralement réconfortant, mais pour le moment, ce n'était vraiment pas le cas. Pas alors que leurs femmes s'étaient évaporées.

— Appelle-moi à la seconde où tu auras quelque

chose, ordonna Wolf. Je vais voir comment va Benny. J'ai déjà appelé une ambulance.

— Qu'est-il arrivé à Benny ? aboya Tex. Merde. Qu'est-ce qu'il se passe ?

— C'est ce qu'on aimerait savoir aussi, dit Wolf avant de céder. J'ai trouvé Benny affalé sur la table de ma cuisine, une fléchette dans le cou.

— Je vous recontacte, dit Tex avant de mettre un terme à la connexion.

Wolf et Slade se regardèrent pendant un long moment. Comme s'ils avaient bossé ensemble pendant des années, les hommes se tournèrent d'un même mouvement et traversèrent à nouveau le salon pour regagner la cuisine.

Ils avaient remarqué tous les deux la vitre brisée, où les hommes s'étaient manifestement infiltrés dans la maison, mais ils l'avaient ignorée. Cela ne comptait pas pour le moment. Ils devaient offrir des soins médicaux à Benny et ils avaient besoin de rassembler l'équipe.

Slade se rappela alors que Lambert avait dit que la mission serait solo et il fronça les sourcils. Ce n'était vraiment plus le cas...

Que tout ça aille au diable ! Il avait déjà raconté à Wolf et à la plupart des autres mecs la majeure partie de l'histoire. Il avait besoin de toute l'aide dont il pouvait avoir besoin. En plus, ce n'était pas simplement la vie de Dakota qui était en jeu. Caroline était également impliquée jusqu'au cou. Il était impossible que les hommes de Wolf restent les bras croisés.

Peu importait à Slade si Lambert refusait de lui verser un centime. Rien d'autre ne comptait que Dakota. Il neutraliserait la menace que représentait Aziz Fourati envers le public américain, mais plus important encore, envers sa femme.

Slade toucha le couteau attaché à sa ceinture d'un geste absent alors qu'il était agenouillé à côté de Benny. Fourati allait apprendre de très près pourquoi le surnom de Slade était Cutter. Son couteau serait la dernière chose à laquelle cet homme allait penser... alors qu'il lui trancherait l'artère carotide et que son sang se répandrait sur le sol.

CHAPITRE TREIZE

Dakota restait silencieuse et immobile, les yeux remplis des larmes qu'elle se refusait à verser, et elle pria de tout son cœur.

Deux hommes étaient venus la chercher avec Caroline, et ils ne s'étaient pas montrés particulièrement tendres. Les deux femmes s'étaient débattues et avaient lutté sous l'emprise de leurs ravisseurs, sans résultat. Quand Caroline avait filé un coup de genou bien placé à l'un d'eux, un mouvement tempéré par les plis volumineux de l'abaya qu'elle portait, il l'avait giflée d'un revers de la main si fort qu'elle était tombée à la renverse sur le derrière.

Voyant sa nouvelle amie s'écrouler, Dakota avait pété un plomb et avait lutté de toutes *ses* forces, essayant d'enfoncer ses doigts dans les yeux de l'homme qui la maintenait. Mais il avait évité ses doigts et s'était tourné, lui cognant violemment le front contre le mur le plus proche. Elle avait vu trente-six chandelles et avait perdu tout l'avantage qu'elle avait pu obtenir sur lui.

Caroline et elle avaient alors été transportées dans une autre pièce, où Dakota avait revu Aziz pour la première fois depuis ce jour horrible à l'aéroport.

L'homme qu'elle connaissait sous le nom d'Aziz Fourati était bel et bien la même personne que les forces spéciales connaissaient sous le nom de Zach. Elle l'avait immédiatement reconnu sur les photographies de Benny. Elle ne savait pas comment il s'était débrouillé pour obtenir un emploi dans la Marine ou avait passé la vérification des antécédents, mais cela n'avait plus la moindre importance. Il avait réussi, et elle se retrouvait à nouveau entre ses griffes.

La peur la faisait frissonner. Tous ses cauchemars prenaient vie, mais cette fois, elle ne dormait pas. Slade n'était pas là pour la réveiller d'un baiser, pour la prendre dans ses bras et lui dire que tout allait bien se passer. Penser à lui la ragaillardit. Elle se remémora ce que Caroline avait dit. Il fallait qu'elle garde la tête froide pour aider Slade et ses amis à la retrouver. C'était son objectif ultime.

— Ah, ma belle Dakota, que c'est bon de te revoir ! Ta tenue de mariage est absolument ravissante, dit Aziz.

L'homme qui la maintenait la fit s'arrêter devant Aziz, et elle n'eut d'autre choix que de le regarder.

— J'aimerais également pouvoir dire que c'est bon de *vous* revoir, rétorqua-t-elle d'un ton sarcastique.

Il fit claquer sa langue comme si elle était une enfant récalcitrante et non une femme adulte.

— J'espérais que tu reviennes à la raison. Je t'ai donné le temps de songer à ton destin et à t'y résoudre. Je suis déçu que tu résistes toujours, que tu *me* résistes toujours.

Tu *vas* devenir ma femme aujourd'hui. Tu *vas* porter mes enfants. Et tu *vas* arrêter de me défier. Ce sont trois choses que je peux te garantir.

Dakota réprima une envie de vomir. Elle leva le menton et lui cracha dessus. La salive n'atteignit pas entièrement sa cible, mais les sentiments qui l'avaient motivée si.

Il perdit son air amusé et Dakota entrevit le tueur qu'elle avait rencontré à l'aéroport toutes ces semaines auparavant.

— Ta fiancée ne connaît pas les bonnes manières, dit quelqu'un derrière elle.

Aziz la regarda avec un rictus de dérision.

— Elle va apprendre. Assieds-toi, ma promise, ordonna-t-il d'un ton bourru.

Dakota n'avait pas la moindre intention de lui obéir, mais elle n'avait pas le choix. L'homme qui était derrière elle la mena de force à une chaise et la contraignit à s'y asseoir. Il la maintint alors en place tandis que deux autres hommes ligotaient ses jambes aux pieds de la chaise avec des sangles en plastique.

Son cœur battait la chamade. Elle n'aimait vraiment pas la sensation d'être attachée et sans défense en présence d'Aziz. Mais au moins, tant qu'elle restait assise, il ne pouvait pas la violer, n'est-ce pas ? Elle jeta un coup d'œil à sa droite et vit que Caroline était maintenue par deux hommes. Ils lui avaient attrapé chacun un bras et les lui levaient au-dessus de la tête pour la mettre sur la pointe des pieds. Dakota voyait un bleu se former sur sa joue à l'endroit où l'homme l'avait frappée, et cette petite ecchymose l'inquiétait. Ils lui avaient fourré un bout de tissu dans la bouche et lui avaient scotché les lèvres. Les bruits qu'elle émettait étaient faibles et étouffés.

Voir Caroline impuissante et meurtrie était douloureux. Elle devait se rappeler qu'elle n'était pas seule dans cette situation. Même si Slade ne cessait de lui répéter qu'elle était courageuse, Dakota n'en avait pas l'impression pour le moment. Cela dit, étrangement, la présence de Caroline avec elle la rassurait. Si elle s'était trouvée seule, elle aurait complètement paniqué. Elle avait terriblement peur, elle n'en doutait pas, mais elle s'était juré qu'elle n'allait pas faire calmement tout ce qu'Aziz lui ordonnerait de faire. C'était impossible. Plus elle pourrait faire durer cette situation, plus Slade et ses amis auraient du temps pour les retrouver, Caroline et elle. Elle tolérerait tout ce qu'il lui ferait subir.

— Voilà ce qui va arriver, dit Aziz, qui avait retrouvé son calme. On va avoir une cérémonie de mariage. Tu vas rester assise là bien sagement et répondre par l'affirmative quand on te posera une question. Si tu dis ou fais quoi que ce soit qui puisse donner l'impression que tu ne veux pas devenir mon épouse, tu vas le regretter.

— Je ne vous épouserai pas, dit Dakota avec moins de force qu'elle n'en avait eu l'intention, essayant de retirer ses bras de l'emprise des deux hommes qui lui avaient ligoté les chevilles à la chaise. C'est fou. Vous êtes fou.

Aziz ne répondit pas à son commentaire, se contentant de secouer la tête d'un air déçu.

— Ne t'avise pas de me mettre en colère, ma promise.

— Pourquoi donc ? Qu'est-ce que vous allez faire ? Me frapper ? Faire exploser le bâtiment ? Me violer ? Vous alliez le faire de toute façon. Allez-y. Si vous vouliez une épouse docile, vous avez choisi la mauvaise personne.

— J'espérais que tu sois comme ça, dit Aziz d'un ton étrange. Je savais que tu avais de la passion et du répondant quand je t'ai vue à l'aéroport. Ça fait un moment que je t'observe, tu sais, dit-il sur le ton de la conversation. J'ai décidé qu'il existait une raison pour que tu te sois retrouvée là-bas en même temps que moi. Pour être à moi. Je t'ai suivie, m'assurant d'attendre que tu sois prise dans mes filets avant d'agir. Tu as essayé de trouver des solutions pour éviter l'inévitable. C'était courageux de ta part, mais un peu trop tardif, j'en ai bien peur.

Dakota le regarda avec horreur. Il l'avait suivie jusqu'à l'aéroport ? Il avait attendu pour retenir des otages d'être certain de pouvoir la retenir elle aussi ?

Ne voulant plus penser à ce qu'il lui disait, Dakota regarda autour d'elle. Les hommes qui étaient un mélange d'Américains et d'Orientaux. Ils avaient manifestement conscience qu'Aziz ne venait pas de Tunisie, mais cela ne leur faisait rien. Ils avaient tous l'air d'être adolescents ou jeunes adultes. Aziz portait une tenue qui le faisait ressembler à un Tunisien traditionnel. C'était une sorte de longue chemise qui lui descendait jusqu'aux genoux. Elle affichait un col profond en V sur le devant et il portait un haut en soie marron en dessous. Son pantalon était de la même couleur et si elle ne se trompait pas, le motif de broderie de sa longue chemise se retrouvait sur sa propre tenue. Il avait également une paire de babouches en cuir et un petit chapeau rouge, apparemment en feutre, d'où pendait une pampille.

La respiration de Dakota s'accéléra. Aziz avait l'air

d'être habillé pour un mariage. Certes, elle n'avait pas cru qu'il bluffait plus tôt, mais à présent qu'elle avait eu un moment pour penser à ce qu'il avait dit et observer sa tenue, il était évident qu'il avait l'intention de l'épouser sans attendre. Aziz ne pourrait jamais passer pour un ressortissant du Moyen-Orient, quoi qu'il porte. Le gouvernement avait simplement subodoré qu'il l'était vu son site Internet et ses publications en ligne. Elle sursauta quand il reprit la parole :

— Viendra un temps où j'encouragerai ton tempérament passionné. Un temps où j'aurai envie de tes ongles sur ma peau. Ça ne rendra que plus... excitant le moment où je te prendrai. Mais, hélas, ce ne sera pas pour aujourd'hui. Aujourd'hui, j'ai besoin que tu sois une épouse arabe modèle. C'est important de montrer à mes recrues que c'est moi qui commande, y compris sur la femme qui deviendra mon épouse.

Il s'approcha d'elle et s'agenouilla à ses pieds. Puis il posa les mains sur ses cuisses et les lui écarta lentement mais fermement.

Dakota essaya de toutes ses forces de garder les jambes fermées, mais Aziz était bien plus fort qu'elle. Ses mains pressaient ses cuisses avec assez de puissance pour la faire grimacer, mais elle se contrôla et ne lui montra pas sa douleur.

Il lui répondit par un grand sourire, une expression effrayante qui la fit frissonner de révulsion.

— Tu t'appelles à présent Anoushka, l'informa-t-il. Ça signifie belle ou gracieuse. À partir de maintenant, j'utiliserai ce nom, et toi aussi. Tu ne répondras plus jamais à ton nom américain. Ta nouvelle vie commence dès maintenant, Anoushka. Tu seras l'épouse révérée du leader d'Ansar al-Shari'a. Tu apprendras comment me faire plaisir et me servir. Tout et tous ceux que tu as connus appartiennent désormais au passé.

— Je ne vous servirai jamais, lui dit Dakota. Vous pouvez bien me violer, me battre ou m'enfermer, mais au moment où vous y attendrez le moins, je vous planterai un couteau dans le dos. Vous ne serez plus jamais capable de baisser la garde, parce que je ferai tout mon possible pour vous neutraliser.

— Quel dommage ! dit Aziz sans le moindre soupçon d'inquiétude. Enfin, tu penses vraiment que toi, une simple femme, serais capable de neutraliser un Élu tel que moi ?

— Je n'ai pas peur de vous, dit Dakota. Et vous n'êtes pas plus un Élu que moi.

— Vas-tu coopérer à notre cérémonie de mariage ? demanda Aziz comme si elle n'avait rien dit.

— Jamais, jura-t-elle.

— C'est dommage, répéta Aziz en haussant les épaules.

Il lui pressa à nouveau les jambes, cette fois assez fort pour la faire grimacer, et lui sourit. Puis il se redressa et désigna un des hommes qui se tenaient contre le mur.

— Même si tu es battue ? demanda-t-elle.

Dès que ce dernier mot eut quitté sa bouche, l'homme qu'il avait désigné d'un geste s'était tourné vers le côté et avait frappé Dakota avec le dessous de son pied. Il entra en collision avec son genou et elle poussa un cri de douleur. Elle avait l'impression qu'il lui avait cassé quelque chose, ou du moins déchiré un tendon.

Elle n'avait jamais ressenti une telle douleur de toute sa vie. Pendant un moment, elle fut submergée par les vagues de douleur qui irradiaient de sa jambe. Elle oublia où elle était et même qu'Aziz lui avait posé une question.

— Tu vas coopérer lors de notre cérémonie de mariage ? redemanda Aziz.

Les larmes que Dakota avait retenues roulèrent sur ses joues, mais elle secoua la tête en le regardant avec défiance.

Aziz adressa un nouveau geste du menton à son sbire, qui lui donna un autre coup de pied dans le genou. Le même.

Des points noirs envahirent sa vision et Dakota crut qu'elle allait s'évanouir. D'ailleurs, elle accueillait ce vide obscur. Aziz tendit la main en avant et lui saisit un mamelon à travers son bustier, et il le tordit. Dakota lutta contre les hommes qui lui retenaient les bras et essaya de se détourner d'Aziz. Ses doigts la pincèrent plus fort alors qu'il se penchait vers elle et plaçait son visage à quelques centimètres du sien.

— On peut y rester toute la nuit jusqu'à ce que tu sois d'accord, la mit-il en garde.

Même si elle n'avait jamais eu aussi mal de toute sa vie, Dakota fusilla Aziz du regard et ahana :

— Allez-y, je peux tout tolérer. Je ne vous épouserai jamais !

Elle espérait avoir l'air courageuse et forte plutôt que désespérée, et prête à céder à tout ce qu'il voulait.

À ses paroles, Aziz lui lâcha abruptement le mamelon. Il se positionna devant elle, les mains dans le dos.

— Je savais que tu dirais ça, dit-il avec un demi-sourire moqueur. Mon épouse est déterminée.

Dakota garda les yeux braqués sur les siens et refusa de baisser la tête vers sa poitrine pour voir si son mamelon était toujours là. Il palpitait et elle avait littéralement l'impression qu'on le lui avait arraché. Elle respira pour calmer la douleur et essaya de se rappeler d'être courageuse. Caroline avait dit qu'elle devait se montrer forte, et bon sang ! elle essayait.

Aziz fit un nouveau geste derrière lui, et cette fois, les hommes qui avaient maintenu Caroline qui se débattait s'avancèrent sans cesser de la tenir entre eux.

Dakota écarquilla les yeux. Qu'avait prévu Aziz cette fois ?

— Puisque je savais que tu endurerais tout ce que j'avais prévu de faire, je me suis assuré d'avoir un plan B, dit Aziz.

Il se dirigea vers une petite table que Dakota n'avait pas encore remarquée. Il se plaçait devant afin qu'elle ne voie pas ce qui se trouvait dessus. Il lui tournait le dos, la laissant deviner ce qui se trouvait sur la table, et demanda à nouveau :

— Vas-tu coopérer pour notre cérémonie de mariage ?

— Non, murmura Dakota, vraiment effrayée cette fois.

Sans rien ajouter, Aziz prit quelque chose sur la table et se tourna. Mais au lieu de se diriger vers elle, il alla vers Caroline.

Horrifiée, Dakota le vit alors saisir Caroline par les cheveux et lui incliner la tête en arrière. Elle essaya de lui donner des coups de pied et d'attaquer, mais un quatrième homme s'agenouilla derrière elle et lui passa les deux bras autour des genoux, l'entravant fermement.

Brandissant le couteau qu'il avait pris sur la table, Aziz le plaqua contre la gorge de Caroline. Il se tourna pour regarder Dakota droit dans les yeux tout en faisant remonter lentement le couteau. Il découpa la robe de Caroline aussi facilement que s'il tranchait une vieille escalope de bœuf tendre.

Une fois qu'il eut fini, Caroline était exposée de son cou à ses genoux. Elle était complètement nue sous son vêtement et son corps était à présent entièrement exposé à toutes les personnes présentes.

Dakota lutta contre les deux hommes et les liens à ses chevilles. Soudain, elle ne sentait plus la douleur dans son genou. Il allait faire du mal à Caroline à cause d'elle.

— Arrêtez ! lui ordonna-t-elle dans un souffle.

— J'ai hâte de pouvoir plonger dans ton corps voluptueux, Anoushka. Tu vas m'offrir des heures de plaisir. Cela dit, je ne suis pas un leader cupide. Une fois que tu auras offert un héritier à Ansar al-Shari'a, je suis tout disposé à permettre à mes guerriers les plus fidèles et les plus courageux de partager le cadeau que j'ai reçu.

Les yeux ronds et bleus d'Aziz croisèrent ceux de Dakota.

— Je vois que tu comprends. J'aime partager, mon épouse. Je n'aurai aucun problème à regarder chacun des hommes qui auront juré loyauté à moi et à notre cause faire ce qu'ils veulent de toi.

— Non, dit Dakota d'une voix à peine audible.

Ces paroles étaient insupportables.

— Oui, Anoushka. Tes seules obligations à partir d'aujourd'hui sont de me donner du plaisir et de m'obéir. En toutes choses. Tu t'agenouilleras en ma présence, tu me laisseras te prendre où et quand je voudrai. Tu écarteras les jambes pour ceux à qui je t'offrirai, sans protester. Tu ne te débattras pas quand je voudrai me filmer en train de remplir ton corps du cadeau de la vie. Sinon ? Je crois que je vais garder celle-là pour m'assurer que tu comprennes ce qui se passera si tu me désobéis.

Aziz lâcha les cheveux de Caroline et fit à nouveau courir le couteau entre ses seins, une fine ligne de sang filant dans son sillage.

— Non. Arrêtez ! lui ordonna Dakota en essayant à nouveau de se débattre de l'emprise des hommes qui la retenaient. C'est fou !

— Tu vas coopérer pendant notre cérémonie de mariage ? redemanda Aziz.

Dakota savait qu'Aziz ne plaisantait pas. Il savait qu'elle continuerait à le repousser peu importe ce qu'il lui ferait à elle. Elle aurait préféré mourir plutôt que de l'épouser. Mais ce serait absolument impossible de rester sans rien faire et le regarder torturer quelqu'un d'autre. Il garderait Caroline en vie simplement parce que cela lui servirait à forcer Dakota à commettre tous les actes dépravés qu'il désirait.

Décidant apparemment qu'elle n'avait pas répondu assez vite, Aziz retourna vers la table, posa le couteau et prit autre chose. Il fit quelques pas pour revenir vers Caroline.

— Attendez, arrêtez ! l'implora Dakota.

Aziz l'ignora et brandit une petite pince à bout

pointu. Il afficha un sourire sadique puis se tourna à nouveau vers Caroline.

— Je vais coopérer, s'écria Dakota d'un ton désespéré. Je vais vous épouser. Je dirai tout ce que vous voudrez, mais laissez-la tranquille ! poursuivit-elle en essayant de le faire s'éloigner de Caroline.

Son amie avait déjà subi assez de choses aux mains d'un autre monstre. Dakota refusait de lui faire revivre le même enfer. Pas si elle était en mesure de l'éviter.

Sans s'écarter de Caroline, Aziz tourna la tête vers elle.

— Ah, Anoushka, ce sont les mots que j'ai envie d'entendre. Mais comment savoir si tu les penses vraiment ?

Il approcha la pince de Caroline et son cri de terreur fut facile à entendre à travers son bâillon.

— Vous saviez que je ne vous laisserais pas faire du mal à quelqu'un d'autre à cause de moi. Lâchez-la et qu'on en finisse, dit Dakota avec tout le calme qu'elle fut en mesure d'invoquer.

Elle ne pouvait plus regarder Caroline en face, mais du coin de l'œil, elle vit que son amie secouait désespérément la tête. Elle ne savait pas si elle disait non à la douleur qu'Aziz voulait lui infliger ou bien à ses paroles. Mais cela ne comptait pas. Aziz allait torturer Caroline jusqu'à ce qu'elle cède à ses demandes. Elle décida d'épargner cette douleur à son amie.

Dakota savait très bien qu'Aziz n'allait pas libérer Caroline une fois qu'il l'aurait épousée. Il lui avait dit carrément qu'il allait la garder sous la main pour se servir d'elle comme moyen de pression pour la faire ployer... et c'était efficace. Elle était capable de supporter la douleur, mais elle ne pourrait pas supporter qu'il fasse du mal à Caroline parce qu'elle lui résistait.

Aziz lâcha Caroline et fit un pas en arrière. Il tendit la pince à un de ses sbires et retourna auprès de Dakota.

Elle soutint son regard, le détestant de toute son âme.

— Tu m'as rendu très heureux, Anoushka, lui dit Aziz, de ce qui aurait dû être une voix tendre. Juste pour te prévenir, juste pour que tu comprennes, si tu fais quoi que ce soit pour amener le déshonneur sur notre cérémonie de mariage, je n'hésiterai pas à faire une pause et à montrer à notre petite Ice ce qu'est vraiment la douleur.

— Je comprends, lui dit Dakota en ne se demandant même pas comment il connaissait le surnom de Caroline.

Il connaissait tout ce qu'il y avait à savoir d'autre sur elle et les soldats d'élite, alors pourquoi ne serait-il pas au courant pour cela aussi ? Elle allait peut-être devoir épouser Aziz, mais elle n'avait pas perdu l'espoir que Slade et ses amis les retrouvent. Elle croisait simplement les doigts pour que ce soit avant la nuit de noces. Elle l'espérait sincèrement.

Si Aziz la violait, Dakota savait qu'elle ne serait plus jamais la même. Certes, elle survivrait à cette épreuve, mais quelque chose à l'intérieur d'elle mourrait. Elle ne se sentirait plus jamais propre et perdrait à tout jamais la moindre chance d'appartenir à Slade.

J'essaye d'être forte, dit-elle en silence à l'homme qui signifiait tout pour elle, *mais je ne sais pas si je peux surmonter tout ça. Je t'en prie, viens me chercher.*

CHAPITRE QUATORZE

Slade faisait les cent pas dans le salon de Wolf, attendant que Tex les recontacte. Benny était à l'hôpital. Il était toujours inconscient quand l'ambulance était venue le chercher. Son pouls était régulier et les ambulanciers en avaient déduit qu'il avait été drogué et non empoisonné. Ils devraient attendre que le produit dont on s'était servi pour le neutraliser se dissipe avant de pouvoir lui demander ce qui s'était passé juste avant que les femmes ne soient kidnappées.

Les autres membres de l'équipe de Wolf s'étaient rassemblés. Abe, Cookie et Dude étaient dans la cuisine. Mozart, le sixième homme, était allé se mettre en planque avec les femmes et les enfants. Ils ne pouvaient pas courir le risque que quelqu'un d'autre se retrouve dans la ligne de mire. Même si Slade savait que Mozart aurait voulu être avec eux pour les aider à récupérer Caroline et Dakota et trouver ceux qui avaient tiré sur Benny, ils savaient tous que les autres femmes et les enfants étaient tout aussi importants pour le moment. Et la dernière chose qu'il aurait voulue était que Fourati mette aussi la main sur eux.

Le commandant Hurt s'occupait des policiers et tenait les autorités à l'écart afin de donner à ses soldats l'occasion de monter un plan d'attaque. C'était un homme bien qui savait comment contourner les règles et regarder ailleurs.

À ce niveau-là, Slade n'en avait plus rien à faire de savoir qui était impliqué. En ce qui le concernait, plus ils étaient de fous… On ne comptait plus le nombre de fois où ces hommes avaient traversé des épreuves similaires. Et leurs femmes s'étaient retrouvées en danger un nombre incalculable de fois. Slade avait besoin de leur expertise en tant que guerriers et époux afin de récupérer Dakota. Et si cela lui posait des problèmes avec Greg Lambert, il s'en fichait. Il était simplement frustré de toute cette situation. Tout ce qu'il voulait était que Dakota et Caroline leur reviennent, saines et sauves.

Son téléphone sonna et Slade répondit immédiate-ment, le mettant sur haut-parleur afin que tout le monde puisse entendre la conversation.

— Cutsinger.

— C'est Tex, répondit celui-ci sans détour. Il y a une nouvelle vidéo qui est diffusée. En live.

Slade adressa un geste énergique à Wolf qui courut dans une autre pièce pour en rapporter un ordinateur portable.

— J'ai envoyé l'URL à tout le monde. Je ne sais pas si le site est vraiment stable ou sûr, mais je peux enregistrer la vidéo pendant qu'elle sera diffusée.

Slade ne répondit pas et regarda impatiemment Wolf

ouvrir sa boîte mail puis cliquer sur le lien qu'avait envoyé Tex.

Le silence s'abattit sur la pièce quand ils comprirent à quoi ils étaient en train d'assister.

Dakota était assise sur une chaise, une sorte de foulard en soie beige sur les épaules et la tête. Assis en face d'elle, le dos tourné à la caméra, se trouvait un homme. Il portait également un foulard sur la tête et les épaules. On ne voyait pas le moindre centimètre de peau ou de cheveux.

— Il prend vraiment soin de garder son identité secrète, commenta Dude.

— C'est impossible de savoir à quoi il ressemble depuis cet angle, lui fit écho Abe.

Slade serra les dents et referma les poings contre son corps. Il se fichait de Fourati pour le moment. Toute son attention restait braquée sur Dakota. Elle regardait l'homme assis en face d'elle dans les yeux, gardait le dos très droit, et ne bougeait pas d'un centimètre. Quelqu'un en arrière-plan était en train de parler, probablement en arabe, mais Slade n'en comprenait pas un seul mot. Il essayait plutôt de deviner ce que pensait Dakota.

Elle avait l'air effrayée... et contrariée. La voir aussi en colère le détendit légèrement. Si elle était en colère, c'est qu'elle n'était pas brisée... pas encore.

— Où est Caroline ? demanda Wolf à personne en particulier alors que la vidéo continuait.

La caméra ne se déplaçait pas, comme si elle était placée sur un tripode ou une autre surface solide.

Slade ne savait pas comment se déroulait une cérémonie de mariage tunisienne traditionnelle, mais quand quelqu'un hors-champ se mit à parler en anglais, il devina que cela n'en était pas une.

— Anoushka, acceptes-tu de prendre Aziz Fourati pour époux ? Promets-tu de lui obéir et de suivre tous ses ordres ? Le défendras-tu au-dessus de tous les autres, même au point de donner ta vie pour lui et pour la cause d'Ansar al-Shari'a ?

— Oui, dit immédiatement Dakota.

Slade fronça les sourcils. Pourquoi avait-elle accepté aussi facilement ? Que lui avait fait ce Fourati pour la rendre aussi docile ?

La voix hors champ poursuivit son discours :

— Promets-tu ton ventre à la cause d'Ansar al-Shari'a ? Accepteras-tu en toute liberté d'esprit le fluide sacré de ton mari dans ton corps afin de créer le nouveau leader suprême ?

— Oui, répéta Dakota.

Cette fois, Slade la vit grimacer, mais elle ne détourna pas les yeux de l'homme assis en face d'elle.

— Aziz, cette femme ici présente t'appartient. Agis avec elle à ta guise. Tu peux la punir, la louer, la vénérer. Elle offrira à la cause notre prochain leader et on glorifiera ce jour pendant des années. C'est le début du nouveau règne de domination d'Ansar al-Shari'a. Qu'il en soit ainsi.

L'homme assis en face de Dakota pencha la tête, puis s'agenouilla à terre devant elle. L'angle de prise de vue les empêcha de voir ce qu'il faisait, et Slade eut envie de passer la main à travers l'écran d'ordinateur et d'arracher Dakota à cet homme lorsqu'il la vit faire une grimace de dégoût devant ce qu'il faisait.

La voix hors champ recommença alors à parler en arabe. L'homme que Dakota venait d'épouser en apparence se glissa hors du champ sans tourner une seule fois le visage vers la caméra.

La personne qui parlait en arrière-plan se tut et la caméra zooma sur Dakota. Elle jeta un coup d'œil à sa gauche, fit une autre grimace et se tourna à nouveau vers l'objectif. Puis elle se mit à parler. Sa voix était neutre et n'avait pas la moindre intonation. Il était évident qu'elle lisait quelque chose placé devant elle, hors-champ, mot pour mot.

Je m'appelle Anoushka Fourati. Mon mari, Aziz Fourati, est le leader, choisi par Dieu, d'Ansar al-Shari'a. Je suis honorée d'avoir été choisie pour porter ses enfants, qui représentent l'avenir de notre mouvement. Avec la grâce de Dieu, cet enfant nous arrivera rapidement. En attendant, continuez à vous battre. Je suis prête à mourir pour mon mari, pour mon Dieu et pour Ansar al-Shari'a. Et vous ? Monterez-vous au paradis pour retrouver votre Dieu ou bien passerez-vous le reste de l'éternité dans les profondeurs de l'enfer avec les autres mécréants de ce pays ? Préparez-vous à recevoir d'autres instructions. Longue vie à Aziz Fourati.

Dakota resta assise, les jambes écartées, les mains serrant les accoudoirs du fauteuil dans lequel elle était assise. Son visage était dénué de la moindre émotion. La dernière chose que Slade vit avant que l'écran ne devienne noir fut les yeux de Dakota qui se tournèrent une fois de plus hors du cadre vers sa gauche, alors qu'elle hochait la tête.

— Qu'est-ce que ça veut dire, putain ? s'exclama Wolf. Où est Ice ? Est-ce qu'on vient de voir la gonzesse de Cutter épouser ce connard de Fourati ? Tex, tu ferais mieux d'avoir quelque chose, finit-il d'une voix froide et dure.

— Je vous envoie à tous une copie de la vidéo, répondit Tex.

— Et ? demanda Slade. Où sont-ils ? Tu es remonté à la source ?

— C'est intraçable, dit Tex à contrecœur. Ils ont vraiment un bon technicien.

— Tex, *tu* es vraiment un bon technicien, dit Cookie. Je n'arrive pas à croire que tu n'aies aucune piste sur ce mec.

— Tex, dit doucement Slade d'un ton désespéré. On n'a rien. Pas de traqueur. Fourati s'en est assuré. On n'a même pas de photo de ce mec. Tout ce qu'on sait est qu'il est blond et américain. On a besoin d'en savoir plus. Il faut qu'on le retrouve.

— J'essaye, dit Tex à son vieil ami. Je jure devant Dieu que je fais tout mon possible.

— Elle vient de l'épouser, murmura Slade. Il va la violer. Je ne sais pas comment il la contrôle, mais si on ne la retrouve pas très vite, il va faire du mal à la femme que j'aime. S'il pose les mains sur elle, elle ne sera plus jamais la même.

— Je n'ai pas de trace exacte, dit Tex d'un ton sérieux, mais je sais que ça vient de votre région. Le signal saute de partout, mais il est capté par toutes les tours et les serveurs locaux. Il n'est pas loin. Et d'une, il n'a pas eu le temps d'aller très loin, et de deux, il a forcément un mouchard dans votre cercle. Sans quoi, il n'aurait pas été au courant pour les traqueurs.

Soulagé que Tex semble avoir repris du poil de la bête, Slade se cala sur le dossier de son siège et l'écouta parler à Wolf et au reste de l'équipe.

— Il utilise forcément le réseau électrique de la région pour être capable d'émettre. On ne peut pas faire ce qu'il fait avec un simple modem. Leur système audiovisuel doit être plus sophistiqué qu'un simple téléphone portable qui émet sur Facebook Live. Et où qu'ils soient, ce n'est certainement pas au milieu de nulle part, réfléchit Tex à haute voix.

— La pièce où ils filmaient était en béton, ajouta Cookie.

— Et ses vêtements ? On ne les trouve pas dans un supermarché du coin. C'est peut-être une commande spéciale, suggéra Abe.

— D'accord, acquiesça Tex avec enthousiasme. Je vais lancer des recherches pour des commandes en ligne de vêtements traditionnels tunisiens.

— La caméra n'est pas mal non plus, nota Wolf. La vidéo avait presque l'air d'être de qualité professionnelle.

— Compris, dit Tex. Je vais aussi chercher des achats d'équipement vidéo. On aura peut-être de la chance.

— On n'a pas le choix, dit Slade. Il *faut* qu'on ait de la chance.

— Tex. On va revoir la vidéo, essayer de trouver un indice. Tu pourrais retirer les voix et essayer de voir s'il y a des bruits de fond qui pourraient nous aider à déterminer leur emplacement ? Des véhicules, des bateaux, des avions, des oiseaux, *n'importe quoi*, dit Wolf.

— C'est comme si c'était fait, dit Tex. Je vais voir aussi si je peux entendre si des gens parlent en arrière-plan. Parfois, les gens murmurent derrière la caméra en pensant qu'on ne peut pas les entendre. Je vais aussi voir si je peux déterminer qui d'autre regardait la diffusion. Certaines de ses recrues ont peut-être des informations et on pourra remonter à Fourati à travers eux. À plus.

Slade raccrocha.

Wolf s'assit immédiatement sur le canapé avec son ordinateur.

— Vous vous rappelez quand Ice nous a fourni un indice capital sur le lieu où elle était détenue quand ce connard qui l'avait enlevée s'était filmé en train de la battre ? Elle a peut-être donné l'idée à Dakota de faire pareil.

— Oui, Caroline avait parlé de mouettes et de bateaux, ce qui nous avait orientés sur la côte. Dakota est intelligente, elle aura certainement fait pareil, dit doucement Dude.

Les hommes se rassemblèrent autour du téléphone portable, impatients de regarder et d'écouter la vidéo une deuxième fois pour dénicher d'éventuels indices dans le discours de Dakota. Au point où ils en étaient, c'était tout ce qu'ils avaient.

Trente minutes plus tard, et vingt-deux rediffusions de la vidéo, Slade ne pouvait plus le supporter. Il luttait déjà pour se contenir, mais s'il entendait Dakota redire une fois de plus qu'elle s'appelait Anoushka Fourati, il allait exploser.

Il se redressa vivement du canapé et fit les cent pas, agité.

— Il n'y a rien. Elle lisait un script mot pour mot. Elle avait trop peur pour dire autre chose que ce qu'ils avaient écrit pour elle, dit Slade d'un ton frustré, résistant à peine à l'envie de donner un coup de poing dans le mur.

— Il doit bien y avoir quelque chose. Vous avez vu comment elle a regardé immédiatement vers sa gauche avant de parler et avant que la vidéo s'interrompe ? Qu'est-ce qu'elle regardait ? Ou bien qui ? demanda Dude.

— Elle pouvait parfaitement regarder un des sbires de Fourati qui braquait un pistolet sur elle, pour s'assurer qu'il était satisfait de son discours, dit Abe en haussant les épaules.

— Ou alors elle aurait préféré regarder partout sauf dans l'objectif, suggéra Cookie.

Slade n'écouta pas les hommes. Wolf relança la vidéo pour la vingt-troisième fois. Slade savait qu'il était tout aussi désireux que lui de dénicher quelque chose, n'importe quoi. Sa femme s'était volatilisée dans la nature, comme Dakota. Au moins, Slade avait vu de ses propres yeux que Dakota était physiquement bien portante... pour le moment. Wolf n'avait pas cette chance. Ils n'étaient pas certains que Caroline soit toujours en vie. Plus les minutes passaient, plus les femmes paraissaient leur échapper.

Slade se plaça derrière le canapé et regarda l'écran d'ordinateur au-dessus des têtes des autres soldats d'élite. Il n'entendait pas vraiment ce que disait Dakota, mais cela ne faisait rien parce qu'il avait déjà mémorisé son discours, à la longue.

Pendant un moment, quelque chose lui vint à l'esprit pendant qu'il la regardait, mais cette pensée fugace lui échappa quasiment dès qu'elle fut apparue.

Il inclina la tête et se concentra plus fort sur son écran d'ordinateur.

Dakota était assise le dos très droit dans son fauteuil. Le foulard beige drapé sur son front se mouvait légèrement dans la brise légère qui soufflait dans la pièce où elle se trouvait. Il distinguait une légère marque bleue sur sa tête, l'ombre d'une ecchymose. *Ce connard a posé les mains sur elle. Il lui a fait du mal. Il va payer pour ça et pour tout le reste.*

Les mains de Dakota ne cessaient de bouger pendant qu'elle parlait, comme si ses gestes allaient l'aider à se faire comprendre des connards qui la regardaient. C'était étrange. Slade n'avait pas remarqué qu'elle s'était beaucoup servie de ses mains pour lui parler au cours des journées précédentes. Elle avait plutôt tendance à serrer les mains l'une contre l'autre quand elle lui disait quelque chose d'important, pas à les remuer n'importe comment.

C'était cela !

— Repasse-la, ordonna Slade.

— Mais..., commença à protester Wolf.

— J'ai dit repasse-la, répéta Slade. Et coupe le son.

Wolf s'exécuta sans mot dire. La vidéo recommença et Slade se concentra sur les mouvements de mains de Dakota, l'observant avec une concentration intense.

— Qu'est-ce qu'on cherche ? demanda Dude dans la pièce redevenue silencieuse.

— Je n'en suis pas certain, dit Slade alors que la vidéo se terminait. C'est juste une intuition. Encore une fois, Wolf.

L'autre soldat s'exécuta et repassa la vidéo.

Slade plissa les yeux. Quelque chose lui échappait, mais quoi ?

— Merde, murmura Cookie en se tournant vers Slade. Dakota connaît la langue des signes ?

Slade haussa les épaules.

— Je n'en sais rien. Je ne sais pas vraiment grand-chose d'elle. Je ne sais pas où elle a grandi, quel âge elle avait quand elle avait perdu sa virginité, quelle nourriture elle aime ou déteste, si elle...

— Je suis quasiment certain qu'elle est en train de signer, l'interrompit Cookie avant que Slade ne fasse une tirade. On n'a eu que quelques cours avec Cooper, mais je pourrais jurer que ce que Dakota fait avec ses mains ressemble vraiment à ce que font Kiera et Coop quand ils se parlent en langue des signes.

— Merde, je crois que tu as raison, dit Slade, se disant qu'il aurait aimé avoir du temps devant eux pour que Cooper puisse leur donner des cours en langue des signes.

Les cinq hommes se retournèrent vers l'écran et le regardèrent avec une concentration intense.

— Merde, souffla Wolf. C'est vrai. Elle nous parle avec ses mains, pas avec des mots.

Slade sortit son téléphone et composa un numéro.

— Hurt.

— J'ai besoin du numéro de Coop.

— Je vous trouve ça, répondit immédiatement le commandant. Que se passe-t-il ?

— Je suis en train de regarder une vidéo de ma femme, qui vient d'épouser Aziz Fourati, et elle me communique un message, mais j'ai besoin de quelqu'un qui manie la langue des signes pour me dire ce qu'elle est en train de dire.

— Attendez, je vous passe en audioconférence, dit Hurt alors que la ligne devenait silencieuse.

En moins d'une minute, le commandant était de retour.

— Je suis là, et j'ai Coop et Kira, dit-il.

— J'ai besoin de ton adresse e-mail sécurisée, demanda Slade à Cooper.

À en juger par la vitesse à laquelle il lui obéit, même s'il passait la plupart de son temps à l'école pour sourds dans laquelle sa copine travaillait et non sur le terrain à tuer des méchants, il n'avait pas perdu ses réflexes.

Slade adressa un geste à Wolf, qui lui glissa l'ordinateur. Slade composa l'adresse électronique que venait de lui donner Cooper.

— Je t'envoie une vidéo, dit Slade à la femme et à l'ancien soldat. Vous n'avez pas besoin d'écouter l'audio. Ce n'est pas important. Elle se sert de la langue des signes. J'ai besoin que vous me disiez ce que Dakota essaye de nous dire.

— Que s'est-il passé ? Est-ce que..., commença à demander Kiera qui fut interrompue par Slade.

— Je n'ai pas le temps de répondre à vos questions et je suis désolé d'être abrupt. Mais pendant que vous chargez la vidéo, je peux simplement vous dire qu'on est confrontés à une situation de vie ou de mort. Un terroriste a kidnappé Caroline Steel. Ma compagne était avec elle et elle vient d'être contrainte d'épouser un mec vraiment dégueulasse, mais on ne sait pas où elles sont retenues. Je pourrai les retrouver si vous arrivez à me dire ce qu'elle essaye de me faire comprendre. Pouvez-vous m'aider, s'il vous plaît ?

— Bien entendu, dit immédiatement Kiera. Cooper est en train d'ouvrir la vidéo.

Dans le salon de Wolf, les hommes entendirent des touches cliqueter à travers les haut-parleurs du téléphone, et ils patientèrent pendant Kiera et Cooper regardaient le film.

— Alors ? demanda Slade quand il pensa qu'assez de temps s'était écoulé pour que la vidéo soit terminée.

— J'apprends vite, mais ça me dépasse. Je vais laisser faire Kiera, leur répondit Cooper.

— Bordel, souffla cette dernière.

— Quoi ?

— Attendez, donnez-moi une seconde, demanda Kiera d'une voix incertaine. Il faut que je la regarde une deuxième fois pour en être bien sûre. Certains signes sont flous.

— Comment des gestes peuvent-ils être flous ? demanda Abe à voix basse.

— Elle n'est pas précise. C'est l'une des premières choses qu'apprennent les interprètes. Les signes doivent être précis et sans équivoque. C'est comme quand on articule précisément en parlant. Elle n'articule pas parce qu'elle essaye d'être discrète et de dissimuler les signes dans des gestes imprécis, alors ils ne sont pas clairs, expliqua Kiera.

— Respire profondément, bébé, entendirent-ils Cooper lui souffler. Tu vas y arriver.

Quelques instants plus tard, Kiera leur dit enfin :

— J'ai l'impression qu'elle épelle quelque chose au début avant de commencer à parler.

— Quoi ? dit Wolf d'un ton qui lui faisait comprendre que sa situation était très urgente.

— Je crois qu'elle signe Z-A-K dans la première partie. Trois lettres. Elle le fait au moins deux fois.

Ils restèrent tous silencieux un moment et Kiera poursuivit :

— Je ne sais pas ce qu'elle essaye de dire, désolée.

— Attendez ! s'exclama Cookie en quittant le canapé d'un bond pour courir dans la cuisine.

Il revint avec le téléphone de Benny à la main. Il tapa le code – ils avaient tous le même mot de passe sur leurs téléphones pour des cas tels que celui-ci – et referma le clavier pour révéler la dernière chose que Benny avait regardée avant de se recevoir une flèche.

Il montra l'image au groupe.

— Oui, on connaît quelqu'un qui s'appelle Zach, dit Wolf à son interlocutrice d'une voix tendue. Quoi d'autre ?

Slade serra les dents et essaya de réprimer l'envie de casser quelque chose. Il regardait la photo de Zach sur le téléphone de Benny. Il s'était vexé de la blague qu'ils lui avaient faite ce matin-là et s'était taillé. Leurs actions l'avaient-elles fait basculer ? Merde.

Mais avant qu'il ne puisse continuer à se faire des reproches, Kiera reprit la parole :

— Le reste de ce qu'elle essaye de dire est vraiment déroutant. On dirait qu'elle a fait quatre signes, à part Z-A-K, d'après ce que j'en comprends. Trois d'entre eux sont le nombre huit, plage et sous-sol.

— Huit hommes ? demanda Wolf, entièrement concentré.

— Un chiffre sur une plaque d'immatriculation ou bien une adresse ? demanda Dude.

— Je suis désolée, je ne sais pas, dit doucement Kiera.

— Ils sont juste en train de réfléchir à voix haute, ma belle, ils ne sont pas en train de te demander ce qu'elle a voulu dire par ces signes, dit doucement Cooper à Kiera.

— Pour la plage, c'est facile. Elle est quelque part près de l'océan, dit Cookie.

— Ce qui n'est pas très utile, vu que la moitié de San Diego est au bord de l'océan, grommela Abe.

— Oui, mais une maison sur la plage réduit la zone des recherches, contra Dude.

— Quoi d'autre ? demanda Slade à Kiera sans dissimuler son impatience.

Passer ses frustrations sur Kiera, qui essayait simplement de les aider, n'était pas cool, mais il n'avait pas pu s'en empêcher.

— Il y a le sous-sol, leur rappela Kiera.

— Ce qui signifie qu'elles sont en souterrain ou bien sous un bâtiment, pas nécessairement une maison, fit remarque Cookie.

— Ou qu'elles sont dans un putain de sous-sol, cracha Wolf, qui avait manifestement perdu patience.

— Je ne suis pas sûre à cent pour cent pour le dernier signe, dit Kiera à contrecœur. Ça n'a guère de sens.

— Quoi ? demanda Slade.

— Tornade.

— Qu'est-ce que ça veut dire ? demanda Abe à personne en particulier.

— Je sais, ça ne veut rien dire. Mais d'après ce que je vois, c'est bien le signe pour dire tornade qu'elle fait. Mais...

La voix de Kiera mourut puis elle ajouta :

— Attendez un peu.

Slade attendit impatiemment que Kiera vérifie. Chaque seconde qui s'écoulait l'irritait de plus en plus.

— Je... je ne sais pas. Mais il me semble qu'elle a fait la lettre C puis le signe pour tornade. Elle l'a fait deux fois, et chaque fois c'était pareil. Je ne pense pas que le C soit un accident.

— Une tornade et la lettre *C* ? Je ne comprends pas, dit Wolf, frustré, en faisant courir sa main dans ses cheveux. *C* pour Caroline ? *C* pour côte ? *C* pour venez me chercher ? Ça pourrait vouloir dire n'importe quoi.

Slade ferma les yeux et essaya de réfléchir. Il avait vaguement entendu les autres hommes discuter de ce que Dakota avait voulu dire, mais bloqua leurs voix. Tornade. *C. C.* Tornade. Plage, sous-sol, 8 et *C*.

Cela lui vint en éclair. C'était aussi clair que si Dakota lui avait crié le mot.

— Coronado. Tornade était probablement le mot le plus proche de Coronado qu'elle a trouvé sans être contrainte d'épeler avec les doigts. Ce connard est juste ici !

— Ce qui n'est pas si étonnant que ça, dit lentement Wolf. Zach travaillait à la base. Il s'est probablement octroyé l'accès aux superordinateurs qui s'y trouvent. S'il est aussi doué pour la technologie que Tex le pense, il a certainement piraté l'unité centrale. Il pourrait envoyer un signal n'importe où dans le monde.

— Il y a quelques maisons sur les plages. Particulièrement au sud, fit observer Abe.

— On vous recontacte, dit Slade à Kiera, Coop et Hurt, ne ressentant pas la moindre culpabilité quand il raccrocha au beau milieu de ce que lui disait le commandant.

Il composa immédiatement le numéro pour joindre Greg Lambert.

— Lambert.

— Il a bossé avec l'équipe pendant mon congé, dit Slade en guise de salutations.

— Quoi ? Qui ? demanda Greg.

— Zach Johnson. Le mec que vous avez fait bosser à mon travail. On vient de voir une vidéo de Zach, connu sous le nom d'*Aziz Fourati*, en train de forcer ma femme à l'épouser. Elle s'est servie de la langue des signes pour nous parler. Elle a épelé son nom. Zach est Aziz !

— Merde, dit doucement Greg avant d'ajouter plus fort : Son nom était au sommet de la liste des employés de confiance quand j'ai fait des vérifications pour vous remplacer. Je ne me suis même pas posé la question. Il était déjà là, à la base ; ça m'a semblé une décision toute faite.

— Et nous qui y avons cru quand il faisait semblant d'être une brêle en informatique ! cracha Abe.

— Quelque chose n'était pas clair ce matin, quand j'ai essayé de l'aider, commenta Slade. Je n'ai pas mis le doigt dessus sur le moment, mais maintenant je comprends. C'est comme s'il faisait trop d'efforts pour essayer de passer pour un idiot fini devant son ordinateur. Il cliquait sur des trucs ridicules. Un mec de sa génération aurait su qu'il ne fallait pas le faire.

— Alors en vrai, c'est un génie de l'informatique... Mais comment est-ce qu'il a réussi à nous devancer ? Comment est-ce qu'il a traqué Dakota ? demanda Dude.

— Il n'a pas vraiment représenté de menace pour Dakota avant que Lambert ne me mette sur le dossier, dit Slade.

— Alors c'est toi qui es la clé, en déduisit Wolf. Mais comment ?

— Mon ordinateur ? demanda Slade.

Wolf secoua la tête.

— Nos ordinateurs sont sécurisés.

— Il aurait pu le pirater une fois qu'il a eu l'accès.

— C'est possible, mais il n'aurait pas pu trouver des infos sur Dakota depuis la base. Il n'y a rien sur mon ordinateur. Je ne m'en sers pas pour envoyer des e-mails personnels, les informa Slade.

— Et pour les conversations téléphoniques ? demanda Abe.

Slade secoua la tête.

— La seule fois où j'ai utilisé le téléphone du bureau est quand Lambert m'a contacté pour la première fois... avant que Zach ou Aziz – quel que soit son nom – ne prenne mon poste.

— Et sur ton mobile ? demanda Lambert.

Tout le monde resta silencieux pendant un moment.

— Il est fourni par la Marine, dit lentement Slade.

— C'est un téléphone qui est censé être sécurisé, énonça Cookie comme une évidence.

— Merde ! Eh bien, Cookie, je dirais qu'il n'est pas aussi sécurisé qu'on l'avait cru, dit Slade en secouant la tête. Je l'ai utilisé depuis le début. J'ai mis Tex au courant de mes progrès. Je lui disais où j'étais, où j'allais. Il a parlé d'envoyer à Dakota des puces électroniques comme celles des autres femmes. Bon sang, Wolf m'a même donné son code de sécurité alors qu'on était en route vers chez lui. Fourati a probablement écouté toutes ces conversations. Il est même peut-être en train de nous écouter. Il n'avait qu'à suivre le mouvement. Je lui ai livré Dakota sur un plateau d'argent.

— Je vais tenter d'obtenir le plus d'informations possible sur ce Zach Johnson, dit Greg au groupe d'hommes à présent particulièrement remontés. Je vais obtenir toutes les adresses de résidence que nous lui connaissons, et celles de son entourage. Ses parents, ses frères et sœurs, un livreur d'UPS qui lui aurait livré un paquet. Je vais dégoter tout ça. Je n'avais pas eu l'intention que ça arrive, dit Greg à Slade. Quand je vous ai demandé d'accepter cette mission, je ne me serais jamais attendu à ça.

— Je ne me serais pas attendu à Dakota non plus, dit doucement Slade. Et ce n'est pas votre faute. Vous n'y êtes pour rien. Donnez-nous simplement ces informations le plus vite possible.

— Je vous recontacte, dit Greg avant de raccrocher.

Slade désigna son téléphone à Wolf, reposant le sien

sur la table comme s'il était empoisonné. Il jeta un regard à la fenêtre et remarqua que le temps semblait passer très vite. Merde, cela prenait trop de temps. Il avait besoin de ces informations... le plus vite possible.

Avec une grimace, Wolf comprit et le lui lança.

— Je n'ai pas le choix. Croisons les doigts pour que tu ne sois pas sur écoute, dit Slade avant de composer un numéro.

— C'est Tex.

— Tex, c'est Cutter. J'ai besoin que tu trouves des maisons sur la plage à Coronado. Un endroit qui a un sous-sol ou quelque chose de similaire qui soit sous terre. Mais c'est peut-être une fausse piste.

— Merde, comment avez-vous eu cette info ? Dakota a dit tout ça dans son discours ? demanda Tex tout en pianotant sur son clavier.

— Je t'en parlerai plus tard, dit Slade pour rassurer son ami.

Wolf et les autres hommes étaient déjà en mouvement et se dirigeaient vers la porte. Slade les suivait, l'adrénaline coursant à travers son corps. Il avait hâte de passer à l'acte. Trop de temps s'était déjà écoulé depuis la diffusion de la vidéo. Qui sait ce que Fourati était en train de faire à Dakota ?

— Bon, j'ai consulté les registres immobiliers de toutes les maisons sur Coronado. Apparemment, il y a trente-trois maisons avec des sous-sols près d'une plage.

— Est-ce qu'une d'elles montre une activité électrique peu commune ? Ou bien a des voitures garées dans l'allée ou à proximité ? Des passerelles pour bateaux ? Avec un huit dans l'adresse ?

Les doigts de Tex volèrent sur son clavier et Slade entendit son ami marmonner à mi-voix alors qu'il effectuait des recherches.

— Rien ne ressort, Cutter.

— Merde, Tex ! Il doit bien y avoir quelque chose. Fourati est Zach. Le mec qui m'a remplacé.

— Quoi ? Je croyais que ce mec était une catastrophe ambulante.

— Visiblement, il n'était pas aussi catastrophique que tout le monde le croyait, dit sèchement Slade.

Il monta à l'arrière de la voiture de Cookie et s'accrocha à la poignée de sécurité quand celui-ci sortit à toute vitesse de l'allée de Wolf. Slade approuva. Tant qu'ils n'attiraient pas l'attention d'un policier en quête de PV, ils devaient se rendre à Coronado à tout prix.

— Mon téléphone a été compromis. J'utilise celui de Wolf. Ce connard a écouté toutes nos conversations. Il m'a suivi jusqu'à Rachel, et puis quand on est revenus à San Diego. Il sait tout sur l'équipe de Wolf... et sur moi. Je l'ai mené directement à Dakota. J'ai besoin de cette information, mon pote.

— Merde, jura Tex. D'accord, attends un peu. Ça change tout. Si ce connard a piraté ton téléphone, il a forcément laissé des traces. Personne n'est doué à ce point. La Marine ne... Ah ! Te voilà, espèce de connard !

Slade tendit l'oreille avec impatience alors que Tex faisait ce pour quoi il était le plus doué : utiliser ses capacités en informatique pour traquer des terroristes... et retrouver des femmes disparues.

— Je l'ai. Il y a une maison avec vue sur la plage qui

appartient à Dolores et Richard Johnson. Tu ne devineras jamais comment s'appelle leur fils...

— L'adresse, Tex, dit Slade avec impatience.

Il penserait aux parents de Zach plus tard.

— D'accord. Une fois que vous aurez passé le pont, prenez à gauche sur Orange Avenue. Il y a un groupe de bâtiments au bout de la rue. Les maisons sont centrées autour d'un parc. L'adresse est 418 Ocean Boulevard.

— Tu en es certain ? demanda Slade.

— Absolument. Ce connard n'est pas aussi intelligent qu'il croit l'être, dit Tex.

— Il y a un 8 dans l'adresse, commenta Wolf, mais Slade ne l'écouta pas.

Peu lui importait *ce* que Dakota essayait de lui dire. Une adresse, une plaque d'immatriculation, quatre-vingt-huit ravisseurs. Il les tuerait tous jusqu'au dernier s'ils lui avaient fait le moindre mal.

— Merci, Tex. On est déjà en route, dit Slade.

— Je suis en train d'effacer son site Internet. Il ne sera plus capable de poster autre chose.

— Super.

— Et je vais parler à l'amiral présent à la base pour lui faire savoir qu'il y a eu une infraction, et qu'il ferait mieux de s'en occuper sous peine de courir au désastre, jura Tex.

Slade s'en fichait. Sa seule préoccupation pour le moment était Dakota.

— Appelle-moi quand ta femme sera en sécurité, ordonna Tex.

— D'accord, lui dit Slade en raccrochant.

Il rendit son téléphone à Wolf et essaya de se concentrer sur le sauvetage qui les attendait. Tout ce qu'il voulait était récupérer Dakota et Caroline et neutraliser Zach, et tous ceux qui se dresseraient en travers de sa route.

— Quel est le plan ? demanda-t-il aux autres hommes présents dans le véhicule alors qu'ils filaient vers Coronado dans le soleil couchant.

CHAPITRE QUINZE

Dakota était recroquevillée par terre avec Caroline. Les deux femmes se tenaient dans les bras l'une de l'autre en parlant à voix basse :

— Ça va ? demanda Dakota.

— Oui. Ça va.

— Je suis désolée. Je n'ai pas...

— Ce n'est pas ta faute, dit férocement Caroline. C'est *lui* qui m'a fait ça, pas toi.

— Mais il t'a fait du mal, dit tristement Dakota.

— Oui, mais tu l'as arrêté avant qu'il ne fasse quelque chose de terrible. En plus, j'ai déjà connu pire.

— Tu saignes toujours ?

Dakota tendit sa main et la posa sur le sternum de Caroline. Quand l'autre femme inspira profondément, elle se rendit compte de ce qu'elle venait de faire.

— Seigneur, je suis désolée, lui dit Dakota en retirant rapidement sa main. Je n'avais pas l'intention de... Je veux dire, je sais qu'on ne se connaît pas vraiment, je ne devrais pas te toucher comme ça, et...

Caroline saisit la main de Dakota. Elle la replaça entre ses seins et l'y maintint. Les deux femmes restèrent assises comme ça pendant un long moment, tirant leur force l'une de l'autre, entrant en communion d'une façon personnelle et empathique.

— Je vais bien, dit Caroline pour rassurer Dakota.

Ses lèvres se courbèrent en un sourire imperceptible tandis qu'elle ajoutait :

— Ce n'est qu'une égratignure, il ne m'a pas fait plus de mal que ça. Mais il faut qu'on trouve une solution avant qu'il revienne.

Caroline laissa tomber sa main sur ses genoux et Dakota la saisit et s'y accrocha fort.

— Je jure que je ferai tout ce qu'il voudra afin qu'il ne te fasse plus de mal, jura Dakota. Je pourrais probablement le tolérer s'il *me* faisait du mal, mais je ne supporterais pas de le voir te faire quoi que ce soit.

— J'aimerais te dire que ça ne fait rien, mais je ne peux pas, dit Caroline d'une voix douce. L'une de nous a besoin de sortir d'ici pour aller chercher de l'aide.

Dakota désigna son genou, qui avait tellement enflé qu'on distinguait une bosse étrange sous son pantalon en soie.

— Je peux à peine marcher, et encore moins courir. Ce connard m'a vraiment détruit le genou. Ça doit forcément être toi. C'est probablement mieux comme ça de toute façon ; si tu n'es plus là, Aziz ne peut pas te faire du mal pour me faire obéir.

Repensant au terroriste qu'elle venait d'épouser, Dakota frissonna de révulsion. Dès qu'elle avait fini le discours qu'on l'avait forcée à prononcer plus tôt, Aziz avait fait signe à deux des hommes présents dans la pièce de venir couper les liens en plastique qui maintenaient ses chevilles à la chaise. Il l'avait relevée, passant un bras autour de sa taille afin qu'elle ne tombe pas par terre en s'appuyant sur son genou blessé.

— Tu t'en es très bien sortie, mon épouse. Malheureusement, notre mariage ne sera pas consommé tout de suite. Notre union est une grande nouvelle et il faut que j'aille parler à des recrues. Si tu promets d'être sage, je te laisse rester avec ta copine.

Il l'avait alors regardée d'un air attentif et Dakota avait hoché la tête et répondu à voix basse :

— Je serai sage.

— Je suis contente de l'entendre, Anoushka. Je n'ai pas envie d'avoir à faire du mal à ton amie. La vue du sang me dégoûte *vraiment*.

Dakota résista à l'envie de lever les yeux au ciel et ne dit plus rien alors qu'on l'aidait à entrer dans une autre petite pièce avec Caroline. Celle-ci comprenait un matelas sale posé par terre et une chaise en bois dans le coin. Il n'y avait pas d'autres meubles.

— Voilà, mon épouse.

— Ce n'est pas très confortable, dit sèchement Dakota.

— Plus tu me montreras que tu sais obéir à nos vœux de mariage, mieux tu seras logée, dit Aziz d'un ton suffisant. Mais puisque je ne te fais pas confiance, même si tu as juré devant Dieu lors notre cérémonie de mariage, on va consommer la chose ici. Ton amie Caroline sera assise ici sur cette chaise, dit-il en la désignant du menton, et sera accompagnée de deux de mes partisans les plus fidèles. Si tu me refuses quoi que ce soit, *elle* en payera le prix. C'est compris ?

Dakota avait immédiatement hoché la tête, horrifiée par ce que la soirée lui réservait.

— Bon. Installe-toi. Je reviendrai une fois que j'aurai obtenu le financement important que je briguais.

Il l'embrassa tendrement sur le front, comme s'il était réellement un nouvel époux aimant.

— Mon commanditaire attendait notre mariage. À présent qu'il sait que j'ai accompli mon devoir, il va débloquer des fonds. Et on s'approchera davantage de notre objectif final.

— C'est-à-dire ? demanda Dakota, craignant la réponse.

— De faire passer l'attentat à la bombe de l'aéroport de Los Angeles pour une broutille, répondit Aziz du tac au tac. Fais une sieste. Détends-toi.

Il se pencha contre elle, lui saisissant le menton d'un geste cruel en la forçant à lever le visage vers lui.

— Je vais revenir. Je vais te baiser jusqu'à ce que tu te soumettes, et quand j'aurai fini, je laisserai peut-être mes hommes faire pareil. Pour les récompenser, tu sais. Franchement, peu m'importe qui te mettra enceinte. Ça ne fait rien. D'ailleurs, je pense que c'est mieux de toute façon si le mioche a les cheveux noirs.

Puis il abattit sa bouche sur la sienne. Dakota avait refusé d'ouvrir la bouche, mais il mordit sa lèvre inférieure jusqu'à ce que la douleur lui fasse pousser un cri, laissant entrer la langue d'Aziz entre ses lèvres.

Au bout d'un moment, il se recula, mais ne la lâcha pas.

— Il faudra que tu fasses mieux que ça, mon épouse, si tu veux que ton amie ne se fasse pas molester. En y réfléchissant bien, ajouta-t-il alors en riant, non ! J'aimerais bien me la faire aussi.

Et sur ce, Aziz les avait laissées seules dans la pièce.

Dakota secoua la tête, essayant d'effacer ces souvenirs.

— Je ne suis même pas certaine qu'on ait l'opportunité d'essayer de nous échapper, dit-elle à Caroline d'un ton désespéré. Je ne pense pas qu'on puisse faire quoi que ce soit.

— Arrête un peu, répondit l'autre femme d'un ton clairement déterminé. Tu as communiqué le message dont on avait parlé, non ?

— Oui, mais je ne sais pas si Slade comprendra. Je ne sais pas grand-chose de lui, à part qu'il a une Harley et qu'il est super sexy.

Caroline secoua la tête et pressa la main de Dakota, presque jusqu'à lui faire mal.

— Un des garçons comprendra.

— Wolf ou l'un de ses coéquipiers parle la langue des signes ?

— Ils sont en train d'essayer de l'apprendre, mais je ne sais pas s'ils comprennent couramment. Cela dit, ils ont leurs propres signaux non verbaux dont ils se servent tout le temps. Grâce à ce que j'avais fait lors de ma propre capture, ils sauront qu'ils devront chercher une sorte de message, la rassura Caroline. J'en suis certaine.

— J'espère. Ça fait longtemps que je n'avais pas signé. J'espère que je n'ai pas fait des conneries.

— Je sais que mon mari et les autres sont en route,

mais on ne peut pas rester les bras croisés à les attendre. On doit faire quelque chose.

Caroline se redressa et oscilla légèrement avant de se reprendre et de faire le tour de la pièce.

Elle explora leur prison, même s'il n'y avait pas grand-chose à voir. La fenêtre était clouée et refusait de céder, leur bloquant la sortie. Il leur était impossible de casser la chaise pour en faire une arme. Il n'y avait rien sur leurs tenues qui aurait pu aider à les défendre, et les barrettes dans les cheveux de Dakota ne leur serviraient même pas d'armes.

Mais même si tout conspirait contre elles, aucune des deux femmes ne céda. Caroline se rassit sur le matelas près de Dakota pour décider d'un plan d'action. Avec le genou blessé de Dakota et la robe de Caroline qui était fendue en deux au milieu, l'exposant entièrement si elle ne la tenait pas fermée, elles étaient quelque peu handicapées, ainsi qu'en infériorité numérique, mais elles avaient toutes les deux juré de ne pas abandonner, particulièrement une fois que Caroline avait raconté à Dakota toute son histoire. Elle avait littéralement frôlé la mort dans l'océan, mais Cookie était arrivé avec de l'oxygène pour lui sauver la vie.

— N'abandonne jamais, dit Caroline. Même quand tu penses que tout est perdu, accroche-toi une seconde de plus.

Dakota hocha la tête.

— Toi aussi.

— On va s'en sortir. Nos hommes viendront nous chercher, dit fermement Caroline.

Dakota lisait une certitude absolue dans les yeux de

l'autre femme. Elle ne doutait absolument pas que son mari était en route.

— Ça fait combien de temps ?

— Je n'en ai aucune idée. Mais il commence à faire nuit, alors je dirais plusieurs heures, dit Caroline.

Dakota ferma les yeux et s'appuya contre le mur derrière elle. Caroline et elle s'étaient à nouveau prises dans les bras l'une de l'autre tandis qu'elles attendaient ce qui allait leur arriver.

Je peux le faire, se dit Dakota. *Slade va arriver. Je le sais. On vient à peine de se rencontrer, mais il va venir.* La dernière semaine défila dans son esprit. Slade assis sur le siège passager de sa voiture, à la regarder dormir. Slade l'étreignant dans la caravane du motel de Rachel. Elle-même installée à l'arrière de sa moto tandis qu'elle s'accrochait fort à lui. Leur moment passé à contempler les étoiles avant d'entrer dans leur chambre d'hôtel à Goldfield. Et la sensation délicieuse de ses mains sur son corps...

Oui, Slade allait venir la chercher. Elle devait simplement tenir le coup en attendant.

* * *

Les cinq hommes émergèrent en silence de la voiture garée à un pâté de maisons de l'endroit où ils pensaient que Zach se terrait avec leurs femmes. Le crépuscule contribuait à les dissimuler. Ils ne savaient pas combien d'hommes il avait avec lui, mais ils se disaient que cela pouvait monter jusqu'à douze. Douze hommes contre cinq ne présageaient rien de bon, mais non seulement les hommes qui se dirigeaient en silence vers la maison sur la plage étaient des tueurs parfaitement entraînés, mais leur mission était également personnelle.

— J'ai contacté Hurt, dit doucement Wolf aux autres. Il a demandé à la nouvelle équipe des forces spéciales sous son commandement de couvrir nos arrières et de surveiller la côte. Je pense que ce connard est prêt à tout.

— Tu parles de Gumby, Rocco et de leur équipe ? demanda Cookie. Les mecs qui nous avaient aidés en Turquie ?

— Eux-mêmes, affirma Wolf.

— Super, murmura Abe.

Slade ne voulait pas savoir qui couvrait quoi. La seule chose qui comptait était de retrouver cette maison et Dakota avant qu'il ne soit trop tard.

— Abe, Cutter et moi allons prendre par la gauche. Dude et Cookie, prenez par la droite, ordonna Wolf, prenant les commandes du petit groupe. Neutralisez toutes les cibles que vous croiserez... en silence. On ne veut pas informer Zach de notre présence.

Ils avaient appelé Fourati « Zach » depuis qu'ils avaient découvert qui il était. Le fait que cet homme ait dupé non seulement la Marine, mais aussi tout leur groupe, les avait terriblement irrités. En plus, Aziz Fourati était simplement un nom d'emprunt, pas la personne qu'il était vraiment. Même s'il se rêvait être un terroriste international, il ne l'était pas.

Zach était un gamin riche qui, pour une raison indéterminée, avait décidé de devenir terroriste. Mais Slade ne voulait pas savoir ni comment ni pourquoi il était devenu ce qu'il était. Il était certain que le passé de cet homme referait surface une fois que les femmes seraient secourues, mais en fin de compte, cela ne comptait pas. Il avait posé les mains sur Dakota ; il allait crever.

* * *

La porte de la chambre s'ouvrit à grand bruit et Dakota et Caroline eurent un sursaut de surprise. Plus le temps passait, plus elles avaient senti la tension et la crainte monter en ne voyant revenir ni Aziz ni ses partisans.

Les hommes se mouvèrent rapidement après s'être précipités dans la pièce. Deux hommes en djellaba noire agrippèrent Caroline tandis que les deux autres faisaient se redresser Caroline de force avant qu'elles ne puissent faire autre chose que de protester faiblement.

Dakota lutta sous l'emprise des deux hommes qui l'avaient ligotée plus tôt. Son genou palpitait et elle avait vraiment du mal à se tenir debout, mais elle refusait de se laisser faire sans se battre.

— On dirait qu'il leur reste encore un peu d'énergie, Aziz, lança un des hommes, clairement amusé de les voir se débattre.

Dakota jeta un œil à Caroline et vit qu'elle faisait de son mieux pour se tirer de l'emprise des hommes qui la retenaient, elle aussi.

— Allons, Anoushka, murmura Aziz en venant se positionner devant elle, à présent vêtu d'une djellaba noire similaire à celles des hommes qui l'entouraient. J'espérais vraiment que tu aurais passé ton temps à m'attendre de façon plus constructive.

Il se pencha et lui saisit brutalement le menton dans la main.

— J'aime quand ma femme me résiste, dit-il avec une lueur dans les yeux. Ça m'excite.

— Allez vous faire foutre, cracha Dakota en retirant brusquement le visage de son emprise.

Aziz désigna de la tête un autre homme qui se tenait dans l'encadrement de la porte.

— Apparemment, si je veux te faire obéir, il faut que je le fasse avant que tu tombes enceinte. Je n'en ai rien à faire de toi, mais je ne voudrais pas faire du mal à notre futur leader.

L'homme auquel Aziz avait fait signe s'approcha de Dakota et, sans mot dire, il lança son poing pour la frapper en plein visage.

Les hommes qui la tenaient lâchèrent prise et elle s'écroula comme une masse sur le sol en béton. Elle posa la main sur son visage et essaya de réprimer les gémissements de douleur qui montaient dans sa gorge.

Avant qu'elle ne puisse se remettre de ce coup, l'homme lui avait donné un coup de pied dans l'estomac. Elle se recroquevilla, essayant de se protéger. Mais il ne s'arrêta pas, lui filant des coups de pied partout où il pouvait l'atteindre alors qu'elle essayait de s'éloigner de lui.

— Dakota ! s'écria Caroline. Oh, mon Dieu. Arrêtez, vous allez la tuer !

— Ah, tu trouves peut-être que je ne fais pas assez attention à toi, hein ? demanda Aziz comme s'il s'en fichait complètement.

Et d'un geste du menton, il ordonna à l'homme qui avait battu Dakota de s'en prendre à Caroline.

Comme étourdie, Dakota le regarda s'approcher de son amie. Puis Aziz lui bloqua la vue. Il vint s'agenouiller devant elle et lui parla doucement :

— Tu vas apprendre que ta défiance ne t'apportera que de la douleur. J'aime qu'une femme me résiste, mais j'ai des limites. Ne t'inquiète pas, tu vas vite apprendre à ne pas me pousser trop loin, Anoushka. Tu finiras bien par te soumettre. Mais pour le moment, je crois que tu as besoin d'un peu d'aide pour te détendre, n'est-ce pas ?

Ignorant de quoi il parlait, Dakota fit de son mieux pour garder les yeux ouverts. Respirer lui faisait mal et son genou hurlait de douleur, mais elle parvint tout de même à fusiller du regard l'homme qui se dressait devant elle.

— Je ne vais...

Elle inspira profondément. Même si c'était douloureux, c'était bon de défier Aziz. Elle plissa les yeux et termina sa pensée :

— ... *jamais* me soumettre. Vous ne serez jamais capable de me tourner le dos. Vous ne serez jamais capable de me laisser seule. Je passerai le reste de ma vie à faire tout mon possible pour m'échapper.

Aziz lui répondit par un sourire si mauvais et méchant que Dakota sut qu'il hanterait ses cauchemars pendant des années.

— Oh, tu te soumettras à moi, ma belle Anoushka. Tu es ma femme. C'est mon droit de te discipliner à ma convenance. C'est marqué dans le Coran. Mais pour le moment, je vais émousser cette passion et cette résistance. On doit bouger et je préférerais ne pas avoir à attirer l'attention inutilement. Il est vrai que certains hommes aiment voir leurs femmes complètement inconscientes quand ils les prennent, mais moi ? Je veux que tu saches que c'est moi, ton mari, qui te prends. Je veux que tu te rappelles avoir été contrainte d'accepter ce que je te donnais. Je vais te remplir de ma semence jusqu'à ce qu'elle déborde de tes lèvres. Puis je le referai encore et encore. Je te baiserai quand j'en aurai envie. Tu seras enceinte avant la fin du mois, même si je dois te droguer continuellement. Ah, oui, Anoushka, tu es à moi. Pour toujours... ou bien jusqu'à ce que je me lasse de toi. Mais...

Il caressa sa joue meurtrie du revers de la main, la recouvrant au passage du sang qui s'écoulait de son nez et de sa lèvre ouverte.

— Écoute-moi bien, mon épouse : tu ne m'échapperas jamais. Jamais.

Dakota essaya de s'éloigner d'Aziz, mais les hommes qui l'avaient retenue plus tôt s'emparèrent à nouveau d'elle. Elle se débattit faiblement alors qu'un autre homme s'approcha d'elle avec une seringue. Elle poussa un cri de douleur quand son bras fut violemment étiré et maintenu au sol. L'homme lui injecta alors la drogue que contenait la seringue.

Elle jeta un œil à Caroline et vit qu'un autre homme lui injectait également un produit dans le bras. Dakota haleta de douleur et de terreur alors qu'une lassitude extraordinaire s'emparait de son corps. Elle s'affaissa à terre comme une poupée de chiffon.

— Voilà. C'est beaucoup mieux, dit Aziz avec un

sourire suffisant. Tu es consciente. Tu sais ce que je dis et ce qui se déroule autour de toi, mais tu es trop engourdie pour te débattre. C'est comme ça que j'aime mes femmes. Il est temps de partir, poursuivit-il en se tournant vers les autres. Des partisans d'Ansar al-Shari'a nous attendent pile de l'autre côté de la frontière. On se servira des bateaux. Allez les préparer.

Sans mot dire, la plupart des hommes quittèrent la pièce pour exécuter les ordres d'Aziz, à présent qu'ils savaient que Caroline et elle ne représenteraient plus de menace. Dakota avait l'impression de flotter. Le point positif était que le produit qu'Aziz lui avait injecté avait neutralisé ses douleurs. Celle qu'elle avait ressentie dans son genou était à présent une palpitation sourde et elle ne sentait quasiment pas les blessures sur son visage et son torse, après les coups qu'elle venait de recevoir.

Aziz était en pleine discussion avec un homme debout près de la porte, essayant probablement de trouver un plan pour sortir de là sans être vus. Plus tôt, quand elle avait regardé par la fenêtre, Caroline avait dit qu'elle voyait l'océan et une plage, et qu'elle avait l'impression qu'elles se trouvaient dans une maison résidentielle.

Dakota roula la tête sur le côté et vit que Caroline était allongée à terre à côté d'elle. Sa robe était ouverte et son corps exposé, mais elle ne faisait rien pour se couvrir. Leurs yeux se rencontrèrent et les deux femmes clignèrent des paupières. Caroline détourna alors la tête pour regarder le plafond. Puis elle posa les mains sur sa poitrine et fit le signe pour dire « courir ». Elle se tapota la poitrine deux fois.

Dakota comprit. Son amie lui disait qu'elle avait toujours l'intention de s'échapper. Elle voulait la croire. Voulait croire que Caroline serait en mesure de s'échapper vers la liberté quand on les emmènerait aux bateaux, mais elle ne savait pas si elle en serait capable. Même s'il faisait déjà nuit dehors, elle ne savait pas si Caroline réussirait. Vu comment elle-même se sentait, Dakota n'était pas convaincue que Caroline soit capable de se mouvoir mieux qu'elle, et encore moins de s'échapper aux mains de ses ravisseurs.

Ayant l'impression d'être en train de flotter au plafond, Dakota ferma les yeux et laissa la drogue prendre possession de son corps. Pour le moment, elle se fichait de savoir ce qui allait lui arriver, tant qu'elle n'avait plus à ressentir la douleur qu'elle avait connue cinq minutes plus tôt. Tout allait super bien.

Les soldats d'élite se séparèrent en silence pour entourer la grande maison luxueuse. Wolf s'arrêta près d'une fenêtre et leva la main, ordonnant à Slade de s'immobiliser. Alors qu'ils attendaient en tendant l'oreille, un remue-ménage attira leur attention.

Les deux hommes regardèrent avec incrédulité un groupe de types vêtus de larges djellabas sortir par une porte quasiment cachée sous un grand ponton de bois à l'arrière de la maison. Ils commencèrent à marcher en groupe jusqu'à la plage. Slade ne savait pas où ils allaient, mais il était rassuré de voir qu'ils auraient à s'occuper de moins d'hommes quand ils entreraient dans la maison pour récupérer Caroline et Dakota.

C'est alors que des cris résonnèrent et qu'une silhouette vêtue d'une longue abaya noire émergea du groupe et se mit à courir sur la plage en titubant dans l'obscurité de la nuit.

Une voix féminine que Slade aurait reconnue n'importe où s'écria :

— Vas-y, allez !

Il regarda Wolf et, sans la moindre hésitation, les cinq soldats d'élite passèrent au plan B et se mirent à courir vers le groupe d'un seul mouvement.

Repérant les soldats qui se précipitaient vers eux, un des hommes s'écria :

— Laissez-la ! Montez dans les bateaux !

D'un seul mouvement, le groupe de terroristes se mit à sprinter vers la plage, où Slade remarqua alors que quatre radeaux pneumatiques les attendaient.

— Merde, il faut qu'on les arrête ! cracha-t-il en se forçant à courir plus vite.

La silhouette qui s'était échappée du groupe tomba à genoux, mais elle se redressa immédiatement et reprit sa progression vers la plage. Mais cette fois, Slade vit que cette personne – probablement Caroline, puisque Dakota lui criait « allez » – ne marchait pas droit et se déplaçait comme si elle était saoule. Elle se retourna vers le groupe qui avait quitté la maison, et Slade enregistra pour la première fois ce qu'elle portait.

C'était bien une femme. Caroline ! Elle était presque nue et l'abaya qu'elle portait était large et battait autour de son corps pendant qu'elle courait. Elle était ouverte au milieu et son corps pâle était facile à distinguer dans le clair de lune.

— Merde, Wolf ! s'exclama Slade.

— Je l'ai vue ! C'est Ice, répliqua l'autre soldat.

— Vas-y.

Slade avait besoin de l'aide de son ami, mais si c'était Dakota qui s'était enfuie, à moitié nue, paniquée et manifestement en détresse, rien n'aurait pu l'empêcher d'aller la récupérer.

Sans mot dire, Wolf tourna à gauche et piqua un sprint vers sa femme.

Slade tourna à nouveau les yeux vers le groupe d'hommes et il poussa un juron. Ils n'allaient pas réussir à les rattraper avant qu'ils ne parviennent à prendre le large. Ils étaient en train de monter dans quatre bateaux qu'ils poussaient en même temps loin du rivage. Il les parcourut tous du regard, essayant de déterminer lequel contenait Zach.

Dans un des bateaux du milieu, Slade repéra alors ses cheveux blonds, facilement reconnaissables parmi ses amis et ses partisans aux cheveux sombres.

Dude et Cookie atteignirent le rivage en même temps que Slade et Abe.

— Ils ont une des femmes, dit Cookie, qui n'était même pas essoufflé.

— Tu en es certain ? demanda Slade.

— Oui, j'ai vu l'un d'eux la faire basculer sur son épaule et la jeter dans un bateau.

— Où vont-ils ? demanda Slade sans quitter des yeux les bateaux, qui s'éloignaient rapidement de la plage.

— Au Mexique ? hasarda Abe. Où pourraient-ils aller sinon ?

— Il faut qu'on les arrête, cracha Slade d'un ton frustré.

Cookie avait collé son téléphone à son oreille et disait :

— Rocco et son équipe sont à deux minutes de distance. Deux bateaux vont venir nous chercher et deux autres vont se lancer à leur poursuite et nous fournir les coordonnées.

Slade hocha la tête et fit impatiemment les cent pas le long du rivage ensablé.

— Où est Wolf ? demanda Dude.

— C'est Caroline qui est parvenue à s'échapper. Il s'occupera d'elle, dit succinctement Slade à l'autre soldat.

— Dieu merci, souffla Cookie.

— Oui, dit Slade, les dents serrées.

— Je ne voulais pas dire que...

Slade leva la main, arrêtant les paroles de son ami. Il savait que Cookie n'avait pas voulu dire quelque chose de mal en se réjouissant de savoir que Caroline avait échappé aux terroristes. Mais *sa* femme ne l'était pas.

Une minute et demie plus tard, les quatre hommes virent deux bateaux qui s'approchaient d'eux à toute vitesse. Ralentissant juste assez pour éviter de s'écraser au milieu de la plage, les soldats qui pilotaient les embarcations rapides commencèrent à reculer alors même qu'Abe, Cookie, Dude et Slade bondissaient à l'intérieur.

Comme s'ils avaient bossé ensemble pendant des missions comme celles-ci durant toute leur carrière, les hommes de trois équipes différentes des forces spéciales se mouvaient ensemble en une sorte d'harmonie meurtrière. Leur objectif était de rattraper les autres bateaux et de neutraliser la menace qu'ils représentaient.

Dakota était étendue au fond du bateau dans lequel on l'avait jetée et elle essayait de comprendre ce qu'il lui arrivait. Elle avait vu Caroline parvenir à échapper au groupe. Elle ne savait pas où elle en avait trouvé la force, mais elle était impressionnée. Personne n'avait vraiment fait attention à elle, parce qu'ils avaient cru qu'elle était bien trop dans les vapes pour les défier. Mais au lieu de la pourchasser, les hommes s'étaient précipités vers les bateaux qu'ils avaient manifestement organisés à l'avance.

Quelqu'un l'avait fait basculer sur son épaule sur laquelle elle s'était laissé transporter comme une poupée de chiffon alors qu'ils se précipitaient vers le rivage. De l'eau froide lui éclaboussa le visage, lui redonnant une conscience légèrement plus aiguë de ce qu'il se passait. On l'avait jetée dans le bateau sans cérémonie et Aziz se mit à crier quelque chose aux pilotes des autres embarcations.

— Une fois qu'on sera loin du rivage, séparez-vous. Ils ne doivent pas savoir dans quel bateau je me trouve. Votre leader doit pouvoir s'échapper ! On se retrouvera de l'autre côté de la frontière. Longue vie à Ansar al-Shari'a !

— Longue vie à Ansar al-Shari'a ! lui répondirent des cris.

Puis les voix furent noyées par le bruit des moteurs qui accéléraient.

Dakota se dit alors qu'Aziz était le plus gros lâche qu'elle avait jamais rencontré. Il venait en substance d'ordonner aux autres de faire tout ce qui était en leur pouvoir pour s'assurer qu'*il* puisse s'échapper. Quel connard !

Son corps inanimé fut projeté contre l'arrière du bateau alors que le pilote mettait les gaz pour se précipiter vers le large. Elle se concentra pour essayer de voir qui était aux commandes, mais plus ils s'éloignaient de Coronado, plus il était difficile de distinguer quoi que ce soit. Les deux autres occupants du bateau n'avaient pas allumé leurs phares et la seule chose qu'elle voyait clairement était les étoiles qui brillaient au-dessus de leurs têtes.

Alors que son esprit flottait, Dakota leva la tête vers ces étoiles. Elle reconnut la Grande Ourse et l'étoile Polaire. Elle se rappelait avoir contemplé les mêmes étoiles à Goldfield, blottie dans les bras de Slade. Combien de temps s'était-il écoulé ? Un jour ? Non... La veille, elle était chez Wolf et Caroline. Elle plissa le front en essayant de se remémorer. Au bout d'un long moment, elle décida que cela n'avait plus d'importance et elle ferma les yeux.

Le fond du bateau qui toucha une vague la rappela à la réalité quand la douleur s'abattit sur son corps, et elle cligna des paupières. Se mettant lentement en position assise, elle regarda autour d'elle, comme ébahie. Elle vit les lumières de Coronado clignoter alors qu'ils filaient vers le sud.

— Il ne me retrouvera jamais, lui cria Aziz qui se tenait à la proue. Je nous ai créé de nouvelles identités, Anoushka. J'étais sous son nez et il n'avait aucune idée que c'était moi qu'il recherchait.

Il partit d'un ricanement fort qui fit grimacer Dakota.

— J'ai tout ce qu'il me faut pour faire croître mon troupeau, et dans un an, j'aurai organisé l'attaque terroriste la plus importante et la plus meurtrière jamais arrivée sur le sol américain. Et tu as été mon inspiration, lui dit Aziz.

Il fit un pas en avant vers la poupe du bateau, où elle était assise, mais une grosse vague lui fit perdre l'équilibre et il fut contraint de s'accrocher à l'arrière du bateau pour conserver l'équilibre.

Abandonnant l'idée de venir la rejoindre, il lui dit :

— Repose-toi, mon épouse. Je t'emmènerai bientôt dans une maison chaude, en sécurité dans mon lit, où nous pourrons consommer notre mariage en un rien de temps. Ferme les yeux, Anoushka. Dors.

Dakota ferma les yeux comme il le lui avait ordonné, plus par frustration et terreur que par obéissance. Elle ne pouvait laisser Aziz quitter le pays. Elle serait alors encore plus impuissante qu'elle ne l'était à présent. Slade aurait deux fois plus de mal à la retrouver.

C'est penser à Slade qui lui donna la force et la détermination de défier Aziz et de lutter contre la puissance de la drogue qui coursait dans ses veines.

Voyant que son ravisseur et l'autre homme tentaient de déterminer où ils allaient en observant les instruments qui luisaient doucement sur le tableau de bord, Dakota força lentement son corps récalcitrant à se redresser jusqu'à ce que son ventre repose sur le rebord du radeau pneumatique. Les lumières du rivage tournoyaient, lui donnant le vertige, mais elle ne laissa pas cela l'arrêter. Le bruit du moteur et les vagues qui se brisaient sous le bateau jouaient en sa faveur, tout comme le fait qu'Aziz la croyait mise hors d'état de nuire par ce qu'il lui avait injecté.

Sans un bruit, Dakota retint son souffle et se pencha par-dessus le rebord du bateau, se laissant tomber la tête la première dans les eaux glaciales de l'océan Pacifique. La petite éclaboussure que fit son corps quand il fendit l'eau se mêla aux autres sons produits par l'embarcation qui filait vers le Mexique.

<h1 style="text-align:center">CHAPITRE SEIZE</h1>

Slade était solidement campé sur ses pieds écartés, ne sentant même pas l'eau froide lui battre le visage alors que le moteur puissant du Zodiac les rapprochait de plus en plus de leur objectif. Les quatre bateaux qui avaient quitté la plage s'étaient dispersés dans quatre directions différentes.

Cookie et lui étaient dans un bateau avec un autre soldat d'élite appelé Rex. Il portait une oreillette de combat et communiquait avec ses coéquipiers sur les autres Zodiacs, puis il transmettait les informations aux autres personnes présentes sur son bateau.

— Phantom et Gumby ont neutralisé la cible qui se dirigeait vers le nord.

— Dakota ou Zach étaient dessus ? cria Slade pour que l'autre l'entende par-dessus du vacarme du moteur et de l'eau.

— Non, répondit Rex en secouant la tête.

Une cible de descendue, il en reste encore trois.

— Rocco et tes hommes, Abe et Dude, sont en train

de rattraper une autre... ils ont ouvert le feu, mais apparemment ce sont juste deux hommes, et aucune femme à bord.

— Allez, allez, plaida Slade d'une voix douce alors qu'ils continuaient à gagner du terrain sur le bateau devant eux.

Faites que Zach soit sur celui-ci. J'ai envie de le tuer de mes propres mains.

— La deuxième embarcation est neutralisée, les informa Rex.

— Et la troisième ? cria Cookie.

— Ace et Bubba se rapprochent, répondit Rex.

Slade ne retira pas les yeux du bateau qu'ils pourchassaient. Il n'avait pas de lumières, mais Rex et Cookie portaient des lunettes de vision nocturne, et lui-même avait une paire de lunettes à vision thermique, qui lui permettait de voir clairement les traces rouges et roses d'air chaud qui émanaient du bateau et des passagers.

Il ne distinguait que deux silhouettes, près de l'avant du bateau, mais cela ne signifiait pas que Dakota n'était pas là. Il n'avait pas une vue dégagée du fond du bateau. Si c'était Zach qu'ils suivaient, alors Dakota était probablement là aussi. L'alternative n'était pas envisageable.

— Bubba dit que la cible féminine ne se trouve pas à bord de la troisième embarcation. Je répète, elle n'est pas dans le troisième bateau.

Ce qui signifiait qu'ils suivaient Zach et que Dakota était forcément là.

Slade vit un des deux hommes regarder derrière lui à plusieurs reprises, mais sans se détourner du gouvernail. Il ne savait pas si les terroristes pouvaient les entendre s'approcher, mais cela ne faisait rien. C'est comme si ces hommes étaient déjà morts.

— Accrochez-vous, s'écria Rex tout en précipitant leur Zodiac pneumatique vers le bateau qui les précédait.

Il se positionna sur le côté de l'autre embarcation et, sans hésitation, l'emboutit, cette collision faisant s'écrouler les deux personnes qui se tenaient debout au gouvernail.

Slade et Cookie étaient déjà en mouvement alors que Rex poussait le moteur pour se retrouver à nouveau à côté du bateau. Ils retirèrent leurs lunettes et sautèrent à bord de l'embarcation ennemie qui continuait elle aussi de filer à une vitesse incroyable.

Cookie s'était jeté sur le pilote avant même que les deux hommes ne comprennent qu'ils avaient été sabordés. Il lança le bras en avant pour lui trancher la gorge si rapidement qu'il n'eut pas l'occasion de lutter.

Zach n'aurait pas cette chance.

Slade l'agrippa et le jeta si fort sur le plancher du bateau qu'il eut un hoquet pour essayer de remplir ses poumons d'air. Slade se retrouva accroupi sur lui en un instant, son couteau de combat plaqué sur sa gorge. Cookie fit alors ralentir et s'arrêter l'embarcation, mais l'attention de Slade était autre part.

Gardant la lame sur la jugulaire de Zach, il se tourna pour regarder à l'arrière du bateau.

C'était vide.

Dakota n'était pas là. Elle n'était pas là ! Comment pouvait-elle ne *pas* être là ?

Pour la première fois de la soirée, son rythme cardiaque s'accéléra. Jusque-là, il avait été concentré et stoïque. Froid, prêt et disposé à faire le nécessaire pour éradiquer la menace qui planait sur Dakota. Mais elle n'était pas dans le bateau. Elle était pourtant censée être là ! Où était-elle ?

Changeant de position pour enfoncer un genou contre le sternum de Zach, il rugit :

— Où est-elle ?

Zach afficha un sourire narquois plein de malice.

— Qui ? Mon épouse, Anoushka Fourati ? Cachée, là où vous ne la retrouverez plus jamais.

— C'est des conneries, dit Slade en appuyant davantage sur la lame, faisant apparaître une ligne de sang le long de sa gorge. Où est-elle ?

La douleur commençait à influencer Zach. Il grimaça et essaya de s'écarter du couteau collé contre son cou, mais sans y parvenir.

— J'ai adoré la baiser. J'aime ça quand les femmes se débattent, se vanta Zach.

Slade en avait assez. Il aurait voulu faire subir à ce connard étendu sous lui une mort lente et douloureuse, mais Dakota avait besoin de lui. Il n'avait pas le temps de tuer Zach de la façon dont il le souhaitait. Il se pencha jusqu'à ce qu'il ne soit qu'à quelques centimètres du visage de Zach et lui dit doucement :

— Tu n'es qu'un lâche.

— Peut-être, mais on se souviendra de mon nom pour toujours. Comme Timothy McVeigh ou l'Unabomber, mais mes actions vivront pour toute éternité, s'étrangla Zach.

— C'est faux. Je m'assurerai que les journalistes n'apprennent jamais ton nom. Pas un seul.

Et sur ce, Slade passa lentement et méthodiquement son couteau le long de la gorge de Zach, sans même essayer de lui montrer la moindre pitié.

Il se détourna de l'homme alors qui s'étranglait et se vidait de son sang au fond du bateau.

La voix de Rex qui parlait aux soldats des autres bateaux lui paraissait provenir de très loin :

— La cible n'est pas là. Je répète : la cible n'est pas là. Quelqu'un a-t-il repéré Dakota ?

Slade tourna le dos au corps de Zach, dont le sang se répandait lentement mais régulièrement. Celui-ci avait posé les mains sur son cou, mais cela ne suffisait pas à retenir le flot qui s'écoulait de sa jugulaire. Slade se pencha et saisit ses cheveux blonds, lui souleva haut la tête et se remit à lui trancher la gorge. Puis il le refit une troisième fois avant de lâcher le terroriste d'un geste dégoûté.

— Je t'ai tué trop vite, connard, dit Slade d'une voix froide et mortelle.

Puis il leva les yeux vers Cookie.

— Où est ma gonzesse ?

— Je ne sais pas, mais on va la retrouver, Cutter. On va la retrouver.

* * *

Dakota flottait sur le dos, les bras étendus, les jambes écartées, et elle regardait le ciel nocturne. Les étoiles étaient aussi parfaitement visibles qu'au Nevada. Elle n'en avait jamais vu autant de toute sa vie.

Quand elle avait touché l'eau pour la première fois, la

température glaciale lui avait coupé la respiration. L'eau était gelée ! Cela avait suffi à la tirer momentanément de sa torpeur. Elle avait battu des pieds pendant un moment, regardant l'embarcation sur laquelle elle s'était trouvée s'éloigner d'elle à toute vitesse. Cet idiot d'Aziz n'avait même pas remarqué qu'elle s'était sauvée. Quel imbécile !

Puis elle avait commencé à nager vers le rivage. Elle ne savait pas à quelle distance il était, mais probablement à quelques kilomètres. La nuit, on percevait mal les distances, particulièrement dans l'état de confusion qui était le sien. Au bout d'un moment, elle cessa d'avoir froid et réalisa qu'elle était fatiguée. Très fatiguée.

Reconnaissante de sa capacité naturelle à flotter et du fait qu'elle avait été une joueuse de water-polo de compétition au lycée et à l'université – sachant ainsi nager et flotter mieux que la plupart des gens –, Dakota se positionna sur le dos afin de se reposer.

Elle se laissa porter par les vagues, inanimée. Elle se reposerait juste un moment, puis elle recommencerait à nager. La nuit était vraiment belle, sereine. Avec ses oreilles sous l'eau, elle n'entendait que le bruit des vagues qui berçaient doucement son corps, ainsi que les battements lents de son cœur.

Alors qu'elle regardait le ciel, elle aperçut une étoile filante. Dakota sourit. Cela faisait une éternité qu'elle n'en avait pas vu. Un vœu. Il fallait qu'elle fasse un vœu. Fermant les paupières et se sentant mieux qu'elle ne l'avait été au cours des dernières heures, elle fit un vœu.

* * *

— On sait qu'elle était à bord d'un des bateaux, dit Rex dans son casque. On a vu quelqu'un la jeter à bord d'un d'entre eux. Elle doit bien être quelque part. Ils l'ont peut-être fait basculer par-dessus bord quand ils ont compris qu'on les prenait en chasse.

Slade refusa d'entendre ce que disait le soldat à l'avant du bateau. Il était agenouillé sur le côté du radeau pneumatique, s'accrochant d'une main à la corde afin de garder l'équilibre, les yeux braqués sur l'obscurité qui s'étendait devant lui.

Cookie portait des lunettes de vision nocturne, ce qui lui permettait de voir à six mètres autour de lui, mais Slade avait remis ses lunettes thermiques. Il distinguait clairement les oiseaux qui volaient dans le ciel obscur, et même quelques poissons volants qui sautaient hors de l'eau. Mais c'était Dakota qu'il cherchait. Il savait que l'eau était froide, ce qui ferait rapidement décroître la chaleur de son corps, mais il ne s'était pas écoulé beaucoup de temps. Il aurait dû être capable de distinguer son corps dans l'eau. Elle devait bien être quelque part.

Il refusait de songer à ce qu'avait connu Caroline toutes ces années auparavant, quand ses ravisseurs avaient lesté son corps avec des chaînes avant de la jeter dans l'océan. Il refusa de s'imaginer Dakota coulant au fond de l'eau, se débattant dans ses liens avant d'arriver à court d'oxygène et d'inspirer instinctivement, remplissant ses poumons d'eau et non d'une goulée d'air salvatrice.

Non. Il ne pouvait pas la perdre maintenant. C'était impossible ! Cela faisait moins d'une semaine qu'elle faisait partie de sa vie, et ce n'était pas suffisant. Largement pas. Il voulait tout savoir d'elle. Où elle avait appris la langue des signes. Quelle était sa couleur préférée. Comment elle était quand elle était petite.

Les larmes montèrent soudainement aux yeux de Slade et il les refoula. Il n'avait pas le temps de perdre le contrôle. Il avait besoin d'avoir une vision claire. Il devait être capable de retrouver Dakota. Elle était là, quelque part, et le temps lui était compté.

— Allez, où es-tu, mon amour ? demanda-t-il doucement alors que ses yeux continuaient de scanner le périmètre pour tenter de voir si quelque chose retenait son attention.

Une légère teinte rose indiquerait la chaleur de son corps. C'était comme de chercher une aiguille dans une botte de foin... non, une aiguille dans une pile d'aiguilles. Impossible... mais il n'allait pas abandonner. Impossible. Il allait la retrouver.

— Notre embarcation contenait Zach, alors elle est probablement dans la zone, disait Rex aux autres bateaux. Rejoignez-nous et nous entamerons des recherches organisées. On ne sait pas où elle a pu... euh... tomber par-dessus bord. Elle peut se trouver n'importe où entre nous et la plage.

Une fois encore, Slade fit semblant de ne pas l'entendre. Il sentit les poils de sa nuque se hérisser alors qu'il parcourait l'eau du regard.

— Tu vois quelque chose ? demanda Cookie à sa gauche.

— Pas encore, dit Slade. Mais elle est là. On est proches. Je le sens.

— Oui, moi aussi, dit Cookie.

Les hommes ne détournaient pas les yeux du vaste océan qui s'étendait devant eux, mais Cookie poursuivit :

— J'ai la même sensation que la première fois que j'ai rencontré ma femme. J'étais à deux doigts de quitter cette horrible hutte au milieu de nulle part, au Mexique, quand quelque chose m'a fait me retourner. Je n'aurais pourtant pas dû. J'avais Julie et on avait besoin de se casser avant que les trafiquants sexuels ne rappliquent, mais j'ai hésité, me suis retourné une dernière fois et sans pouvoir m'en empêcher, je suis retourné dans cette cabane, certain d'avoir raté quelque chose.

— Fiona, dit Slade avec certitude.

— Oui. J'ai la même sensation maintenant.

— Allez, mon amour, laisse-moi te retrouver, murmura Slade en scrutant les vagues.

* * *

Dakota était en train de mourir. Elle le savait. Elle ne savait absolument pas par quel miracle elle était encore vivante. Elle ne sentait plus ses extrémités et savait qu'elle ne parviendrait jamais à regagner la terre ferme. Aziz avait disparu depuis longtemps, et elle n'avait pas envie de se faire récupérer par lui ou ses sbires de toute façon.

Les étoiles brillaient joyeusement au-dessus de sa tête tandis qu'elle flottait, et elle se sentit triste. Pas pour elle ; une fois qu'elle serait partie, elle n'aurait plus mal. Les gens qu'elle aimait ne lui manqueraient plus. Elle croyait fermement que son âme serait libre et ne connaîtrait qu'un bonheur protégé jusqu'à ce qu'il soit déterminé qu'elle doive revenir se réincarner sur terre.

Elle se demanda pendant un moment ce que Slade pensait de la mort. Était-il religieux ? Croyait-il en Dieu ? C'était un détail supplémentaire sur lui qu'elle ne connaissait pas.

Se souvenant de la raison de sa tristesse, Dakota soupira. Sa mort ébranlerait son père. Après celle de sa mère, il avait mis très longtemps avant de retrouver sa personnalité d'avant. Et Caroline ? S'en était-elle sortie ? Se le pardonnerait-elle si Dakota mourait ? Passerait-elle le reste de sa vie à souhaiter avoir fait quelque chose de différent ?

Et Slade… Elle le connaissait depuis moins d'une semaine, mais son âme l'avait reconnu. Elle ne parlait pas de ses convictions avec beaucoup de gens, mais à la seconde où elle l'avait vu, elle avait su qu'ils s'étaient rencontrés dans une vie antérieure. Elle savait qu'ils étaient faits pour se rencontrer dans celle-ci. Et ils avaient eu moins d'une semaine ensemble. Moins d'une semaine !

Levant le bras sans même remarquer à quel point il tremblait, Dakota tendit la main vers l'une des étoiles. Elle aurait voulu la toucher. La ramener sur terre. La partager avec Slade. Mais elle restait hors d'atteinte. Elle avait l'impression de pouvoir la toucher, mais quand elle referma le poing, il ne lui resta que de l'air.

Frustrée, elle baissa le bras, ne sentant pas l'eau éclabousser ses joues engourdies. Dakota ferma les yeux. Elle se sentait bien. L'eau n'était même plus froide.

* * *

— Tu as vu ça ? demanda Slade à Cookie d'un ton urgent.

— Quoi ? Où ça ?

— À 11 heures. J'ai entrevu quelque chose de rose avec mes lunettes.

Rex dirigea l'embarcation dans cette direction sans avoir besoin de se faire prier. Slade et Cookie se repositionnèrent alors dans l'embarcation et braquèrent leurs regards vers l'avant.

Cookie et Rex ne demandèrent pas à Slade s'il en était certain. Ils ne discutèrent pas. Si Slade disait qu'il avait vu quelque chose, alors ils iraient investiguer. Ils étaient tous particulièrement conscients que le temps passait. Un temps précieux que – si Dakota était vivante – elle ne possédait pas.

Rex informa les autres embarcations de recherche que Slade pensait avoir vu quelque chose, et leur demanda d'attendre de plus amples informations.

Alors qu'il se rapprochaient de plus en plus de ce qu'il avait aperçu, Slade retint son souffle.

Je vous en prie, faites que ce soit Dakota. Faites que ce soit Dakota. J'ai besoin d'elle. Je ne peux pas la perdre.

— Merde, c'est elle, murmura Cookie.

— On l'a retrouvée ! dit Rex au même moment dans son oreillette.

Slade avait déjà retiré ses lunettes thermiques, n'en ayant pas besoin pour comprendre ce qu'il voyait. Dakota était allongée sur le dos. Le foulard beige qu'elle portait dans la vidéo était toujours attaché à elle et flottait autour de son corps comme une masse molletonnée. Son pantalon en soie était complètement transparent et semblait presque éthéré. Quant à sa chevelure, elle formait une sorte de halo autour de sa tête.

Ses paupières étaient fermées et ses membres étirés. On aurait dit qu'elle dormait, à part que ses lèvres étaient bleues et que sa peau était horriblement pâle. Ce qu'elle avait fait pour attirer son attention lui avait probablement coûté ses dernières forces.

Sans réfléchir, Slade retira ses bottes et se glissa dans l'eau, prenant garde à ne pas créer de vagues qui auraient risqué de la submerger et de la noyer. Une partie de lui avait enregistré que Cookie l'avait suivi dans l'eau, mais il n'accorda pas un regard à l'autre homme. Toute son attention était braquée sur Dakota. Respirait-elle ? Était-elle en vie ? On n'aurait certainement pas dit.

Il la rejoignit en deux brasses rapides. Il posa alors une main à l'arrière de sa nuque, la tenant immobile et s'assurant que sa tête ne glisse pas sous l'eau, et il plaça l'autre sous ses omoplates pour la soutenir.

Slade savait que Cookie s'était positionné de l'autre côté et avait placé ses mains sous le dos et les fesses de Dakota, mais il ne parvenait pas à détourner le regard de son visage. On l'avait violemment tabassée. Sa lèvre était ouverte et il y avait encore du sang qui coulait d'une de ses narines. Ses deux yeux étaient enflés et elle arborait au visage plusieurs coupures visibles. Il ne pouvait pas voir son corps pour vérifier s'il y avait des blessures, mais il ne doutait pas de leur présence.

Mais elle affichait un demi-sourire et semblait sereine. C'était incroyable, mais Slade rechignait presque à la déranger. Presque.

— Dakota ? Tu m'entends ?

Ne s'attendant pas à une réponse, Slade fut choqué quand elle entrouvrit brusquement les paupières et le regarda.

— Slade ?

— Oui, mon amour. C'est moi.

C'était ridicule d'avoir cette conversation au beau milieu de l'océan alors qu'il venait de tuer le terroriste qui l'avait épousée devant une caméra, mais il s'en fichait.

— Tu es venu.

Elle prononça ces trois mots avec une certitude absolue. Sans émerveillement ou surprise.

Les larmes que Slade avait retenues plus tôt lui remontèrent aux yeux et il les laissa couler. C'était la première fois durant sa carrière de soldat d'élite qu'il pleurait pendant un sauvetage. Cela ne lui était jamais arrivé. Mais ce n'était pas un sauvetage ordinaire.

— Vous croyez que vous êtes prêts à rentrer à la maison ? demanda Cookie de l'autre côté du corps de Dakota.

Les yeux de la jeune femme se braquèrent alors sur lui et elle afficha un air surpris.

— C'est une habitude ? De sauver des femmes perdues dans l'océan ?

Le soldat éclata de rire.

— Je vois qu'Ice et toi avez eu le temps de discuter ?

— Oui. Elle va bien ?

— Pourquoi est-ce qu'on ne grimperait pas dans le bateau pour en parler ? suggéra calmement Slade.

Il ne savait pas ce qui était arrivé à Caroline, mais elle se disait que tout allait probablement bien, puisque Wolf était parti avec elle et que Rex ne lui avait rien dit de particulier. Cookie et lui se déplacèrent comme un seul homme, rapprochant Dakota du Zodiac. Pendant ce temps, les deux autres bateaux s'étaient rapprochés d'eux pour leur venir en aide. Ils formèrent un triangle autour du trio encore dans l'eau, les protégeant des vagues éventuelles.

Dakota ferma les paupières et hocha la tête.

— Garde les yeux ouverts, lui ordonna Slade.

Elle les rouvrit docilement.

— C'est ça, mon amour. Continue de me regarder. Je te tiens.

Et elle ne détourna pas le regard de lui d'une seule seconde pendant qu'il la sortait de l'eau, lui retirait ses vêtements avant d'ôter les siens et, avec l'aide des autres soldats, s'enveloppait avec elle dans une couverture de sauvetage.

Slade resta étendu au fond du Zodiac qui filait alors vers Coronado et la base navale, où le commandant Hurt avait demandé à une équipe médicale de les attendre, et il s'émerveilla de sentir Dakota dans ses bras. Avoir réussi à la retrouver tenait du miracle. Souvent, on n'entendait plus jamais parler des gens qui tombaient par-dessus bord.

— Tu es blessée ailleurs qu'au visage ? lui demanda-t-il à l'oreille alors qu'ils filaient sur l'eau.

Elle hocha la tête.

— Où ?

Slade colla son oreille contre ses lèvres pour l'entendre.

— Au genou. Aux côtes. Aux hanches.

— Tu as mal ?

— Je ne ressens rien. Je n'ai même pas froid. Ce sont peut-être les drogues ?

— Quelles drogues ? demanda Slade avec urgence, adressant un signe de la tête à Cookie. L'autre soldat se pencha pour pouvoir entendre Dakota.

— Il m'a injecté quelque chose. À Caroline aussi. Il voulait qu'on garde connaissance, mais qu'on ne puisse pas lutter contre lui.

— Il t'a violée, mon amour ? demanda Slade à contrecœur.

Il avait besoin de savoir. Pas pour son propre bien, mais pour celui de Dakota. Si elle avait été violée, il lui fournirait toute l'aide dont elle avait besoin pour s'en remettre. Elle était à lui, et rien ne l'empêcherait jamais de rester à ses côtés. Rien. Même si elle était enceinte. Ils n'avaient pas eu l'intention d'avoir des enfants, pas à son âge, mais si, par un coup du destin, Zach avait été capable de consommer cette horreur qu'il appelait un mariage et l'avait mise enceinte, il élèverait cet enfant comme si c'était le sien. Un enfant qui serait à moitié elle, et il aimait Dakota de tout son cœur. Cet enfant ne connaîtrait jamais la haine ; il connaîtrait seulement l'amour de ses deux parents.

— Non.

Slade aurait voulu la croire, mais n'était pas certain de pouvoir le faire.

Il se pencha et colla ses lèvres à son oreille, s'assurant qu'elle l'entende clairement.

— Rien de ce qui s'est passé ne pourra me forcer à te quitter, mon amour. Rien. Tu comprends ?

Elle hocha la tête et il s'écarta. Il sentait que la peau

de Dakota était glacée. Il n'arrêtait pas de trembler, quasiment secoué de frissons, mais elle était immobile au-dessus de lui. Ce n'était pas bon signe.

— Il attendait qu'on soit arrivés au Mexique. Il voulait qu'on prenne notre temps, me donner plus de drogues. Il voulait que je sois inpaca... incapama... incapable de faire quoi que ce soit pendant que ses amis me violeraient. Je te jure qu'il ne m'a pas touchée, Slade. Je ne te mentirais pas à ce sujet.

Il poussa un grand soupir de soulagement, ferma les yeux et posa le front contre celui de Dakota.

— Dieu merci, dit-il en lui déposant un léger baiser sur les lèvres.

Dakota s'agita sur lui pendant un moment et Slade desserra son étreinte afin qu'elle puisse sortir les bras d'entre leurs corps. Elle les passa autour de lui et enfonça son nez dans l'espace entre son cou et son épaule. Cookie était là pour resserrer la couverture d'urgence argentée autour d'elle, s'assurant qu'elle reste complètement couverte après avoir changé de position.

Slade glissa un bras autour de sa taille et l'autre à l'arrière de sa tête.

— Tu l'as tué ? marmonna-t-elle contre sa peau.

— Oui.

— Super.

Et c'était tout. Elle ne lui demanda pas comment. Elle ne lui demanda pas s'il était certain que Zach soit mort. Elle se contenta de se détendre contre lui et son corps tout entier se relaxa alors qu'elle s'abandonnait à son étreinte.

Slade leva les yeux vers les étoiles tandis qu'ils filaient

vers le rivage, s'émerveillant de les voir aussi lumineuses et visibles. Il avait déjà vu le ciel dans des endroits isolés, mais il ne lui avait jamais semblé aussi pur qu'en cet instant.

Alors qu'il tenait Dakota dans ses bras en regardant en l'air, il aperçut une étoile filante qui fendit le ciel. Cela faisait des années qu'il n'en avait pas vu. Slade ferma les yeux et fit un vœu comme s'il était un petit garçon et non un ancien soldat d'élite aguerri.

Je vous en prie, faites qu'elle s'en sorte.

ÉPILOGUE

— Tu as hâte de partir en voyage ? demanda Slade à Dakota.

Ils marchaient le long de la plage près de son appartement. Il avait passé un bras autour de sa taille, la laissant s'appuyer sur lui, vu que son genou n'était pas encore guéri à cent pour cent.

— Absolument, répondit-elle en levant vers lui des yeux emplis d'un amour évident. Je n'arrive pas à croire que Patrick te laisse partir aussi vite.

— Ça fait trois mois, mon amour. Ce n'est pas si vite que ça, protesta Slade.

Elle lui adressa un regard sceptique en haussant les sourcils.

— Certes, avoir un terroriste domestique qui travaille sous votre nez rendrait n'importe qui hésitant à réembaucher une nouvelle personne pour me remplacer, ne serait-ce que temporairement, en convint Slade.

Il se pencha et l'embrassa sur le bout du nez puis ils recommencèrent leur promenade. Le kinésithérapeute avait dit qu'elle avait besoin de continuer à faire des promenades pour renforcer son genou. Elle avait eu une opération pour réparer son tendon rotulien, qui s'était déchiré quand elle s'était pris des coups de pied des partisans de Zach.

— Qui a-t-il fini par approuver ?

— C'est un autre soldat d'élite à la retraite. Hurt a dit qu'il ne travaillerait plus jamais avec un autre intérimaire qui n'avait *pas* été dans les forces spéciales, dit Slade en haussant les épaules. Je ne peux pas le lui reprocher. Je ne suis pas certain qu'il ait le droit de prendre cette décision, mais je le crois capable de tout. Ça ne fait rien à ton père qu'on s'en aille un moment ?

Dakota secoua la tête.

— Non. Il n'était vraiment pas content de tout ce qui m'est arrivé, mais c'est l'une des personnes les plus fortes que je connaisse. Je suis contente que Jessyka soit allée le chercher pour le conduire à l'hôpital pour qu'il puisse rester avec moi. Je sais qu'elle avait super peur pour Benny, mais elle a pris le temps d'aller le chercher. Les femmes de tes amis sont géniales.

— Oui, c'est vrai, dit Slade avec un petit sourire. Mais, mon amour, tu es tout aussi géniale.

Comme il l'avait anticipé, elle secoua la tête.

— Non, je ne suis absolument pas à leur niveau.

Slade interrompit leur lente promenade.

— Je t'en prie, ne me dis pas que tu te reproches toujours ce qui est arrivé à Caroline.

Dakota secoua lentement la tête.

— Non.

Comme il continuait de la regarder d'un air sceptique, elle soupira et haussa les épaules.

— Je sais qu'elle ne me le reproche pas, et Wolf non plus. Mais quand je pense à la colère qu'il a dû ressentir quand il a réalisé qu'elle était pratiquement nue et que tous les hommes de Zach l'ont vue comme ça... je ne peux pas m'en empêcher.

Slade lui prit le visage dans les mains et l'embrassa brièvement sur les lèvres.

— Elle s'en est mieux tirée que toi, mon amour. C'est Wolf qui l'a retrouvée et elle allait bien. Elle était meurtrie et droguée, mais elle allait bien.

— Tu jures que Wolf ne me déteste pas ? demanda doucement Dakota. Et les autres mecs ? Je sais qu'ils disent que non, mais je ne peux pas m'empêcher de penser que sans moi, elle ne se serait jamais retrouvée dans cette position.

— Ils t'adorent. Tu les as impressionnés. Personne ne te reproche quoi que ce soit. N'y pense plus.

— J'essayerai, soupira-t-elle. C'est promis.

— En parlant des garçons, Benny voudrait savoir quand tu retournes chez lui. Ses enfants se sont vraiment bien amusés et tu t'es tellement bien débrouillée avec eux, je crois que tu vas avoir des problèmes.

— Ce sont des enfants géniaux. Je suis soulagée que Benny aille bien. J'ai eu vraiment peur quand il s'est écroulé sur la table ce jour-là.

— Zach avait tout prévu. Ils lui ont lancé une fléchette par la fenêtre de la cuisine, puis ça a été facile d'en casser une autre pour entrer dans la maison. Je t'ai raconté comment il avait piraté mon téléphone pour écouter toutes mes conversations. Il avait le code pour l'alarme, et l'avait désactivée pendant que les deux autres hommes se chargeaient de vous mettre hors d'état de nuire, Caroline et toi.

Elle frissonna.

— Je suis contente de n'avoir aucun souvenir de ce qui s'est passé après.

Slade repensa à la façon dont Zach et ses hommes avaient dû déshabiller les deux femmes, et il en convint en silence. Lui aussi était soulagé qu'elle ne s'en souvienne pas.

— Ça t'intéressa peut-être de savoir que la maison des Johnson vient d'être vendue.

— Ça craint.

— Ah oui ?

— Pas que la maison ait été vendue, mais le fait que Zach ait tué ses parents... Je veux dire... c'est horrible, non ? Il les a découpés en morceaux et les a collés dans le congélateur. C'est vraiment un détraqué.

— Mon amour, c'est le même homme qui a rigolé de cet attentat à la bombe à l'aéroport de Los Angeles et prévoyait de réitérer l'événement partout dans le pays.

— Je sais, mais c'étaient ses *parents*. Comment a-t-il pu faire une chose pareille ?

Slade embrassa Dakota sur la tempe et continua de marcher à ses côtés.

— Certaines personnes sont juste déjantées.

— Je sais. Mais dire qu'ils étaient partis en croisière autour du monde était vraiment une bonne idée.

Personne n'a remarqué leur absence et il était libre de monter son opération terroriste, là, sur la plage.

Elle se mordit alors la lèvre et dit :

— Je suis contente qu'ils n'aient plus été là pour découvrir quelle sorte de monstre leur fils était.

Puis Dakota leva les yeux vers Slade.

— Et quelqu'un a acheté la maison ? Je ne m'imagine pas habiter dedans. Pour le coup, je crois qu'elle serait bourrée de fantômes ! frissonna-t-elle.

— La ville de Coronado l'a achetée pour la raser et en faire un parking pour la plage publique d'à-côté, lui dit Slade.

— Tant mieux ! dit Dakota en faisant semblant d'essuyer la sueur de son front. Mais c'est quand même triste, énonça-t-elle en redevenant sérieuse.

— Mon amour, tu es tout simplement incroyable. Tu m'impressionnes. Tu as de la compassion pour tous les gens que tu rencontres. En plus, tu as survécu à quelque chose dont les médecins n'ont pas fini de discuter. La température de ton corps était à trente-deux degrés, et c'était le temps que tu sois arrivée à l'hôpital. La plupart des gens auraient déjà perdu connaissance. Ils seraient incapables de raisonner et seraient particulièrement confus. Tu as défié tous les pronostics. Mais tu n'étais absolument pas confuse quand on t'a retrouvée, tu étais complètement consciente et en mesure de parler.

— C'était à cause de la drogue, protesta Dakota. Je ne sais pas comment Zach s'est renseigné sur la sédation consciente et où il s'est procuré le Propofol, mais c'était vraiment efficace. J'étais absolument incapable de me protéger de lui, et il aurait pu faire ce qu'il voulait de moi.

J'en aurais eu conscience, mais j'aurais été incapable de l'arrêter.

— Non, mon amour. C'était toi. Tu savais que j'allais venir et tu t'es accrochée. Pour moi.

— C'est vrai, lui accorda-t-elle. Caroline me répétait sans cesse que vous alliez arriver. Elle avait juré que tu comprendrais mon message et que tu étais en route.

— Elle avait raison, dit Slade. Mais cela étant, que Caroline se soit refait enlever n'est pas ta faute.

Dakota soupira et posa la tête sur l'épaule de Slade, se blottissant contre son corps chaud et puissant.

— Qu'est-il arrivé aux corps de Zach et de ses potes ?

Habitué à ce qu'elle change constamment de sujet, Slade lui répondit :

— Les coéquipiers de Rex, Phantom, Gumby, Ace, Rocco et Bubba ont sécurisé les bateaux et se sont occupés de leurs corps.

— Et ?

— Et tu n'as pas besoin d'en savoir davantage, lui dit Slade.

— Mais ils sont tous morts, n'est-ce pas ? Ils ne sont pas à Guantanamo Bay à planifier leur revanche contre nous ? Tu ne me mentirais pas à ce sujet pour essayer de me rassurer, n'est-ce pas ?

— Ils sont tous morts. Tu n'as pas à t'inquiéter de quoi que ce soit, dit Slade d'une voix rude.

Il sentit les bras de Dakota se refermer sur lui, mais elle ne se retira pas de son étreinte.

— Tu sais... la tempête du matin suivant m'a paru venir de nulle part, dit-elle. C'était censé être une belle journée. Une puissance supérieure a peut-être purifié toute la zone, pour se débarrasser des mauvaises ondes qui y restaient, ou quelque chose dans le genre.

— Hum...

Slade émit un son guttural dubitatif.

— Quoi qu'il en soit, je suis contente qu'il ne soit plus là.

— Moi aussi, mon amour. Et tu n'auras plus besoin de t'inquiéter que des membres d'Ansar al-Shari'a reviennent te pourchasser. Tex a posté un mot sur le site Internet underground que Zach utilisait pour dire que vous aviez été tués tous les deux. Le mouvement s'est pour ainsi dire dispersé après quoi, parce qu'il n'y avait plus personne pour prendre les rênes. Je ne dis pas qu'ils ne vont pas se reformer, mais s'ils le font, ce sera probablement autour d'un vrai Tunisien, pas d'un Américain qui fait semblant de l'être.

Ils marchèrent un moment, tous les deux perdus dans leurs pensées. Puis Slade reprit la parole :

— Je peux te demander quelque chose ?

— Bien sûr, dit Dakota en levant la tête vers lui.

— Ça ne te dérange vraiment pas de ne pas retourner au travail ? Tu es restée là longtemps. Le conseil d'établissement a dit qu'ils te reprendraient sans hésiter si tu voulais.

— Je sais, répondit-elle en haussant les épaules, mais... c'est dur à expliquer.

— Essaye.

— Tu me donnes des ordres ? sourit Dakota. Slade, j'ai passé ma vie à travailler. J'ai démissionné pour une raison valide, mais j'ai trouvé que bosser à A'le'Inn m'a apporté un nouveau genre de satisfaction. Je n'avais pas besoin d'avoir de diplôme, ce n'était pas très stimulant, mais c'était libérateur. Je n'avais pas à m'inquiéter de remplir des papiers après le boulot. Une fois que j'avais fini, j'avais fini. Pas de réunions, pas de lèche-bottes aux parents, pas d'examens ou de positions politiques. J'ai rencontré plein de gens vraiment super. Et j'ai apprécié d'avoir la liberté de faire ce que je voulais, quand j'en avais envie, dit-elle en haussant les épaules. Ça fait probablement de moi une mauvaise personne, mais j'aime bien ne pas avoir à travailler.

— Ça ne fait pas de toi une mauvaise personne, mon amour. Ça te rend humaine.

— Je crois, oui.

Puis elle lui sourit et plaça la main sur sa joue barbue. Elle le caressa du pouce en lui disant :

— Je déteste les citrons, mais j'aime la limonade.

Slade prit soin d'enregistrer cette information sur elle, comme il l'avait fait pour les autres qu'il avait glanées au fil des mois.

— Dans un carton, chez ma mère, se trouve le premier uniforme que j'avais acheté quand j'ai rejoint la Marine. Elle a toujours refusé de me laisser m'en débarrasser.

Ils se sourirent pendant un long moment avant que Slade ne la fasse se retourner afin de reprendre lentement le chemin de son appartement. Ils avaient commencé à s'échanger des petites anecdotes personnelles peu de temps après qu'elle eut repris connaissance à la suite de son opération du genou et recouvré ses facultés mentales.

Ils réalisaient parfaitement qu'ils en savaient bien peu

l'un sur l'autre et s'étaient efforcés de remédier à cela le plus vite possible. Elle avait appris la langue de signes parce qu'un élève de l'école était sourd. Elle avait voulu communiquer directement avec l'enfant sans passer par un interprète. Si Slade avait su ce détail sur elle, ils auraient pu déchiffrer son message plus tôt et auraient récupéré les femmes avant que les terroristes ne regagnent leurs embarcations.

— Si j'avais le choix de ne regarder que des films de Disney pour le reste de ma vie ou bien des films d'action ou d'aventure, je choisirais toujours Disney, dit Dakota pendant qu'ils marchaient.

— Pourquoi ?

— Parce qu'avec Disney, il y a toujours une fin heureuse.

— Tu ne te lasserais pas des dessins animés ? Ou bien des chansons ? demanda Slade en souriant.

— Non. Tu sais à quel point j'aime chanter sous la douche.

C'était vrai. La première fois qu'elle avait eu le droit de prendre une douche sans l'aide de son infirmière à domicile, il avait entendu un bruit terrible en provenance de sa salle de bain. Il s'était précipité à l'étage et avait pénétré violemment dans la pièce, le couteau à la main, prêt à tuer celui qui faisait du mal à sa femme. Mais il avait alors réalisé que les cris aigus qu'il entendait étaient en réalité Dakota qui chantait. Ou plutôt essayait de le faire. Ils avaient bien ri et il lui avait fait promettre de ne plus jamais lui faire une peur pareille.

Étonnamment, même s'il avait hésité à précipiter les choses, leur vie amoureuse était géniale. Même alors qu'elle récupérait de son genou blessé, ils avaient trouvé des façons d'être intimes. Le mois dernier, elle l'avait enfin convaincu qu'elle n'avait plus mal et était prête à être sienne de toutes les façons possibles.

Il avait pris son temps, avait appris le moindre centimètre carré de son corps avec ses doigts et sa bouche, avant de plonger lentement dans ses profondeurs chaudes. Cela avait été une expérience extraordinaire pour tous les deux. Ils ne s'étaient pas précipités, avaient pris leur temps, savourant la sensation de ne faire plus qu'un pour la toute première fois.

Le lendemain, ils partiraient pour un voyage de trois semaines qui commencerait à Vegas. Ils remonteraient alors à Rachel, où ils passeraient toute une semaine, puis descendraient l'autoroute 95, où ils prendraient le temps de visiter tous les hôtels et les mines hantés qu'ils trouveraient. Il avait déjà emporté dans son sac une bouteille de sirop à la menthe poivrée. Certes, son café du matin n'aurait pas exactement le goût des cafés professionnels qu'elle aimait, mais il s'en rapprocherait... espérait-il. Il avait acheté une de ces cafetières de marque pour qu'elle puisse boire une tasse de son café à la menthe préféré tous les matins.

Il avait prévu de rester à une de ces suites super chères de Vegas vers la fin de leurs vacances, mais Dakota ne le savait pas encore.

Slade sourit en songeant à la bague qu'il lui avait achetée. Elle était au fond de son sac, et il avait l'intention de la demander en mariage un soir quand ils seraient à Rachel. Il lui semblait approprié de lui demander de passer le reste de sa vie avec lui à l'endroit précis où ils s'étaient rencontrés pour la première fois. Il avait l'intention de lui faire sa demande alors qu'ils étaient allongés sur le capot de sa voiture à regarder les étoiles filantes. Il ne serait plus jamais capable de lever les yeux vers le ciel nocturne sans penser à elle.

Puis il allait voir s'il pouvait la convaincre de l'épouser à Las Vegas sur le chemin du retour. Il s'était déjà arrangé pour que le père de Dakota puisse les rejoindre en avion afin d'être présent si elle acceptait. Elle aurait catégoriquement refusé de se marier sans la présence de son père, et Slade ne le lui aurait jamais demandé.

Mais il n'était pas prêt à attendre quelqu'un d'autre. C'était injuste de sa part, et égoïste ; elle avait probablement envie d'avoir un beau mariage en blanc, mais il ne voulait pas attendre. Il voulait passer l'anneau à son doigt et accoler son nom de famille au sien. Si elle voulait une grande réception, il lui en organiserait une quand ils seraient rentrés. D'ailleurs, c'est probablement ce qu'exigeraient Wolf et le reste des garçons, mais il voudrait la faire officiellement sienne le plus vite possible.

— Je suis triste qu'on ne puisse pas prendre ta Harley, lui dit Dakota quand ils atteignirent l'immeuble.

— Je sais, mais on la prendra une autre fois, la rassura Slade.

Il savait qu'elle ne serait absolument pas capable de rester sur la bécane sur d'aussi longues distances alors que son genou n'était pas encore guéri. Il lui avait acheté une toute nouvelle Subaru Outback pour remplacer la voiture que les hommes de Fourati lui avaient volée à Rachel. Quand ils avaient réalisé que leur ami avait été compromis, ils l'avaient laissé se dépatouiller tout seul avec les flics. Ils n'avaient guère eu de mal à voler l'Impreza de Dakota puisque ses clés étaient toujours dans le contact. Au moins, ils n'avaient tué personne dans la petite ville.

Cela dit, ils ne s'étaient pas précipités à leur poursuite, puisque, grâce aux conversations que Zach avait espionnées, le plan de Slade de revenir à San Diego pour rester chez Wolf n'était pas exactement un secret.

Plus tard dans la soirée, une fois que Slade leur eut préparé un délicieux dîner composé de steaks et de légumes, ils prirent une douche ensemble et se glissèrent dans son lit deux places.

Dakota était étendue sur lui, nue des pieds·à la tête, et elle jouait avec sa barbe.

— Quand j'étais là-bas – tu sais, dans l'océan –, j'ai pensé à nous, lui dit-elle à voix basse.

Slade bandait et avait hâte de pénétrer dans son corps moite et chaud, mais il attendit patiemment qu'elle lui dise ce qu'elle avait visiblement envie de lui dire.

— On avait passé que quelques jours ensemble, mais j'avais l'impression de te connaître depuis toujours.

— Tu sais que je ressens la même chose. Dès que j'ai vu ta photo pour la première fois, j'ai su que je devais te retrouver.

— Tu crois que... Non, c'est bête.

— Quoi, mon amour ? Rien de ce que tu peux penser n'est bête.

— C'est juste que... Tu crois qu'on était amants dans une vie antérieure ? Qu'on se connaissait ?

Le cœur de Slade s'arrêta de battre, puis reprit son rythme régulier, quoiqu'un peu plus rapide. Il n'y avait jamais vraiment réfléchi, mais il comprenait. Durant toute sa vie, il avait eu l'impression que quelque chose lui manquait. Aucune des femmes qu'il avait connues n'avait attisé son désir comme le faisait Dakota. Il avait cru aimer son ex-femme, mais à présent qu'il avait rencontré Dakota et avait réalisé ce qu'était véritablement l'amour, il s'était rendu compte qu'il avait apprécié Cynthia sans vraiment l'aimer comme elle aurait mérité de l'être.

— Je crois que tout est possible, dit-il à Dakota.

— Je n'avais absolument aucune raison d'avoir survécu, poursuivit-elle sans comprendre l'impact que ses mots avaient sur l'homme étendu sous elle. Je veux dire... entre les coups, les drogues qu'il m'avait données, le fait de s'échapper du bateau sans que Zach me voie et le froid... ce n'est pas possible que j'aie simplement eu un coup de chance. Tu sais ce que je pense ? demanda-t-elle doucement en se penchant pour embrasser Slade sur les lèvres.

— Quoi, mon amour ?

— Je crois qu'on est faits pour être ensemble. Et même si ça nous a pris une éternité pour nous retrouver, la puissance qui contrôle nos âmes a décidé qu'on méritait mieux et que ce n'était pas juste de nous séparer aussi vite. On s'était trouvés, mais on n'avait pas eu le temps d'en profiter vraiment. Alors on a eu une deuxième chance.

Slade réfléchit à ses paroles en silence.

— Je t'avais dit que c'était bête, dit-elle en plissant le nez. Fais comme si je n'avais rien dit.

— Ce n'était pas bête, insista Slade. J'ai frôlé plusieurs fois la catastrophe au cours de ma carrière. Il y a des fois où j'ai su que j'aurais dû être tué, mais je m'en suis sorti. J'étais assis pile à côté de Tex quand cette bombe a explosé. Il a perdu sa jambe et je m'en suis tiré sans même une égratignure. Je n'ai jamais compris pourquoi. Jusqu'à maintenant. C'est parce que je ne t'avais pas rencontrée.

— Slade, murmura Dakota, ses yeux se remplissant de larmes.

Il lui prit alors le visage entre les mains.

— Appelle cette puissance Dieu, le gardien des âmes ou ce que tu voudras. Mais je croirai jusqu'à la fin de mes jours que c'est le destin. Nous étions faits pour nous rencontrer. Faits pour passer nos vies ensemble. Tu sais quoi d'autre ?

— Quoi ? demanda-t-elle.

— Je crois qu'on se retrouvera dans notre prochaine vie aussi. Et la suivante, et la suivante. Un amour comme le nôtre ne peut pas être confiné à une seule existence.

— Je l'espère.

— Je le sais, contra-t-il.

Sur ce, il l'embrassa. Un long baiser qui devint rapidement charnel. Avec prudence, Slade fit tourner Dakota afin qu'elle se retrouve sous son corps. Elle écarta les jambes et il colla les hanches contre les siennes. Une de ses mains caressa alors son visage avant de descendre le long de son corps, s'arrêtant au passage pour jouer avec ses mamelons. Quand ils eurent tous les deux besoin de s'interrompre pour respirer, il abandonna sa bouche pour poser les lèvres sur sa poitrine.

Il lécha et suçota ses mamelons, alors que sa main continuait de descendre. Il caressa son intimité tout en mordillant et suçant ses mamelons durcis. Elle avait fait d'énormes progrès depuis la première fois qu'ils s'étaient retrouvés après son enlèvement. La première fois qu'il lui avait touché la poitrine, elle avait paniqué. Slade l'avait serrée contre lui alors qu'elle lui racontait ce que Zach lui avait fait.

Mais à présent, elle avait envie de sa bouche, et elle n'avait pas seulement envie, mais désirait carrément qu'il lui touche les seins plus fermement. Elle adorait qu'il pince ses mamelons durcis alors qu'il jouait avec elle. Ayant envie de la goûter, Slade descendit le long de son corps, s'installant à plat ventre entre ses jambes qu'il leva pour les poser sur ses épaules.

— Tu es bien installée ? demanda-t-il.

Ne voulant pas lui faire mal au genou, il attendit qu'elle hoche la tête pour continuer.

Une fois qu'elle l'eut rassuré, il baissa la tête et donna un léger coup de langue sur son petit bouton gorgé de désir, qui émergeait déjà de son cocon protecteur. Du bout du doigt, il taquina l'entrée de son sexe et suça sa petite boule de nerfs.

Ce n'est que lorsqu'elle se retrouva à se trémousser sous lui, pressant ses hanches vers son visage, le priant d'arrêter de la titiller, qu'il la pénétra lentement d'un doigt. Il ne se lasserait jamais de la sentir aussi chaude et étroite. C'était comme si son corps était fait pour lui et rien que pour lui. Il lui sourit en sentant sa mouille copieuse lui faciliter le passage. Elle savait ce qu'elle voulait et n'avait pas honte de la façon dont son corps mouillait pour lui.

Il lécha son clitoris avec plus de fermeté tout en

repliant l'index en elle, trouvant son point G. Dakota était la femme la plus réactive qu'il avait jamais rencontrée, et il savait que c'était parce qu'ils étaient faits pour être ensemble. Il sourit quand elle se resserra autour de lui et gémit alors qu'il se mettait à caresser de façon rythmique cet endroit spécial à l'intérieur d'elle.

Capable de lire le corps de Dakota aussi bien que le sien, il aimait voir ses cuisses commencer à trembler et son bassin s'arquer. Elle touchait au but et il avait hâte de la sentir exploser. Il n'avait pas besoin d'être en elle pour se délecter de son orgasme.

Il lécha son clitoris avec plus de pression tout en augmentant la vitesse de son doigt contre son point G. Quelques secondes plus tard, elle était secouée de tremblements et Slade sentit une poussée d'humidité contre sa paume alors qu'elle jouissait.

Il continua de lécher son clito jusqu'à ce qu'il la sente se rétracter sous ses caresses. Il porta alors à sa bouche le doigt qui avait été en elle et le nettoya d'un coup de langue. Puis il vint se placer au-dessus de son corps épuisé et s'agenouilla sur elle. Sa verge perlait et il avait hâte de pénétrer la femme qu'il aimait.

— Je t'aime, lui dit-elle.

— Je t'aime aussi, répondit immédiatement Dakota.

Elle parcourut son visage du regard, sa barbe – qui était toute mouillée –, ses lèvres, qu'il humecta du bout de la langue. Il la sentit trembler sous lui, son désir s'accroissant.

— J'ai besoin de toi, lui dit-elle sans la moindre timidité.

— J'aurai *toujours* besoin de toi, lui répondit Slade.

Puis il baissa la main pour prendre sa verge en érection, la faisant courir de haut en bas sur sa fente humide. Elle leva les hanches alors qu'il s'approchait de là où elle voulait qu'il soit et enfonça les mains dans ses fesses.

Se déplaçant lentement, Slade la pénétra.

— Chaque fois me donne l'impression d'être la première, dit-il, émerveillé. Ton corps s'agrippe au mien et m'aspire en toi.

— J'aime te sentir à l'intérieur de moi, lui dit Dakota.

— Et j'aime me sentir en toi, répondit Slade avec un sourire.

C'était une plaisanterie entre eux, une sorte de rituel. Il s'enfonça en elle jusqu'à ce qu'il ne puisse plus aller plus loin, puis il plaça une main sous ses fesses, la souleva, et fut capable de gagner quelques précieux centimètres supplémentaires. Quand il sentit ses bourses s'enfoncer contre ses fesses, elle pressa alors ses muscles intérieurs pour le comprimer.

Slade inspira profondément et lui pinça les fesses pour toute réponse.

— Tu en veux toujours plus, dit-il avec un sourire.

— Toujours. J'ai envie de tout ce que tu peux me donner.

Il se retira lentement, regardant entre eux, observant la façon dont sa verge émergeait de son corps, recouverte de son excitation.

— Je ne m'en lasserai jamais, lui dit-il, sans retirer les yeux de l'endroit où ils ne faisaient plus qu'un alors qu'il la pénétrait à nouveau. J'adore te voir sur ma queue.

Puis il la regarda dans les yeux, s'appuya des deux mains sur le matelas et commença à lui faire l'amour.

Un coup de reins.

Puis un autre.

Il s'enfonçait lentement, puis se retirait rapidement.

Il lui donna quelques coups de queue rapides, puis ralentit et ondula en elle tranquillement, lui faisant l'amour comme s'il allait tenir toute la nuit.

Mais ce soir-là, Dakota n'avait pas envie qu'il aille lentement. Elle plia les genoux et enroula ses cuisses haut autour de ses reins.

— Baise-moi, Slade. J'en ai besoin. J'ai besoin de toi.

Sachant qu'il était en train de perdre le contrôle précieux auquel il s'était accroché de toutes ses forces, Slade se rassit à moitié et prit les chevilles de Dakota dans ses mains. Après les avoir délicatement placées sur ses épaules, il se pencha à nouveau vers elle.

Dakota était à présent quasiment pliée en deux et complètement à sa merci. Elle posa une main sur sa tête et prit un coussin placé à côté d'elle. Slade l'aida à le caler sous ses fesses, puis elle leva les deux bras au-dessus de sa tête et s'accrocha aux barreaux du lit.

Elle le regarda dans les yeux et dit doucement :

— Baise-moi, Slade. Baise-moi fort.

Ses paroles eurent raison du contrôle de Slade. Il se mit à lui donner des coups de boutoir, le grognement qu'il lui tira l'informant qu'elle appréciait. Puis il le refit, encore et encore. À chaque fois, elle se contractait et arquait le pelvis vers lui.

Slade savait qu'il n'allait pas tenir. Avec chaque coup de reins, il avait l'impression de frapper au fond d'elle. Elle était tellement étroite et moite que les bruits que faisait sa queue alors qu'elle rentrait en Dakota étaient quasiment obscènes. Mais il n'en avait rien à faire, et apparemment, Dakota non plus.

— Jouis en moi, Slade. Remplis-moi.

Après avoir abordé une nouvelle fois le sujet des enfants, Slade avait subi une vasectomie. Il avait voulu avoir la liberté de jouir en Dakota sans qu'elle doive se bourrer d'hormones afin d'empêcher une grossesse éventuelle. C'était la meilleure décision qu'il avait jamais prise, parce qu'à présent, il pourrait coucher avec elle sans rien entre eux. Certes, cela laissait des traces, mais c'était également intime et excitant.

Comme si ses paroles étaient tout ce qu'avaient attendu ses bourses, il laissa échapper un long jet de sperme. Baissant la main entre eux, il caressa du pouce le clitoris de Dakota alors qu'il jouissait. Il la sentit alors jouir une deuxième fois. Ils tressautèrent et se frottèrent l'un contre l'autre, perdus dans la joie et le plaisir de leurs corps et d'être ensemble.

Slade reprit ses esprits avant Dakota et retira tendrement ses jambes de ses épaules, déposant un baiser sur chaque mollet avant de les replacer avec précaution sur le matelas, s'assurant de ne pas trop secouer son genou encore endolori. Il resta blotti en elle, sachant qu'il lui faudrait bien se retirer, et il les fit tourner jusqu'à ce que Dakota se retrouve à nouveau étendue sur lui.

— Hum, murmura-t-elle en s'étirant contre lui comme un chaton repu.

— Ça va ? Tu n'as pas mal quelque part ? demanda Slade.

— Non. Ça va. C'est génial, répondit-elle d'une voix endormie.

— Je t'aime, lui dit Slade.

— Je t'aime aussi.

Un petit moment s'écoula et Dakota dit :

— Mon gros orteil est plus court que les autres.

Slade sourit. Il ne se lassait jamais de l'entendre lui raconter des petites anecdotes toutes bêtes sur elle-même.

— Je n'ai pas de tatouages parce que j'ai peur des aiguilles.

Elle leva alors la tête pour le dévisager d'un air incrédule.

— Vraiment ?

— Vraiment.

— Hum. J'ai vraiment regretté quand on m'a enlevée de ne pas en savoir davantage sur toi, mais je me suis rendu compte que je savais les choses les plus importantes. Tout le reste est superflu. Du superflu que j'aime, attention, mais on pourrait passer le reste de notre vie ensemble et ne pas savoir tout ce qu'il y a à savoir l'un sur l'autre.

— Qu'est-ce qui était le plus important, mon amour ? demanda Slade.

— Je savais jusqu'au fond de mon âme que tu aurais fait n'importe quoi pour me retrouver.

— C'est bien vrai, dit Slade en l'embrassant profondément.

C'était un baiser long et mouillé qu'il espérait être capable de traduire ce qu'il ressentait.

Ce fut le cas.

— Je t'aime, dit Dakota en posant la tête sur sa poitrine tout en se blottissant pour la nuit.

— Et je t'aime, ma douce.

* * *

Greg Lambert ne parvenait pas à dormir. Il avait relu le rapport que Slade Cutsinger lui avait fait parvenir. Il avait été précis et complet, et il n'avait pas pu s'empêcher de ressentir un pincement de fierté à l'idée d'avoir eu son rôle à jouer dans la destruction d'une menace terroriste qui aurait porté préjudice aux États-Unis si on l'avait laissé se propager.

Mais cela ne signifiait pas que de nouvelles menaces ne planaient pas sur eux. Slade et ses amis en avaient peut-être détruit une, il y en existait encore beaucoup d'autres.

La pression de savoir qu'il existait plus de terroristes dans la nature, qui planifiaient de tuer des citoyens américains innocents, lui rendait le sommeil difficile. S'asseyant et posant les pieds par terre, il décida que puisqu'il ne dormait pas, il ferait tout aussi bien de se lever pour planifier la prochaine opération.

Regagnant son bureau d'un pas traînant, il posa un baiser sur le bout de ses doigts et les pressa contre le verre du cadre qui contenait une photographie de son épouse morte. Il s'assit alors dans son fauteuil de bureau et sortit la liste des anciens soldats d'élite qui avaient été identifiés comme candidats pour les missions en solo, et il essaya de décider qui appeler et quel terroriste neutraliser.

Faisant défiler son doigt sur la page, il s'arrêta sur un nom. Bingo ! Il avait fait ses recherches sur cet homme et savait sans l'ombre d'un doute qu'il accomplirait la tâche que Greg s'apprêtait à lui demander. L'ancien commandant regarda sa montre. Il était trop tôt pour appeler, mais en attendant, il prendrait des notes.

Ils avaient certes neutralisé un terroriste, mais il y en avait toujours plus dans les coulisses.

Greg reprit la tasse de thé refroidi qu'il avait bue plus tôt et ajouta une larme de whisky. Puis il porta un toast en silence. *À Slade... et à Dakota. Puissiez-vous passer le reste de votre vie sans la menace du terrorisme. Aimez-vous comme s'il n'y avait pas de lendemain, parce vous ne saurez jamais quand cela pourra vous être retiré.*

Et sur ce, Greg avala cul sec la concoction alcoolisée et inspira profondément. Il était temps de se remettre au travail.

J'espère que vous avez aimé la série *Forces Très Spéciales* ! Elle est enfin complète, MAIS vous retrouverez certains des personnages (notamment Tex) dans d'autres livres ici et là ! Si vous n'avez pas déjà commencé la nouvelle série *Forces Très Spéciales : L'Héritage*, découvrez *Un Sanctuaire pour Caite* dès aujourd'hui !

DU MÊME AUTEUR

Autres livres de Susan Stoker

Forces Très Spéciales Series

Un Protecteur Pour Caroline

Un Protecteur Pour Alabama

Un Protecteur Pour Fiona

Un Mari Pour Caroline

Un Protecteur Pour Summer

Un Protecteur Pour Cheyenne

Un Protecteur Pour Jessyka

Un Protecteur Pour Julie

Un Protecteur Pour Melody

Un Protecteur pour l'avenir

Un Protecteur Pour Les Enfants de Alabama

Un Protecteur Pour Kiera

Un Protecteur Pour Dakota

Forces Très Spéciales : L'Héritage

Un Sanctuaire pour Caite

Un Sanctuaire pour Brenae

Un Sanctuaire pour Sidney

Un Sanctuaire pour Piper

Un Sanctuaire pour Zoey

Un Sanctuaire pour Avery

Un Sanctuaire pour Kalee

Hawaï : Soldats d'élite

Un paradis pour Élodie

Un paradis pour Lexie (10 Aug 2021)

Un paradis pour Kenna (Oct 2021)

Un paradis pour Monica

Un paradis pour Carly

Un paradis pour Ashlyn

Un paradis pour Jodelle

Delta Force Heroes Series

Un héros pour Rayne

Un héros pour Emily

Un héros pour Harley

Un mari pour Emily

Un héros pour Kassie

Un héros pour Bryn

Un héros pour Casey

Un héros pour Wendy

Un héros pour Mary

Un héros pour Macie

Un héros pour Sadie

Un héros pour Annie (Feb 2022)

<u>Mercenaires Rebelles</u>

Un Défenseur pour Allye

Un Défenseur pour Chloé

Un Défenseur pour Morgan

Un Défenseur pour Harlow

Un Défenseur pour Everly

Un Défenseur pour Zara

Un Défenseur pour Raven

<u>Ace Sécurité</u>

Au Secours de Grace

Au Secours d'Alexis

Au Secours de Bailey

Au Secours de Felicity

Au Secours de Sarah

<u>En Anglai</u>

<u>Delta Force Heroes Series</u>

Rescuing Rayne

Rescuing Emily

Rescuing Harley

Marrying Emily (novella)

Rescuing Kassie

Rescuing Bryn

Rescuing Casey

Rescuing Sadie (novella)

Rescuing Wendy

Rescuing Mary

Rescuing Macie (novella)

Rescuing Annie (Feb 2022)

Delta Team Two Series

Shielding Gillian

Shielding Kinley

Shielding Aspen

Shielding Jayme

Shielding Riley

Shielding Devyn

Shielding Ember (Sep 2021)

Shielding Sierra (Jan 2022)

SEAL of Protection: Legacy Series

Securing Caite

Securing Brenae (novella)

Securing Sidney

Securing Piper

Securing Zoey

Securing Avery

Securing Kalee

Securing Jane

SEAL Team Hawaii Series

Finding Elodie

Finding Lexie (Aug 2021)

Finding Kenna (Oct 2021)

Finding Monica (May 2022)

Finding Carly (TBA)

Finding Ashlyn (TBA)

Finding Jodelle (TBA)

Ace Security Series

Claiming Grace

Claiming Alexis

Claiming Bailey

Claiming Felicity

Claiming Sarah

Mountain Mercenaries Series

Defending Allye

Defending Chloe

Defending Morgan

Defending Harlow

Defending Everly

Defending Zara

Defending Raven

Silverstone Series

Trusting Skylar

Trusting Taylor

Trusting Molly (July 2021)

Trusting Cassidy (Nov 2021)

SEAL of Protection Series

Protecting Caroline

Protecting Alabama

Protecting Fiona

Marrying Caroline (novella)

Protecting Summer

Protecting Cheyenne

Protecting Jessyka

Protecting Julie (novella)

Protecting Melody

Protecting the Future

Protecting Kiera (novella)

Protecting Alabama's Kids (novella)

Protecting Dakota

Badge of Honor: Texas Heroes Series

Justice for Mackenzie

Justice for Mickie

Justice for Corrie

Justice for Laine (novella)

Shelter for Elizabeth

Justice for Boone

Shelter for Adeline

Shelter for Sophie

Justice for Erin

Justice for Milena

Shelter for Blythe

Justice for Hope

Shelter for Quinn

Shelter for Koren

Shelter for Penelope

À PROPOS DE L'AUTEUR

Susan Stoker est une auteure de best-sellers aux classements du New York Times, de USA Today et du Wall Street Journal. Elle a notamment écrit les séries Badge of Honor: Texas Heroes, SEAL of Protection et Delta Force Heroes. Mariée à un sous-officier de l'armée américaine à la retraite, Susan a vécu dans tous les États-Unis, du Missouri jusqu'en Californie en passant par le Colorado, et elle habite actuellement sous le vaste ciel du Tennessee. Fervente adepte des fins heureuses, Susan aime écrire des romans où les sentiments laissent place au grand amour.

http://www.StokerAces.com

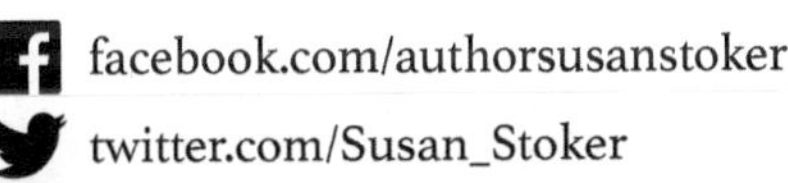

facebook.com/authorsusanstoker

twitter.com/Susan_Stoker

instagram.com/authorsusanstoker

goodreads.com/SusanStoker

www.ingramcontent.com/pod-product-compliance
Lightning Source LLC
Chambersburg PA
CBHW060229100726
47907CB00003B/568